CARRIE ELKS

Um recomeço para o amor

São Paulo
2015

UNIVERSO DOS LIVROS

Diretor editorial: **Luis Matos**
Editora-chefe: **Marcia Batista**
Assistentes editoriais: **Aline Graça, Letícia Nakamura e Rodolfo Santana**
Tradução: **Monique D'Orazio**
Preparação: **Alexander Barutti**
Revisão: **Nestor Turano Jr. e Laura Moreira**
Arte: **Francine C. Silva e Valdinei Gomes**
Capa: **Zuleika Iamashita**

Dados Internacionais de Catalogação na Publicação (CIP)
Angélica Ilacqua CRB-8/7057

E42v

Elks, Carrie

Um recomeço para o amor / Carrie Elks ; tradução de Monique D'Orazio.
– São Paulo : Universo dos Livros, 2015.

336 p. (Love in London, v. 1)

ISBN: 978-85-7930-925-0

Título original: *Coming down*

1. Literatura inglesa 2. Ficção 3. Romance I. Título II. D'Orazio, Monique

15-0929 CDD 823

Universo dos Livros Editora Ltda.
Rua do Bosque, 1589 – Bloco 2 – Conj. 603/606
CEP 01136-001 – Barra Funda – São Paulo/SP
Telefone/Fax: (11) 3392-3336
www.universodoslivros.com.br
e-mail: editor@universodoslivros.com.br
Siga-nos no Twitter: @univdoslivros

Nove anos antes

O ar da noite tem cheiro de chuva e grama recém-cortada. Vou me mexendo, ondulando os quadris, ao som da música que parou de tocar há uma hora. O sangue enche minhas veias como se fosse um melado grosso e escuro, me faz sentir leve, zonza. Alta.

A festa acabou; a chuva cuidou disso. Quando o aguaceiro começou, todos correram para dentro, seguindo para os dormitórios, ou chamaram táxis. Fiquei onde estava, com o rosto voltado para o céu, deixando a chuva esfriar minha carne. Lavava minha maquiagem e o cheiro forte de álcool. Era tão bom.

Minhas roupas estão coladas ao corpo. Meu cabelo está grudado na cabeça. Mas ainda assim eu danço. O efeito do ecstasy que tomei mais cedo ainda não passou. Me sinto forte e invencível, como uma espécie de deusa.

Vejo primeiro os tênis. Nike Air azuis saindo por baixo de um bosque de árvores. Uma nuvem de fumaça sobe pelas folhas em espirais. Alguns passos mais perto e já sinto o cheiro: enfumaçado e doce. É quando o vejo.

Seus olhos estão pesados quando me olham. Um profundo azul-escuro onde quero mergulhar. Ele olha para mim sem me reconhecer, não faz ideia de quem eu sou. Só que eu o conheço. Ele faz parte do círculo do belo; um artista.

– Você está molhada. – Ele ainda está olhando para mim.

Ao contrário do resto do meu corpo, minha garganta está seca. Engulo.

– Está chovendo.

– Sua capacidade de observação me surpreende. – Há uma cadência irlandesa em sua voz que me emociona. Tento imaginar como seria quando ele sussurrasse em meu ouvido. O pensamento me faz tremer.

– Está com frio?

Nego com a cabeça e digo "sim" ao mesmo tempo. Estou tão confusa pelas drogas e por estar assim perto dele que é difícil pensar direito.

– Venha aqui. – Ele abre os braços. Hesito por um instante antes de entrar neles, sentindo-me como a mosca na toca da aranha. Um instante depois, com braços fortes envolvendo minha cintura e me puxando contra seu peito, todos os meus pensamentos racionais vão desaparecendo. Ele aperta o rosto contra o meu cabelo molhado e respira fundo. – Você tem cheiro de chuva.

O silêncio nos rodeia quando olho para ele. Suas pupilas estão sem brilho, sem foco. Ele está muito mais alto do que eu. Disparando para o céu.

– Você tem cheiro de erva.

– Quer?

Pego o baseado da mão dele e o levo à boca. Embora eu tente me afastar quando dou a tragada, os braços dele ficam mais firmes em volta de mim. Sinto como se eu fosse feita de gás. Dissolvo-me em torno dele. Nele.

– Qual é o seu nome?

– Beth.

– Você é aluna aqui?

Sua pergunta me faz revirar os olhos. Eu o acompanhei com seus amigos por aí como um cachorrinho dedicado, durante a melhor parte do meu primeiro ano. Não que ele já tivesse percebido. Está sempre muito ocupado. Pintando. Fumando. Sendo bonito. Ele é bom em todas essas coisas. Eu sei, eu o estudei como se fosse minha matéria favorita.

– História da Arte – digo.

– Uma das pensadoras. – Ele me dá um sorriso. É perverso, pervertido e me faz querer lamber seus lábios. – Você pinta?

– Não.

– Que pena. Você posa de modelo?

Nessa eu fico vermelha.

– Não.

– Você deveria. Vem ser minha modelo. Quero pintar você. – Suas palavras saem arrastadas, mas sua voz ainda é sedutora e lírica. Em algum lugar, muito abaixo de onde estou agora, sei que ele está me cantando.

Apesar disso, entro na dele.

– Não sou bonita o suficiente.

– Você é, sim.

– Nem interessante o suficiente.

Ele me puxa para mais perto e sua ereção pressiona meu quadril.

– Você é, sim.

Meu coração começa a bater forte no peito. É Niall Joseph que está me abraçando. Deixei Niall Joseph duro. Não penso sobre as drogas, sobre a chuva ou sobre o fato de ele ter me ignorado durante todo o ano. Estou muito agitada para isso.

– Quero beijar você – murmura suavemente. Então ele pressiona os lábios na minha testa. Minha pele parece queimar. Quente e febril. Dessa vez, a chuva não faz nada para esfriá-la.

– Está bem. – Estou quase sem fôlego. Ele arrasta a boca até meu maxilar, salpicando a pele com beijos.

– Porra, você também tem gosto de chuva.

Quando seus lábios chegam ao canto da minha boca, estou quase tremendo de expectativa. Meu corpo inteiro está zunindo com o desejo. Tenho de agarrar seus ombros para me equilibrar.

E ele pressiona a boca contra a minha.

Hoje

1

São sete da manhã, e a luz do sol que irrompe pela janela do nosso quarto está tingida por um pálido laranja-rosado. Sento-me na beira da nossa cama *king size* observando meu marido vestir o terno, pintando um sorriso que só finge ser meu. A lâmpada do teto brilha amarelada, e a luz reflete de seu cabelo loiro-acinzentado como um halo pálido em torno de sua cabeça.

Basta passar os olhos rapidamente pelo nosso quarto para sentir a influência masculina. Pisos de madeira escura que são lindos, mas congelam meus pés nas manhãs de inverno. Paredes pintadas num tom frio de verde-claro. Persianas de madeira pálida enquadram as janelas de guilhotina que ele havia restaurado cuidadosamente.

Embora ele tenha afastado as coisas para criar espaço suficiente para me encaixar, em essência, este quarto ainda é o quarto dele. A casa dele. Não que eu tenha trazido comigo algo que valesse a pena colocar no lugar das coisas dele. Ele me acolheu – pobre, no fundo do poço – como se eu fosse outra barganha. Me poliu até eu ficar brilhante e reluzente.

– Vou tentar chegar em casa por volta das seis. – Simon enfia as abotoaduras de prata pelas fendas no punho da camisa azul *oxford*. – Prometi à Elise que chegaríamos cedo à galeria.

Elise é sua única filha. Eu deveria pensar nela como minha enteada, eu acho, mas, com 27 anos, ela é apenas dois anos mais nova do que eu. É difícil sentir qualquer coisa diferente de ambivalência quando Elise me olha de nariz empinado – um nariz de formato perfeito – toda vez que cruzo a porta. Mesmo assim, ela é sempre educada, sempre comedida e esconde sua antipatia por mim tanto quanto possível. Simon e a ex-mulher a criaram bem.

– Você esqueceu sua gravata. – Levanto-me e vou atrás dele. Envolvendo a seda azul no pescoço, dou um nó perfeito e depois dou batidinhas com os dedos estendidos.

Simon não diz nada. Simplesmente olha para mim com seus olhos castanhos-chocolate, o que faz com que eu me pergunte se ele está esperando um beijo meu. Beijo-o de qualquer forma, pressionando os lábios suavemente contra sua bochecha. Seu rosto fica arredondado quando o sinto sorrir contra minha boca.

– Você deveria usar aquele vestido que eu comprei para você no mês passado. Aquele com alças prateadas.

Confirmo com a cabeça, sem me preocupar em lembrá-lo de que as alças, na verdade, são douradas. Sei que ele não se importa. Ele simplesmente gosta quando eu me visto bem, não importa com que cor. Gosto quando ele fica feliz, pois torna a vida mais fácil; tanto a dele quanto a minha, e faço tudo para que seja assim.

Quando ele sai, carregando uma pasta cheia de papéis os quais leu durante toda a noite de ontem, corro para o chuveiro e deixo a água quente lavar os restos finais do sono. Depois visto meu jeans velho, uma camiseta bem usada e sigo para o metrô. Sempre está lotado a essa hora do dia. Vou me espremendo através da parede de corpos e entro em um trem. Respiro fundo quando sou empurrada contra uma menina vestida com uniforme escolar. Mostro um sorriso de desculpas. Ela revira os olhos e desvia o olhar.

Esta é a linguagem do metrô. Os seres humanos não foram feitos para viver em tamanha proximidade. Não aprendemos a nos comunicar em situações em que somos constantemente bombardeados por sensações e emoções. Tememos o desconhecido e odiamos quando ele é pressionado contra nosso corpo.

Ou pelo menos eu odeio.

São quase nove horas quando entro na clínica e subo a escada. Lara, uma das conselheiras, levanta os olhos de onde está sentada, atrás de sua mesa, e me faz um aceno rápido. Está segurando um telefone na outra mão, falando rapidamente no bocal. Retribuo o sorriso. Lara é uma das minhas amigas mais próximas aqui. Nos conhecemos quando comecei a frequentar a clínica. Sempre que me sinto para cima ou para baixo, ela é a primeira pessoa com quem quero conversar.

Lara cobre o telefone e movimenta os lábios para mim, sem emitir som:

– Daisy MacArthur.

Não precisa dizer mais nada. Daisy é uma paciente que frequenta a clínica, entre idas e vindas, há dois anos. Ela teve três recaídas desde que cruzou aquela porta pela primeira vez. Cada vez é pior.

Sinto o estômago despencar.

– E a Allegra? – pergunto.

Lara dá de ombros, fazendo com que me sinta pior. Allegra tem apenas oito anos de idade. Entra e sai do serviço de assistência social desde que era bebê. O motivo pelo qual Daisy entrou na clínica, antes de mais nada, foi tentar recuperar a guarda da filha. E funcionou. Ela é uma dependente, mas não há dúvida de que ama a filha.

Eu também amo a filha dela. Talvez demais. Mas Allegra viveu uma vida tão dura em seus poucos anos que não me contenho; sinto um instinto protetor com relação a ela.

Lara finalmente desliga o telefone.

– Você tem espaço para mais uma criança no clube depois da escola?

Pelos últimos quatro anos, mantenho um clube vespertino para filhos de dependentes químicos, enquanto os pais fazem terapia em grupo. Temos um tema diferente a cada dia. Música às segundas-feiras, artesanato às terças, filmes às quartas. Quinta-feira é arte. Allegra adora. Tem uma habilidade inata para o desenho, e nós a incentivamos a expressar seus sentimentos no papel.

– Claro – concordo com a cabeça. – Mas hoje sou só eu. – Até agora, essa aula era dada por uma aluna de Arte na universidade em Saint Martins. Agora ela se formou e estou à procura de um substituto, mas não é fácil. Não temos recurso para pagar nada a eles, e nem todo mundo consegue trabalhar com crianças traumatizadas e às vezes violentas. É necessário um tipo especial de pessoa.

– Sem sorte na faculdade? – Lara me lança um olhar compreensivo.

– Sem sorte. Vou ter de ir até Elise com um chapéu para pedir esmolas. – Faço uma careta. Lara a reflete de volta para mim e me faz rir. Ela conhece bem Simon e Elise. Todo mundo na clínica conhece, já que ele é um dos nossos maiores benfeitores. Foi assim que o conheci, em nosso evento de gala anual para angariar fundos, há quatro anos.

– Bem, antes de você rastejar, vamos tomar uma xícara de chá.

No meio da tarde o micro-ônibus chega, trazendo as crianças para o clube depois da escola. Arrumei a sala de aula com tintas e pincéis. As mesas estão cobertas com grandes folhas de desenho e pranchetas. Todo o equipamento foi doado por várias fontes. Sou eu quem sai implorando. Lara fala que é minha encenação de *Oliver Twist*. Sempre estou pedindo mais.

Uma chuva de crianças entra na sala, tagarelando sem parar. Discutem sobre onde vão se sentar, acotovelando-se para tirar uns aos outros do caminho. É tudo numa boa. Allegra é a última a entrar. Ela arrasta os tênis pelo chão de ladrilhos e o solado faz um ruído estridente. Seu cabelo negro está se soltando do rabo de cavalo bagunçado. Tento conter o impulso de abraçá-la; ela não gosta de estar em evidência no grupo.

Em vez disso, sorrio suavemente e dou um puxãozinho em seu cabelo.

– Oi.

– Olá. – O sorriso dela é quase genuíno. Puxo seu cabelo novamente, mas desta vez ela ri. É como o sol saindo de trás de uma nuvem. Seus olhos disparam ao redor da sala como se ela estivesse se certificando de que não há ninguém ouvindo. – Ela está aqui?

Faço que sim.

– Ela veio esta tarde.

Uma expressão de alívio passa sobre seu rosto de oito anos de idade.

Daisy foi enviada à clínica assim que recebeu alta do hospital, depois de ter levado pontos no ferimento que sofreu na cabeça quando desmaiou na rua. Agora, ela é toda nossa. Um passo em frente e dois passos para trás. É como uma dança fatal.

Allegra fica ao meu lado.

– Vou para casa hoje à noite?

Meu coração dói com o jeito casual da pergunta. Ela foi transferida de um lugar para outro tantas vezes que realmente não vê como isso é errado. Orfanatos, lares adotivos, nós. Mesmo sendo uma dependente problemática, Daisy é a única constante na vida de Allegra.

– Acho que sim. Vou perguntar à Lara quando tudo estiver resolvido. Desta vez não foi tão ruim quanto da última. – Não posso acreditar que estou discutindo com uma menina de oito anos sobre as aventuras da mãe dela com heroína. A pobre criança viu coisas que ninguém deveria ver. Ela amadureceu antes de seu tempo.

– Tá bom. – Allegra caminha até uma mesa e pega um macacão. Poucos minutos depois, ela está pintando. Uma bela paisagem verde salpicada com árvores e flores, debaixo de um céu um pouquinho azul demais. Eu me pergunto se é seu refúgio feliz.

Eu costumava ter um refúgio feliz durante minha passagem pelo aconselhamento. Uma praia de areias brancas com o mais azul-celeste dos oceanos, lambendo docemente a costa. A cor dos olhos *dele*. Faz um tempo que não penso nisso. Não precisava.

Agora tenho Simon. *Ele* é meu refúgio feliz. Meu protetor. Ele me ama, e sou grata. Tenho consciência do quanto isso soa ruim. Em tempos de paixão instantânea e desejos alimentados por luxúria, a nossa relação é à moda antiga, de um jeito teimoso. Mas já experimentei a paixão e isso quase me matou.

Às cinco, as crianças começam a ir embora aos poucos. Algum tempo depois, Allegra e eu somos as únicas que restam. Sento-me no canto de sua mesa e admiro sua pintura. A antiga professora de Arte ensinou tantas técnicas enquanto estava com a gente que a pintura de Allegra parece avançada para a idade dela. Fico contente por ter ligado para Elise mais cedo; Allegra fica em seu melhor na aula de arte. Esperemos que Elise possa encontrar para nós uma pessoa nova em residência artística.

A porta faz um ruído e Daisy MacArthur entra. Está com uma aparência péssima. Seu cabelo escuro cai em mechas sem vida por seu rosto pálido. O pior é sua expressão apreensiva. Capto seu olhar e tento dar um sorriso tranquilizador.

Allegra ergue os olhos arregalados, seus lábios cheios se entreabrem. Então ela se levanta e corre para a mãe. Seu choro ecoa pelo silêncio da sala. Ela se lança sobre Daisy, quase derrubando-a. Daisy a pega e a abraça apertado, enterrando o rosto no cabelo da filha.

– Sinto muito, querida – murmura de novo e de novo. É como um mantra.

– Achei que você tivesse morrido. – A voz de Allegra é um lamento. Meus olhos brilham ao vê-las; é de partir o coração. Nenhuma menina de oito anos deveria encontrar a própria mãe inconsciente fora de seu apartamento, coberta de sangue e mal respirando.

– Está tudo bem. Estou aqui, estou aqui – Daisy sussurra em seu cabelo. – Sinto muito.

Sinto-me como uma *voyeuse* pervertida. Mal consigo me permitir assistir. Minha garganta se fecha e meu peito aperta, porque sei que isso nunca vai ficar melhor. Daisy sempre vai ser uma viciada e Allegra sempre vai ser a filha de uma viciada. Nenhuma quantidade de terapia vai mudar esse fato.

Quando chego em casa, não consigo parar de pensar nelas. O vício, o medo, o ciclo interminável. Eu mesma cheguei muito perto de ser uma Daisy. Sei, por experiência própria, que drogas matam. Mas é a forma como mutilam, destruindo mentes e corações, que é o mais difícil.

Simon chega em casa pouco depois das seis. Ele me agarra pela cintura e me beija firme antes de ir para o chuveiro, e isso me choca. Seu cabelo grisalho está úmido da chuva que começa a cair, as palmas das minhas mãos ficam molhadas quando toco sua cabeça, tentando entender o que deu nele.

Não que eu esteja reclamando. Aceito carinho onde quer que possa encontrar. Nesse aspecto, sou volúvel.

Enquanto ele toma banho, passo um pouco de maquiagem e prendo o cabelo para tirá-lo do rosto. Quando ponho meu vestido azul-escuro, pareço uma Beth diferente da que trabalha na clínica e fica coberta de tinta. Elegante e sofisticada. Até mesmo equilibrada.

Por fora, pelo menos.

É um disfarce que consegui aperfeiçoar ao longo do tempo, com a ajuda do treinamento paciente de Simon. Quando nos conhecemos, eu estava com um vestido preto barato da Topshop, sentindo-me um tanto fora de lugar entre vestidos de mil libras e blazers de noite. Talvez por isso eu tenha passado a maior parte da noite me escondendo. Se Simon não tivesse me encontrado encostada na parede dos fundos, enquanto ele tentava fazer uma ligação telefônica, fico em pânico só de pensar onde eu estaria agora.

Perdida. Sozinha. Como estive naqueles cinco anos antes de nos conhecermos.

Simon olha para cima e encontra meus olhos. A pele ao redor dos seus enruga quando ele me mostra um sorriso rápido. Eu o vi olhar para Elise da mesma forma. Ele é apaixonado por nós duas, fica orgulhoso de nos levar a restaurantes elegantes e a jantares de elite. No entanto, Elise é mais polida do que eu, afinal, começou 21 anos antes; é uma especialista enquanto eu sou uma novata.

Ainda sou um trabalho em andamento e provavelmente desaponto Simon com frequência demais. Ele não pede muito em troca de tudo o que me dá. Tenho um marido que me ama, que cuida de mim, que me acalma quando tenho pesadelos e faz com que me sinta protegida. Em troca, tento me comportar do jeito que ele quer que eu me comporte.

Não uso drogas, não fumo, bebo de vez em quando. Tenho um emprego que ele tolera como um hobby. Contanto que não afete nosso casamento. Isso eu lhe prometi desde o início.

Cuidamos um do outro. Em geral, funciona.

– Você está com batom nos dentes. – Ele soa divertido.

Faço careta e olho no espelho, esfregando o escarlate dos meus dentes à mostra com a ponta do dedo.

– Eu juro, eu não deveria sorrir ou falar quando estou usando esse negócio.

– Você é bonita demais para não sorrir.

Então, é claro, eu sorrio. Ele tem a capacidade de me manter calma e equilibrada. Na noite em que nos conhecemos, ele me viu assim que terminou a ligação. Eu estava parada ao lado das lixeiras, meus dedos ao redor de uma taça cheia de vinho, e ele se aproximou de mim como se eu fosse um cervo assustado. Quando falou, manteve a voz baixa.

– Você está bem?

Até então, eu estava sofrendo de fobia social grave e não conseguia falar. Apenas afirmar com a cabeça.

– Não está parecendo – disse ele.

– Eu não gosto de festas. Tem gente demais. Muita coisa acontecendo. – Minha voz falhava enquanto eu falava. Ele se aproximou mais um passo; eu recuei.

– Você é claustrofóbica?

Dessa vez, sacudi a cabeça.

– Não, só não sei lidar bem com aglomerações. – Na época, eu enfrentava essa dificuldade já fazia cinco anos. Eu estava trabalhando nela.

– Então, por que você veio? – A pergunta não foi mal-intencionada. Ele parecia realmente confuso.

– Acabei de começar a trabalhar na clínica e não podia suportar a ideia de contar a eles. Eu não queria que pensassem que eu estava completamente louca – ri, mas, ainda assim saiu bastante áspero.

– Você gostaria que eu chamasse um táxi para você? Ou eu poderia levá-la para casa, se você preferir.

Meus olhos marejaram diante da gentileza. Aquele homem, que parecia ter idade suficiente para ser meu pai, estava sendo mais doce para mim do que qualquer pessoa havia sido em muito tempo. Mais do que meus próprios pais, que, àquela altura, tinham praticamente me deserdado.

– Não posso ir embora ainda. Alguém vai perceber.

Ele sorriu e foi a primeira vez que eu percebi o quanto ele era bonito, apesar da idade.

– Que tal você vir e se sentar comigo? Posso segurar sua mão e conversar para ajudá-la a sair de qualquer ataque de pânico. Eu protejo você.

Havia sido o começo. Ele fez tudo o que prometeu. Me acompanhou durante toda a noite, segurou minha mão quando comecei a tremer. Ele ainda conseguiu me persuadir a cair na pista de dança uma vez. Quando me deixou em casa naquela noite, sem demonstrar quase reação nenhuma ao ver o casebre arruinado onde eu morava, ele pegou meu telefone e prometeu me ligar no dia seguinte.

Ele era um homem de palavra. Sempre foi. O que falta em paixão, ele compensa em lealdade.

Ao longo dos seis meses seguintes, ele me cortejou assiduamente. Fui mimada com flores e presentes, ele me levou a belos restaurantes e a galerias de arte luxuosas. Mas, embora eu gostasse de todas essas coisas – quem não gostaria? –, era a maneira como ele me tratava o que eu mais gostava. Tomava as decisões e cuidava de mim como se eu fosse sua segunda filha.

Pela primeira vez em muito tempo, me senti feliz. Segura. Em seis meses eu estava passando mais tempo na casa dele do que na minha. Nós nos casamos dois anos depois.

Não tive um ataque de pânico desde então.

2

Vamos à galeria de táxi, para que Simon possa beber um pouco. Por mais que ele adore dirigir o Jaguar, prefere uma taça de vinho. Odeio dirigir por Londres, mesmo à noite.

– Elise me ligou hoje à tarde – diz Simon enquanto percorremos as ruas molhadas do Soho. – Ela acha que encontrou um artista.

– Sério? – Meu sorriso é genuíno. Elise nunca foi minha maior fã, mas ela ama o pai, por isso ela me tolera. Não me importo; acho que sentiria o mesmo se estivesse no lugar dela. Para o mundo exterior, não sou melhor do que uma caçadora de recompensas. Uma esposa-troféu.

– Pelo visto, ele acaba de voltar dos Estados Unidos. Também não é estudante, é um artista de mão-cheia.

Meus olhos se arregalam.

– Ele vai ter tempo para dar aulas na clínica?

– Elise diz que vai. Não falta dinheiro para ele. A cavalo dado não se olham os dentes, Beth.

Curvo os dedos em volta dos bíceps de Simon e aperto de leve. Não gosto de deixá-lo aborrecido. Ele trabalha duro; o mínimo que posso fazer é tornar sua noite agradável.

Quando o táxi para em frente à galeria, Simon sai primeiro. Ele abre um guarda-chuva antes de me ajudar a sair. Levei algum tempo para me acostumar ao cavalheirismo quando começamos a nos relacionar. Na época, eu estava mais acostumada a garotos, daqueles que tomavam mais do que ofereciam.

Apesar de nossas melhores intenções para chegarmos cedo, a exposição está em pleno andamento quando entramos no local. Um garçom para diante de nós e oferece uma bandeja cheia de bebidas. Simon pega duas taças e me entrega um vinho branco enquanto sorve o tinto.

– Nada mau. – Ele toma mais um gole. – Elise fez a coisa certa e encomendou itens de qualidade.

Não respondo; em vez disso, tomo meu vinho. Já que Simon é quem está financiando toda a festa, por que diabos ela não encomendaria coisas de qualidade?

Simon para e fala com um grupo de amigos. Todos têm mais ou menos sua idade, são cinquentões, por aí. Fico ao lado dele, obediente, sorrindo quando ele me apresenta, ignorando as sobrancelhas levantadas e os olhares agudos. Eles olham para mim como se eu fosse uma vadia louca por dinheiro. Tenho vontade de responder que raramente gasto o dinheiro de Simon. Tenho meu próprio salário, embora insignificante, e também minha própria conta bancária. Nunca foi o dinheiro que me atraiu nele. Foi a proteção.

Engulo a bile que estava se juntando em minha garganta. As pinturas nas paredes da galeria me chamam. Vou flutuando até elas, fico o mais próximo que posso, admirando a composição, a cor, as pinceladas. Eu poderia me perder em sua beleza por horas. Sempre amei a arte. Não sou uma grande pintora, mas sou admiradora. Não uma grande conhecedora.

– O que você achou? – A voz nasalada de Elise, com um acento das classes altas, sussurra em meu ouvido. Viro para ela e sorrio.

– São fantásticos. Lindos. Está me matando não poder tocá-los.

– Que bom que você não tocou. Acabei de vender este aqui por quarenta mil.

Não sei por que estou chocada. Estou com Simon por tempo suficiente para saber em que tipo de coisas os podres de rico gastam seu dinheiro. Não posso deixar de pensar no que poderíamos fazer com essa quantia de dinheiro na clínica.

– Aposto que o artista está feliz.

Ela sorri.

– Ele está. E você também deveria ficar, porque eu o convenci a dar aula na clínica.

A respiração foge de mim numa lufada. O Senhor Quarenta Mil vai dar aula para nós? Nossas crianças carentes, desinteressadas, subnutridas? Não sei se fico satisfeita ou apreensiva.

Dou um risinho, embora o sorriso não chegue a atingir meus olhos.

– Será que ele sabe onde está se metendo?

– Por que não perguntar a ele? – Ela me leva para o centro do salão, onde uma grande multidão se reuniu. Um murmúrio de conversa paira no ar. Fico à margem, um pouco envergonhada, quando Elise vai abrindo caminho, tentando separar a multidão como Moisés abriu o mar Vermelho.

– Aí está você, Niall. – A voz alta de Elise percorre o salão. – Eu gostaria que você conhecesse a Bethany. Ela trabalha na clínica de que eu estava falando.

Vejo primeiro os olhos azuis. Brilhantes, intensos, da cor do oceano. Fazem meu coração fraquejar. Ele os aperta quando me vê. Meu estômago se aperta e torce como se estivesse sendo espremido por uma calandra.

Meu passado acaba de voltar para dentro da minha vida. Mal consigo respirar.

Da última vez em que vi Niall Joseph, fingi que não o conhecia. Eu estava sendo levada para longe do prédio da reitoria da universidade por meu pai, seus dedos agarrando meu pulso, lábios apertados e raivosos. Era começo da noite, e eu tinha duas horas para esvaziar meu quarto e deixar o campus; caso contrário, seria escoltada para fora por seguranças.

Tínhamos quase alcançado os salões de residência quando notei uma figura alta apoiada na varanda da frente. Ele parecia ter um cigarro na mão, mas no momento em que chegamos perto, percebi que não era um cigarro qualquer. O aroma de mofo e os olhos vermelhos dele o denunciavam.

Claro, meus olhos também estavam vermelhos, mas por uma razão completamente diferente. Meu choro havia ido e voltado pelos últimos dias. Um dilúvio quando respondi às perguntas do investigador, tentando falar sobre minha amizade com Digby e descrever o que aconteceu na noite em que ele morreu.

Menti entre dentes quando disse que não sabia de quem ele havia conseguido o ecstasy. Claro que eu sabia. Todos sabíamos. Niall era basicamente o fornecedor naquela época.

Cada vez que eu choramingava, meu pai revirava os olhos. Ele havia deixado claro que preferia estar em qualquer lugar que não fosse ali. Estava me acompanhando apenas para se certificar de que eu não faria um papel ridículo; que eu não jogaria nossa família no ridículo.

– Você está bem? – Niall se afastou da parede e caminhou em nossa direção. Meu pai não disse nada, mas senti seus dedos apertarem meu braço. – Ando tentando ligar para você.

– Estou bem. – Curto, conciso. Olhei para meu pai de soslaio. Ele estava olhando para nós, boquiaberto.

Niall colocou o baseado na boca e respirou novamente. Jesus, ele queria morrer?

– Você não parece bem. Está com uma aparência péssima.

– Você conhece esse rapaz, Bethany? – A paciência do meu pai finalmente se esgotou. Eu tremia quando olhei para ele, com medo de praticamente tudo o que acontecera. Nos últimos dias eu havia visto um dos meus amigos mais próximos morrer, havia sido inquirida por jornalistas e policiais e, finalmente, havia sido levada na frente da reitoria. Eu estava exausta, acabada. Trêmula, nada mais do que uma pilha. Agora Niall, que tinha dado a droga a Digby, estava fumando um baseado na frente do meu pai.

Talvez, se meu pai fosse outra pessoa, menos preocupado com as aparências e mais preocupado com a filha, tudo pudesse ter sido diferente. Talvez se eu tivesse sido mais forte, não a garota fragilizada que eu me tornara, poderia ter sido capaz de dar uma resposta apropriada. Em vez disso, olhei para os meus pés e balancei a cabeça.

– Não, eu nunca o vi na vida.

– É um prazer conhecê-la. – Niall estende a mão e me cumprimenta. Vejo seus dedos longos envolverem a palma de minha mão e sinto gotas de suor brotarem em minha pele. Preciso de todas as minhas forças para não o deixar sentir o tremor na minha mão, porque não quero que ele saiba o quanto estou chocada por vê-lo de novo.

– O prazer é meu. Elise me disse que você vai trabalhar com a gente. – Não consigo olhar para ele. Em vez disso, olho para seus pés, notando como seus sapatos de couro preto são brilhantes. Parecem muito diferentes dos tênis que me lembro de ele calçar. Sempre surrados, salpicados de tinta. Como o resto dele.

– Eu gostaria. – Sua voz é mais suave do que me lembro, mas a cadência de Dublin ainda está presente. – Acredito fortemente nisso.

– Nas drogas? – Surpresa, olho para ele, meus olhos arregalados. Preciso inspirar fundo quando o vejo olhando diretamente para mim.

Ele ainda é lindo. Seu cabelo está um pouco mais longo, mas ainda tão escuro como tinta de jornal. Seu rosto perdeu os traços arredondados da juventude, substituídos por maçãs do rosto talhadas, sombreadas por um pouco de barba. Mas eu o reconheceria em qualquer lugar. Aqueles lábios cheios e vermelhos, um ligeiro calombo no dorso do nariz. A cicatriz pequena ao lado da orelha direita que ele conseguiu quando criança, jogando futebol. Estão todos lá, um lembrete de tudo o que aconteceu há tantos anos. Tudo o que tentei esquecer.

– Quero dar algum tipo de retribuição. Recebi muitas coisas boas na vida. Outras pessoas não têm tanta sorte.

Minha mente está cheia de perguntas que não sei como expressar. Como ele passou esses anos, o que andou fazendo. Mas não dou voz a nenhuma delas, porque tenho muito medo. Medo de navegar para o passado e encalhar em um rio cheio de resíduos.

– Bem, ficaríamos muito agradecidos por sua ajuda. As crianças amam arte às quintas-feiras; é a aula favorita. – Sinto-me melhor quando falo sobre a clínica. Mais pé no chão. Agora essa é a minha realidade, não aquelas memórias que estavam tentando ressurgir. – Eles não são Da Vinci nem nada, mas alguns parecem ter talento.

– Bom, Da Vinci eu também não sou.

Passo o olhar pela galeria.

– Você é muito bom.

Ele até fica corado.

– Obrigado.

É difícil não olhar para as bochechas vermelhas. Difícil esquecer a sensação de tocá-las com os dedos. Niall não mostra o menor indício de que se lembra de mim, e estou realmente tentando não me decepcionar. Porque essa situação já é bastante constrangedora do jeito que está. Não preciso torná-la pior.

– Trouxe outro drinque para você, querida. – Simon me oferece um vinho branco. A taça está embaçada. Pequenas gotas de água correm na minha mão quando pego a bebida.

– Simon, este é Niall, o artista que Elise encontrou. Este é Simon, o pai de Elise. Ele é dono da galeria.

Os dois homens trocam um aperto de mãos, e não posso deixar de compará-las. A de Simon é pálida e descarnada. Pelos grisalhos escapam sob os punhos da camisa.

– Prazer em conhecê-lo. Elise disse que você vai fazer maravilhas na clínica.

Uma aura de constrangimento desce sobre nós. Conversamos amenidades, brinco com meu vinho, olho para os meus pés, olho ao redor do salão. Simon e Niall parecem muito mais à vontade, o suficiente para iniciar uma conversa sem mim. Isso me dá o espaço de que preciso para me acalmar. Lembro-me de que estou aqui como a esposa de Simon. A antiga Beth se foi. Não preciso mais ficar assustada. É como se meu cérebro soubesse, mas meu corpo não, e pela primeira vez em anos sinto o aperto familiar no peito.

Respire. Apenas respire.

Há gente demais na sala. É como se estivessem se aglomerando ao redor de mim. Meu coração está acelerando tanto que quase dói.

– Preciso ir ao banheiro. – Empurro minha taça na mão livre de Simon e quase corro pelo piso da galeria, tropeçando algumas vezes ao esbarrar em um convidado. Quando olho para trás, vejo os dois me fitando.

Meu marido e o homem que eu conhecia. O que me protege e o que me ensinou o que era paixão.

Ele coloria meu corpo como se eu fosse uma tela em branco.

Algo há muito adormecido dispara faíscas dentro de mim quando me lembro de como era bom.

Nove anos antes

– Ei, menina da chuva!

Virei a cabeça de maneira repentina e quase deixei cair os livros que estava equilibrando precariamente nos braços. O gramado está repleto de estudantes. O sol está forte. Faz calor o suficiente para que as meninas vistam shorts minúsculos e blusinhas. Parece que metade dos garotos tirou a camisa, revelando a pele pálida que está se tornando mais rosada a cada segundo. Não consigo ver de onde vem a voz, então, dou de ombros e continuo andando. Minha última aula acaba de terminar e estou voltando pelos corredores dos alojamentos. Vestida com jeans e uma blusa de manga comprida, estou com calor e com roupa demais para o clima.

– Por aqui. – Niall enrola a língua nos erres e por algum motivo soa incrivelmente sexy. Olho para a esquerda e o vejo, sentado com um grupo de amigos na beira do lago. Cruzamos o olhar e ele sorri, fazendo meu estômago apertar.

Quero acenar, mas estou segurando livros demais. Em vez disso, balanço um pouco a cabeça para o lado e mostro um sorriso torto e cheio de dentes. Dou um chute mental em mim mesma por ser tão patética, mas é de Niall Joseph que estamos falando. Deus dos Deuses, Rei dos Reis, e ele está falando comigo.

Ainda está sorrindo. Começo a me sentir idiota, em pé aqui como uma pateta, então levanto as sobrancelhas, esperando passar uma mensagem de indiferença, uma expressão meio como "vejo você por aí", e começo a me afastar.

– Espere aí. – Ele se levanta e vem até mim numa meia corrida. Está segurando um baseado entre o indicador e o dedo médio. Quando para na minha frente, leva-o aos lábios. Ele solta o ar, e a brisa joga a fumaça em meu rosto.

– Você quer?

Dou de ombros e olho para os meus braços. Ele segue meu olhar e percebe como minhas mãos estão cheias. Girando o baseado entre os dedos, ele o ergue, coloca nos meus lábios e eu dou uma tragada. Um momento depois, vejo seus olhos e ele ainda está sorrindo para mim; não sei se é Niall ou a droga que me deixa um pouco zonza. Ele coloca o baseado de novo na própria boca e depois pega meus livros, erguendo-os facilmente nos braços. Sem nem me perguntar se quero me juntar a ele, Niall caminha de volta para seu grupo.

Claro, eu vou atrás.

Meio sem jeito, eu me sento ao seu lado. Seus amigos são a nata do campus; ou são ricos, ou são talentosos, ou uma mistura de ambos. É difícil não se sentir sem graça e prosaica em comparação.

Niall coloca o baseado de volta em meus lábios, apesar de minhas mãos agora estarem livres. Minhas bochechas esquentam quando percebo que ele ainda está olhando para mim. Ele tem uma intensidade que me faz estremecer, mesmo que eu esteja fervendo dentro da blusa de mangas compridas e da calça jeans.

– Ela tem nome? – O garoto sentado do outro lado de Niall olha para mim. Ou eu acho que ele olha; é difícil dizer quando ele está usando óculos estilo aviador e um boné que cobre os olhos.

– Ela se chama menina da chuva. – A voz de Niall é baixa. Seus lábios se repuxam em um sorriso e parece ser só para mim.

– Nome estranho. – O rapaz enruga o nariz. – E especialmente inadequado para este tipo de clima. Mas acho que combina com você. – Ele passa o braço ao lado de Niall e aperta minha mão. – Sou Digby.

Digby?

– Oi.

– Acho que vou chamar você pelo nome da deusa grega da chuva... que é... hum...

– Não existe deusa grega da chuva, idiota. – Isso vem de uma garota deitada de bruços na nossa frente. Sua voz é profunda e rouca, parecendo pertencer a alguém que fuma sessenta cigarros por dia.

– Tem sim. É Íris.

A menina gutural ri.

– Ela é a deusa do arco-íris, não da chuva. Zeus é o responsável pela chuva.

– Eu não vou chamá-la de Zeus.

Graças a Deus pelas pequenas misericórdias.

– Meu nome é Beth – digo com uma vozinha. Todos param de falar e olham para mim. De repente, entendo como um animal de zoológico deve se sentir.

– Eu prefiro Íris – diz Digby.

– Bem, é melhor do que Zeus – diz a menina gutural.

Niall se inclina um pouquinho para frente e encosta os lábios macios na pele sensível logo abaixo da minha orelha.

– Para mim você sempre vai ser a menina da chuva.

Hoje

3

Encontro-me com Daisy num café, em uma manhã úmida de terça-feira. Ela está sentada do lado de fora, em uma mesa bistrô de aço inoxidável sob o toldo. Um cigarro fumado pela metade está preso entre os dedos, e ela o leva aos seus lábios secos e rachados. Quando suga o filtro, suas bochechas se curvam para dentro. Quando ela expira, a fumaça se combina com o vapor que dança no ar.

– Gostaria de um café? – Paro ao lado dela. Ela olha para cima, quase surpresa.

– Posso tomar uma Coca-Cola em vez disso? Estou de ressaca.

Quando volto para fora, ela terminou o cigarro. Está com o celular na mão, debruçada sobre ele. Seu cabelo liso e sem vida cobre os olhos. Coloco a Coca diante dela e minha xícara de café cheia demais em cima da mesa. Balança um pouco; o café transborda e derrama na superfície metálica, escorrendo na direção da extremidade do tampo.

– Como você está? – Sento-me e tomo um gole de café. Está tão quente que queima meus lábios.

– Bem.

– E Allegra?

Daisy desvia o olhar do telefone; o branco dos olhos está amarelado e há sombras escuras abaixo deles. Parece que ela passou semanas sem dormir.

– Ela está bem.

Ignoro o tom defensivo em sua voz. Ela me conhece por tempo suficiente para entender que não estou julgando. Também não sou a conselheira, apenas estou ali como amiga.

– Ela parecia melhor ontem, quando eu a vi – digo.

Daisy dá de ombros e abre a lata de Coca-Cola. O recipiente solta um silvado quando ela puxa o anel, e bolhas escapam da pequena abertura.

– Ela mal está falando comigo.

– Ela passou por muita coisa.

– Eu também.

Não sei como falar com Daisy quando ela está assim. Defensiva, lacônica, zangada com o mundo. Ela está sentindo pena de si mesma e quando está nesse estado de espírito não há como chegar até ela. A preocupação com Allegra corrói meu estômago. Engulo outro gole de café. Com leite, açucarado exatamente do jeito que gosto. Mesmo depois de todos esses anos, tento manter meus estimulantes suaves. A droga mais forte que tomo hoje em dia é cafeína.

– Darren voltou.

Meu rosto perde o entusiasmo. Darren é seu namorado vai-e-volta e, mais importante, ele é um traficante. Não é pai de Allegra – não sei se Daisy sequer sabe quem é –, mas ele está no cenário por tempo suficiente para eu saber que significa más notícias. Péssimas notícias.

– Você já contou à Lara? – Sei que a clínica tem de manter a confidencialidade dos pacientes, sempre que possível, mas também temos a obrigação de nos certificar de que Allegra esteja em segurança. Vamos ter de envolver o serviço social novamente. Com certeza isso vai alienar Daisy e jogá-la nos braços de Darren.

É um dilema de lógica circular e odeio essa situação, mas não existe outro jeito.

– Não. – Ela toma mais um gole de Coca-Cola. Seus dentes são amarelos por causa das drogas e da falta de higiene. Sem pensar, passo a língua pelos meus próprios dentes incisivos. – E não vou contar – ela acrescenta.

– Você sabe que vou ter de contar a alguém.

A raiva cintila pelos olhos dela.

– Não vai porra nenhuma. Era para você ser minha amiga.

– Eu *sou* sua amiga. Você sabe minha opinião sobre Darren. Também sabe como Allegra se sente. Da última vez que ele apareceu, ela acabou sozinha em casa por dois dias antes que alguém a encontrasse. – Não acredito que voltamos a isso. Darren é um parasita. É como se ele tivesse um sexto sentido. Sempre que Daisy começa a melhorar, ele aparece e a seduz novamente. Ele a alimenta com drogas como se fossem doces e ela deixa.

Daisy revira os olhos.

– Desta vez ele está mudado. Ele me prometeu que vai ficar limpo. Desistir de traficar e tudo mais. Quer dar outra chance a nós dois.

Sinto vontade de chorar. Conheço a tentação das promessas, a esperança de que dessa vez vai ser diferente. Vi tantas vezes ao longo dos últimos anos. Nunca essas promessas foram mantidas.

– Você acredita mesmo nisso?

Ela afirma com a cabeça, olhando para as mãos.

– Ele me ama. E eu o amo. Dessa vez vai dar certo.

Quando bebo o último gole de café, me pergunto quanto tempo vai demorar para tudo explodir no rosto dela. Quando acontecer, sei que vou estar lá para ajudá-la a limpar tudo, exatamente como da última vez. Não é por causa dela, mas por Allegra. A menina merece ter um pouco de estabilidade na vida.

Quando chego à clínica, estou doente de preocupação por Daisy e Allegra e preciso falar com alguém. Com Lara. Ela sempre foi minha voz da razão, uma amiga quando eu não tinha mais ninguém a quem recorrer. Vê-la quase todos os dias na clínica é uma das razões pelas quais estou mantendo o controle ultimamente.

No entanto, ela está com um cliente, então vou até o escritório e ligo para a assistente social de Allegra. Grace O'Dell tem experiência; trabalha com muitos dos nossos pacientes, e conseguimos construir um bom relacionamento com ela. É de um tipo sem noção e, quando conto sobre Darren, ouço-a suspirar pelo telefone.

– Não acredito que ela seja tão idiota. Minto, acredito sim. Vou colocá-la na minha lista de visitas de hoje. – Ouço Grace folhear papéis. – Tem espaço para Allegra no clube depois da escola?

– Claro. – Temos um máximo de quinze vagas, mas posso encaixá-la. Com muita frequência, pelo menos uma das crianças falta. – Se eu arranjar alguém para buscá-la, você informa a escola?

– Informo, vou ligar agora. Pelo menos ela vai ter um pouco de normalidade na vida, pobrezinha.

– Vamos fazer o que pudermos. Odeio a ideia de que ela ainda tenha de ir para casa depois. – Em vez disso, quero embrulhá-la e levá-la comigo. É um pensamento perigoso. Tento acabar com ele antes que possa criar raízes.

– Você não pode estar presente o tempo todo. Lembra-se do que eu disse? Se você não se desligar, vai acabar queimando. E isso não vai fazer bem a nenhum deles. Aliás, nem a você.

– Eu sei. – Minha voz é baixa. Se eu fizesse do meu jeito, minha casa ficaria cheia dessas crianças. Mas o serviço social não funciona assim. Nem Simon. Ele nunca me deixaria levá-los para casa.

– Quando você vai vir para o lado negro, hein? – Há um tom de provocação em sua voz. Um sorriso tenta puxar o canto da minha boca, mas não funciona.

– A força é muito poderosa.

Grace ri.

– Alguns anos na universidade, jovem aprendiz Jedi. Aí você vai poder ser igual a mim. Máscara preta e tudo mais.

– Estou velha demais para ser aluna. – Não digo a ela que já tentei antes. Que fui embora sob suspeita, com muito mais do que o rabo entre as pernas.

– Você é um bebê. Tem a vida inteira pela frente. Você daria uma boa assistente social, assim que nós a ensinássemos a não se apegar tanto.

– Você não poderia me ensinar isso.

– Quer tentar?

Conversamos por mais alguns minutos e eu desligo, sentindo a ansiedade ainda no fundo da barriga. É difícil não me sentir um pouco culpada por ter falado sobre Daisy, sabendo que isso quase certamente vai afastá-la de Allegra outra vez. Não importa que sua mãe seja uma porcaria, Allegra vai me odiar se descobrir. Abaixo a cabeça até apoiá-la nas mãos e deixo escapar um suspiro baixo. Meu corpo inteiro dói, como se eu tivesse passado a manhã fazendo exercícios físicos intensamente. Esfrego os olhos com as palmas das mãos.

– Hum, oi.

Olho para cima. Minha testa franze quando vejo Niall em pé na porta. Já está na hora? Cristo, onde foi parar o dia?

Não consigo me acostumar a vê-lo novamente.

– Oi. Você chegou cedo.

O canto de seu lábio se curva para cima.

– Eu queria ter a certeza de estar preparado. – Ele olha para mim, depois faz um gesto para os próprios olhos. – Você está com rímel debaixo...

Ai, Deus. Esfregar os olhos deve ter me deixado parecendo uma palhaça. Passo o dedo sobre as pálpebras inferiores. Quando tiro a mão, o dedo está manchado de tinta preta.

– Obrigada.

Seu sorriso apenas se alarga.

– De nada.

Por um minuto, quero apagar aquele sorriso arrogante da boca dele. Senhor Perfeitinho, droga. Seu cabelo é imaculado, seu rosto é bronzeado. Seu maxilar é levemente coberto de barba por fazer. Ele parece modelo.

E estou com a aparência péssima.

Isso não se encaixa nos meus planos. Eu queria ficar numa boa, calma, serena. Em vez disso, pareço uma aberração. Murmuro para mim mesma e me levanto de trás da mesa. O movimento me faz relembrar dos meus bons modos.

– Gostaria de conhecer o lugar, enquanto ainda temos algum tempo?

Niall concorda com a cabeça. Ele ainda está sorrindo. Seus dentes são brancos e retos, como os meus. São reais ou restaurados no dentista? Minha mente está de repente cheia de perguntas. Será que ele ainda usa drogas? Conseguiu parar?

Será que desmoronou como eu?

Eu me lembro de que nada disso é da minha conta. Ele é apenas um colega, um cara que concordou em nos fazer um favor. Ele não me deve nada. Por alguma razão, esse pensamento me deprime. Noto que ele em nenhum momento menciona termos nos conhecido no passado. Estamos fingindo sermos estranhos, mesmo que não sejamos nada disso. Seria engraçado se não fosse trágico.

Começamos a visita pelo piso térreo, e mostro a ele as salas de terapia que não estão sendo utilizadas, as salas de reuniões onde fazemos o clube depois da escola e a cozinha.

– Este é o lugar mais importante. – Levanto os braços e indico o pequeno cômodo. – Temos tudo o que você possa querer. Café, chá, biscoitos... ombro amigo. Montes e montes de ombros amigos.

– Este lugar é incrível. Há quanto tempo você trabalha aqui?

– Cinco anos. – Subimos as escadas, em direção ao escritório da administração. Aceno para a equipe. Elas parecem mais interessadas em babar por Niall do que em retribuir meu cumprimento; não que eu possa culpá-las. Ele está vestindo uma calça jeans velha, suja de tinta, rasgada nos joelhos e desgastada nas bainhas. O tecido agarra seus quadris de um jeito perturbador. – E obrigada. Todos nós trabalhamos muito duro para deixá-lo assim.

– Posso perceber. – Sua voz é baixa. – É muito impressionante.

Por alguma razão isso mexe comigo na hora. Ele ainda se parece com o Niall que consumia todos os meus pensamentos tantos anos atrás. Mas, como eu, ele parece ter crescido. Gosto disso mais do que deveria. Gosto *dele* mais do que deveria.

– Acho que agora devemos aprontar as coisas na sala de arte. – De súbito, eu queria que as crianças já estivessem aqui. Elas são o melhor quebra-gelo; eu me sentiria muito menos desconfortável se estivessem por perto. Até mesmo meu corpo parece esquisito. Meus braços estão soltos frouxamente ao lado do corpo, e não sei o que fazer com as mãos. Fecho os punhos, como se fosse me dar forças.

– Parece uma boa ideia – diz ele. – Me mostre o caminho.

Dois sábados depois, Lara e eu dirigimos até Battersea no Mini arranhado dela. É cedo o suficiente para as ruas ainda estarem razoavelmente vazias. Ela aumenta o volume do rádio do carrinho e nós cantamos com os Arctic Monkeys, tentando não fazer comentários sobre o fato de que quase todas as suas letras parecem ser sobre drogas, bebidas ou ambos. Elas me lembram de quando eu era estudante. Tudo me lembra, no momento. Tenho flashbacks de épocas que tentei manter enterradas por tempo demais.

– Então, para onde devemos levá-la? – Lara bate a ponta dos dedos no volante. Estamos paradas na faixa de pedestres, esperando uma senhora de idade passar. Ela está empurrando um carrinho, e espiando de dentro dele está um pequeno terrier escocês.

– Devemos ir ao parque – digo. – Está um dia lindo e ela provavelmente precisa gastar um pouco de energia.

Allegra está numa residência para grupos há cinco dias. Desde que Daisy brigou com Darren, acabou em um acidente e com o osso da bochecha quebrado. Ela jura que parece mais doloroso do que realmente é, mas a cada vez que olho, só consigo pensar em como ele deve ter batido forte para quebrar um osso tão espesso.

Me dá náusea saber que Allegra viu todo o incidente.

– Nós poderíamos ir ao Battersea Park.

– Talvez. – Eu ansiava pelas colinas. Não há o suficiente delas em Londres. Sinto falta de como a gente pode subir alto, olhar para baixo e se sentir tão insignificante. Quero me sentir insignificante, pelo menos para mim mesma. – Que tal irmos à colina Parliament?

– Hampstead fica a quilômetros de distância.

– Eu ajudo a pagar a gasolina. – Estou brincando. Eu vou pagar tudo. – Aposto que Allegra nunca foi lá. Podemos comprar comida no Marks & Spencer e fazer um piquenique. – Começo a ficar animada. – E talvez possamos conseguir um caderno e lápis para ela desenhar ou algo assim.

Lara olha para mim de soslaio.

– Você está bem? Você parece toda confusa no momento.

É tão típico que ela perceba quando ninguém mais percebe. Para todas as outras pessoas, posso vestir uma persona como se fosse um velho casaco de inverno, mas Lara é perceptiva demais. Inclino-me para frente e abaixo o rádio.

– Eu não sei – admito.

– Está tudo bem com Simon?

Pisco algumas vezes.

– Está, por que a pergunta?

Ela encolhe os ombros.

– Você não falou muito sobre ele.

– Ele anda ocupado no trabalho. Se fosse dez anos mais jovem, provavelmente viraria a noite trabalhando.

Nós duas rimos. A imagem de Simon passar a noite apenas com a companhia de Red Bull é irreal.

– Aliás, eu ia perguntar se posso ir ao show do Alex na próxima sexta-feira. Simon vai estar fora e não gosto de ficar em casa sozinha.

Alex é o marido da Lara. Ele é impressor de profissão, mas tem uma banda na qual brinca um pouco e às vezes eles fazem shows no pub local. São superdescontraídos e despretensiosos. Gosto muito do Alex, principalmente porque ele me deixou morar com ele e Lara por um ano quando eu não tinha para onde ir. Senti falta de vê-lo. Nossos círculos são muito diferentes hoje em dia. Ele é tranquilo, legal e eu sou velha antes do tempo.

– É claro que a gente adoraria. – Lara está com um sorriso enorme no rosto e tento não deixá-la ver o quanto isso me faz sentir mal. Não me lembro da última vez que saí com ela. A maior parte do meu tempo é ocupada com Simon; ou saindo para jantar com clientes, ou hospedando-os na nossa casa. Não é que Simon não se dê bem com Lara e Alex; eles simplesmente não têm muito em comum. É bem difícil para todos nós quando estamos juntos. – Você poderia ficar lá em casa. Talvez a gente possa dar uma passada nos mercados de rua no sábado de manhã.

Um sorriso faz meus lábios se contorcerem. Não me lembro da última vez que fui aos mercados, a qualquer um. Eu adorava vasculhar as barracas quando era mais jovem, escolhendo peças vintage e misturando-as com o meu guarda-roupa.

– Vamos sim. – Minha voz é resoluta e nos deixa com uma animação meio boba.

Ainda estou sorrindo quando chegamos a Carter House. Quando Allegra desce as escadas, está vestindo jeans velho e um suéter alguns números menores do que deveria ser. Seu rosto se ilumina assim que ela nos vê. Ela corre para os meus braços, quase juntando as mãos atrás de mim, e enterro meu rosto em seu cabelo. Tem um leve aroma de fumaça, e me pergunto se Allegra chegou a lavá-lo alguma vez desde que chegou aqui.

Quando a solto, ela sorri timidamente para Lara. Elas não têm oportunidade de interagir na clínica pois Lara geralmente está ocupada com os adultos.

– Oi, docinho. – Lara estica o braço e mexe no cabelo dela. As bochechas de Allegra ganham um tom rosado. Lara não pareceu notar, e decide nos provocar: – A Indiana Beth aqui acha que devemos sair para uma aventura.

Os olhos de Allegra se arregalam.

– Que tipo de aventura?

– Ah, não sei, talvez caçar alguns tubarões, matar algumas bruxas, ou enfrentar alguns piratas para tomar o tesouro deles – diz Lara.

Dou um sorriso.

– Estou pensando que podemos cravar estacas em alguns vampiros e depois fazer um piquenique.

Allegra franze a testa, fingindo considerar as opções.

– São vampiros malvados?

– Acho que são. Mas, se você quer ter certeza, a gente sempre pode perguntar a eles antes.

Ela agarra minha mão e praticamente me puxa para fora da porta. Lara fica para trás e assina a papelada.

– Que tipo de piquenique vamos ter, afinal?

Acaba sendo o tipo de piquenique em que compramos comida demais e depois ficamos olhando os pássaros darem rasantes, tentando pegar as migalhas dos nossos dedos. Nos sentamos em uma manta de lã xadrez no topo da colina e ficamos olhando para Londres lá embaixo. O ar é limpo e podemos ver todo o caminho até a cidade e, além, o horizonte familiar de Canary Wharf reluzindo a distância.

Dias como esse me lembram de porquê eu amo tanto viver em Londres.

Allegra pega outro pãozinho de salsicha, tira a massa e a enfia na boca. Ela descarta a carne rosada, jogando-a no prato de papel na frente dela. Fora do escudo de massa, a salsicha parece mole e enrugada.

– Beth?

Viro-me para olhar para ela.

– Sim?

– Por que as pessoas usam drogas?

Fico em silêncio por um minuto. Sua pergunta parece ter arrancado o ar dos meus pulmões. Lanço um olhar para Lara, que me vê e dá de ombros. Mensagem recebida: essa é toda minha.

– É um vício, Allegra. Faz as pessoas se sentirem bem no começo, mas depois elas ficam tão acostumadas que simplesmente não conseguem parar.

– Por que não conseguem parar?

– Porque as fazia se sentir bem no começo.

Ela pega uma margarida da grama ao lado do cobertor e começa a arrancar as pétalas, uma por uma.

– Mas faz mal. Como pode fazer a pessoa se sentir bem?

Respiro fundo. O ar cheira a batatas-fritas com sal e vinagre, misturado a grama recém-cortada. Um típico dia inglês de primavera.

– As coisas podem ter uma sensação boa e ainda assim fazer mal. Como chocolate demais, ou ficar acordado até tarde quando a gente deveria estar dormindo. Mas drogas são piores, porque elas fazem as pessoas se sentirem péssimas e não conseguirem mais fazer as coisas direito.

Não quero dizer a ela que podem matar. Eu sei mais do que ninguém. Mas ela tem 8 anos e a mãe é dependente; não sei se já estou pronta para que ela some as informações e chegue ao resultado certo.

– O problema é que, quando a pessoa se vicia, é realmente difícil parar. É por isso que temos a clínica, para tentar ajudar as pessoas.

– Pessoas como a minha mãe?

– Sim.

Ela morde o lábio inferior.

– Então por que ela continua usando drogas? Por que vocês não estão ajudando ela?

– Nós estamos tentando. – Minha voz enrosca na garganta. – Mas isso pode levar muito tempo. E às vezes as pessoas têm recaídas e pioram de novo.

Allegra se inclina para mim, e dou a volta com a mão para acariciar seu cabelo. Mesmo sujo, é macio e sedoso.

– Algum dia minha mãe vai ficar bem?

Eu a puxo para mais perto.

– Não sei, Allegra. Espero que sim.

Ela passa os braços ao meu redor.

– Eu também.

4

– Tem certeza de que não quer vir? Drew não vai se importar com uma pessoa a mais se eu ligar para ele. – Simon fecha a valise e olha para mim com expectativa. – Deixo você segurar minha arma.

– Bela oferta.

Ele está sendo mais doce do que o habitual. Sei que está ansioso há muito tempo para o fim de semana com seus garotos. Vão caçar tetrazes, ou algo parecido. Eu realmente não estava prestando atenção.

– Vá você e se divirta. Lara me convidou para ficar lá no fim de semana. – Eu estava ansiosa, tanto quanto Simon estava pela caçada.

– Vou sair depois do almoço no domingo. – Ele levanta a maleta da cama e se inclina para frente para me abraçar. Quando se afasta, há um leve sorriso no rosto. – Tente não se meter em nenhuma confusão.

– Quanta confusão eu posso conseguir em um fim de semana?

– Muita. – Ele parece melancólico. Por um momento, eu me pergunto se realmente confia em mim. Desde que nos casamos, não fiz nada para causar problemas a nenhum de nós. Deixei *aquela* garota para trás há anos, embora, às vezes, especialmente nos últimos tempos, eu sinta falta dela. Simon simplesmente sorri e dá um beijo rápido na minha bochecha. Quando estou na porta e o vejo subir no carro esporte, fico me perguntando por que meu estômago se revira. Talvez eu vá sentir mais falta dele do que me dou conta.

Depois que Simon vai embora, tomo um banho rápido e visto uma roupa. Poucos minutos depois das 20h, saio de casa e vou para a estação de metrô no final da nossa rua. A plataforma está cheia de gente, algumas vestidas como eu, para uma noite casual, outras ainda com o visual de trabalho, indo para casa depois de um longo dia. É um microcosmo de cidade grande: pessoas e nacionalidades de todos os tipos, todas apertadas no espaço pessoal umas das outras.

O George & Dragon, uma alusão a São Jorge e o dragão, fica na beira de uma praça verde arborizada. O edifício vitoriano é decadente e está caindo aos pedaços. A placa pintada do pub – representando o momento em que São Jorge finalmente dá o golpe de misericórdia – se balança suavemente na brisa noturna. Assim que abro a porta pesada de madeira, sou atingida pelo ar quente cheirando a mofo e pelo barulho de uma dúzia de conversas. Passando os olhos pelo salão, procuro por Lara, tentando não parecer muito fora de lugar.

O George é um tipo de pub sujo e rude. Não sucumbiu à valorização imobiliária da região que o circunda, embora a clientela seja uma interessante mistura dos frequentadores habituais e de alguns jovens modernos. Os mais velhos se sentam no bar público, evitando cuidadosamente o salão, que é onde estou agora, olhando para o palco no canto, que já está montado para a banda. Bateria, guitarra e microfone estão todos pacientemente à espera de que seus donos retornem.

Faz muito tempo que estive em algum lugar como este. Desistir de bares temerários foi um efeito colateral do meu casamento – tanto quanto me certificar de sempre depilar as pernas e nunca soltar gases perto de Simon. No entanto, acho que senti falta disso. Uma onda de expectativa nervosa enche minhas veias conforme vou me infiltrando na multidão de gente bebendo.

Eu os vejo em uma mesa no canto mais distante. Alex está sentado ao lado de Lara, seu braço tatuado casualmente dependurado no encosto da cadeira, a outra mão em volta de um copo de cerveja cheio de água. Tenho um carinho por Alex. Ele e Lara me acolheram em suas vidas num momento em que eu estava no fundo do poço. Naquela época, eles falavam comigo durante a noite, antes de gentilmente me cobrirem com uma manta de algodão macia durante minhas crises de choro até eu pegar no sono. São boas pessoas; fico um pouco com raiva de mim mesma por tê-los negligenciado. Vivi com eles por mais de um ano, após conseguir fugir de uma casa invadida. Foi provavelmente o melhor ano da minha vida.

Até eu conhecer Simon, lembro-me.

É Alex quem me vê primeiro. Um sorriso enorme divide seu rosto atrevido e ele se levanta, caminha até mim e me envolve em um abraço de urso assim que estamos próximos o bastante. Retribuo o afago, sentindo um misto de alívio e alegria. Realmente faz tempo demais.

– Por onde você andou, boneca? Senti sua falta – diz ele.

– Também senti a sua. – Estou quase rindo. Eu tinha me esquecido de como o sotaque londrino de Alex era marcado. Ele é um sujeito excêntrico e gosta de se aproveitar desse fato tanto quanto possível. – Desculpe, me sinto muito mal por fazer tanto tempo que não nos vemos.

Sinto Alex encolher os ombros.

– Não se preocupe com isso, você andou ocupada. Mundos diferentes. Eu entendo.

Quando me afasto, me sinto arrependida. Porque ele está certo de muitas formas. Simon não estaria aqui nem pintado de ouro, mas eu me sinto em casa. Animada e nervosa. Jovem.

E gosto disso.

– Ei, você mudou o cabelo. – Eu me estico para tocar seu topete preto e com gel. Está duro como uma tábua. No resto da cabeça, o corte é rente ao couro cabeludo. – Ficou ótimo.

– Você também mudou. – Alex dá um passo para trás e me mantém no comprimento do braço. Ele está me examinando, mas de uma forma que não parece sexual ou pervertida. Conheço essa postura; ele está se certificando de que estou bem. – Você ficou sóbria de verdade. Nada mal para uma garota de Essex.

Ele sempre brincou comigo por causa da minha origem. Adoro a forma como deslizamos facilmente para nossa velha rotina, como se eu não tivesse desaparecido da face da Terra dele por um ano. Acho que o fato de nós dois vermos Lara todos os dias, mesmo que não víssemos um ao outro, manteve a conexão ativa.

– Quando você vai tocar?

Alex olha no relógio. Ele tem uma tatuagem serpenteando pelo braço. Detecto algumas novas. Se ele virasse o pulso, eu veria o nome de Lara. Como ela conseguiu superar a emoção diante desse gesto, eu nunca vou saber.

– Acho que daqui a uma hora. Quer uma bebida?

Sorrio.

– Eu aceito uma cerveja, por favor. – Não me lembro da última vez em que bebi uma cerveja. Não me sinto bem com isso, parece quase ilícito. Como uma criança vasculhando o armário de bebidas dos pais.

– Vá lá e se sente, eu levo. – Com um gesto de cabeça, ele indica a mesa onde Lara e os outros estão sentados. Começo a andar em direção a eles, sorriso ainda nos meus lábios, mas então eu paro de súbito onde estou. Inclinando-se sobre a mesa, alguns assentos, em frente à Lara, olhando para mim com os olhos semicerrados, não está outro senão Niall Joseph.

Meu pulso acelera instantaneamente. Minha garganta se contrai até que seja doloroso sugar o ar por ela. Quando dou por mim, estou respirando mais rápido para compensar. Durante todo o tempo, fico paralisada no lugar, me perguntando o que diabos ele está fazendo aqui e por que diabos está olhando para mim desse jeito. Então Lara se vira e me olha, com um sorriso largo, e balanço um pouco a cabeça, tentando encontrar algum sentido no meu cérebro, algum movimento para meus membros.

É claro que ela gostaria de convidar Niall para ir ao pub. Ele é um novo colega, recém-chegado na cidade e o projeto perfeito para ela e Alex assumirem. Se ele for algo parecido com o que costumava ser – artístico e carismático –, os dois devem ter se apaixonado por ele.

É tão fácil.

De alguma forma, consigo me impulsionar e cruzar o salão. Inclino-me para baixo e abraço Lara, tentando não sentir ressentimento, me lembrando de que ela não faz ideia do fato de Niall ser o cara que virou meu mundo de cabeça para baixo até que acabei parecendo um pano de prato úmido e usado. É claro que ela sabe o que aconteceu – ela é uma das poucas com quem eu me abri –, mas acho que não cheguei a dizer o nome dele. Pois bem, por que eu deveria me sentir zangada por ela tê-lo convidado?

Fazia muito tempo que eu não me sentia assim tão confusa.

– Aqui, fique com esse. – Niall se levanta e me oferece seu assento. Por alguma razão, seu gesto cavalheiro dói. Me faz querer ranger os dentes.

– Não se preocupe, vou pegar um banquinho. – Olho em volta fracamente. O pub está lotado. Não há um lugar vago em parte alguma.

Ele não pretende aceitar um não como resposta, em pé, pegando a bolsa das minhas mãos. É grande e está pesada com as roupas e itens de higiene para a minha noite na casa de Lara. Ele a coloca no chão ao lado de seu assento agora vago. Engulo a irritação e me sento, espremendo-me na bordinha da cadeira.

– Posso dividir. – Aponto para baixo, para a metade vazia da cadeira que estou oferecendo a ele.

Ele nega com a cabeça.

– Fico em pé numa boa.

– Ah, deixe disso, minha bunda não é tão grande. – Assim que digo isso, Lara grita uma risada. Niall sorri e balança a cabeça novamente, mas desta vez mais como se estivesse achando graça do que negando. Com dignidade, ele se senta ao meu lado, passando o braço esquerdo pelo encosto da cadeira, esticando a perna direita para se apoiar no chão. Ele está sentado perto. Tão perto que nossos quadris estão se tocando, e nossas coxas estão pressionadas uma contra a outra. Dá para sentir o perfume de seu pós-barba, o hálito leve da cerveja que exala de seus lábios. O calor de seu corpo irradia através do tecido fino de sua camiseta.

Provoca reações estranhas em mim. Meu coração ainda está disparado e minha boca secou. Os pelos nos meus braços estão em pé. Já dividi cadeiras antes, afinal, sou pequena e sou sempre a primeira a ter que me apertar, mas isso é diferente.

Tento assumir o controle.

– Tudo bem?

– Estou bem, e você? – Ele mexe o braço, e seus dedos roçam acidentalmente minha nuca.

– Desculpe.

– Não foi nada. – Porque não foi. Consigo lidar com isso. Estou mais velha, casada. Não sou mais aquela garota que caiu aos pés de um estudante de Arte bonito. – Não tem muito espaço aqui.

Alex me passa uma garrafa de Peroni, e noto sua testa franzir quando ele me vê sentada tão perto de Niall. Estendo a mão esquerda para pegar a bebida, já que a direita está presa pelo corpo de Niall, ainda que involuntariamente. Quando envolvo os dedos na garrafa, sinto-o se mexer ao meu lado.

– Você se casou. Aliança bonita. – Não é uma pergunta, mas responde a várias das minhas. A maneira como ele fala, a entonação em sua voz, me diz que ele se lembra de mim. Embora seja difícil de acreditar que alguém pudesse se esquecer do que aconteceu naquele verão. Eu sei que não posso.

– Estou casada há dois anos.

– Onde está seu marido? – Ele está fazendo aquilo de estreitar os olhos para mim. Repuxa sua testa e a deixa franzida numa careta. Linhas horizontais criam vincos em sua pele.

Começo a corar. Odeio que eu tenha quase vergonha de contar a ele sobre Simon. De admitir que me casei com um homem mais velho.

– Ele está fora. – Não vou dizer que saiu para caçar tetrazes. Não vou. Talvez eu devesse ter orgulho de quem ele é, de quem nós dois somos, mas o choque entre meu passado e meu presente está deixando tudo esquisito.

– Que pena.

Faço que sim.

– Verdade.

– Ele é legal?

Começo a rir, porque essa é fácil.

– Claro que é. Se não fosse, eu não teria me casado com ele. De qualquer forma, você o conheceu na galeria.

Niall franze todo o rosto em um esforço para se lembrar. Fico olhando para ele por um instante, absorvendo a imagem do maxilar talhado, das sobrancelhas grossas. Se é que é possível, ele apenas ficou mais glorioso com a idade.

Ele ainda está em silêncio, e fico com pena dele.

– Simon é o pai de Elise Gordon. Ele é dono da sua galeria. – Tento ignorar a forma como as sobrancelhas grossas disparam para cima. Sinto que ele está me julgando. Começo a balbuciar para preencher o momento desconfortável. – Nós nos conhecemos em uma festa beneficente da clínica. Você iria gostar dele, eu acho. – Mas que merda. Eu nem conheço esse cara que está sentado ao meu lado. Não mais. Que direito eu tenho de supor que ele gostaria do meu marido ou não?

– Ele a faz feliz?

É a pergunta mais estranha. Dita baixinho, de uma forma que acaricia minha pele. Seu sotaque não diminuiu ao longo dos anos, desde que nos vimos pela última vez. Lembro-me do jeito como ele costumava sussurrar em meu ouvido. A lembrança me faz querer suspirar.

– Ele cuida de mim. – Não é mentira. Simon gosta de mim. Ele cuida de mim. Estou contente.

– Que bom.

Viro-me para olhar Niall. Seus olhos de um azul profundo miram diretamente os meus. Nossos rostos estão a apenas centímetros de distância e posso sentir o calor de sua respiração na minha pele. Talvez eu esteja lendo todos os tipos de coisa na expressão dele que provavelmente não estão ali: acusações, recriminações, desculpas. Cada uma delas me faz ansiar por coisas que não posso ter. Ele está perto, muito perto. É como se estivesse me dominando, núcleo por núcleo. E, assim como anos antes, meus pensamentos são preenchidos por ele.

Então, nossa conversa silenciosa é interrompida pelo primeiro acorde de uma guitarra, reverberando dos alto-falantes, e eu me vejo soltando um suspiro de alívio. Porque a emoção que percorre minhas veias parece mais potente do que qualquer droga que já tomei, e sinto que ele está me deixando desnuda.

Conforme a noite passa, vou ficando cada vez mais bêbada, encontrando consolo no fundo de uma garrafa de cerveja e em cada estalo de uma nova tampa. Lara me olha com preocupação e, de vez em quando, mostro um sorriso tranquilizador, tentando fazê-la entender que minha embriaguez não tem nada a ver com o abuso da substância e tudo a ver com fuga.

Assim que a banda de Alex começa a segunda metade de seu repertório, estou dançando na minha cadeira, aliviada por Niall ter se mudado para um dos bancos agora vagos do outro lado da mesa, me dando espaço para respirar, para me mover, para sentir. Minha pele ainda formiga com a memória de sua proximidade, o que aumenta ainda mais meu barato. Estar perto dele faz com que me sinta com 19 anos outra vez. É algo que amo e que odeio.

– Está tudo bem? – Lara puxa a cadeira para perto da minha. – Você não está parecendo você mesma.

– Estou bem. Ótima. – Mostro outro sorriso, mas não apaga a expressão preocupada no rosto dela.

– Você não costuma beber tanto. Pelo menos não ultimamente.

– Eu não costumo ter de me sentar ao lado de Niall Joseph. – Lamento as palavras assim que escapam dos meus lábios. Lara inclina a cabeça para a esquerda, me examinando com olhos sóbrios. Eu me remexo sob seu olhar.

– O que está acontecendo, Beth?

Dou uma olhada em Niall, do outro lado. Ele está conversando com um amigo de Alex. Parece tão confortável, tão tranquilo. Existe uma certa aura em torno dele que atrai a gente. Por sorte, está longe o bastante de mim para eu falar sem que ele ouça.

– Eu estou fodida – admito, apoiando a cabeça na palma das minhas mãos.

– O que está acontecendo entre vocês dois?

– Nada. – Dou um sorriso áspero. – Não agora.

Seus olhos se arregalam.

– Quando? Aconteceu alguma coisa na clínica?

Nego com a cabeça. Não estou tentando ser enigmática, só estou tendo dificuldade para encontrar as palavras certas.

– Antes. Na faculdade.

Lara conhece minha história. Ela me conhece.

– Niall? Foi ele que... – Sua voz some. Ela não precisa dizer mais nada, nós duas sabemos o resto da frase. Confirmo vigorosamente

com a cabeça. Ela levanta o copo e vira o resto de sua Coca-Cola.
– Ai, merda.

Eu a acompanho e termino minha quarta garrafa de Peroni. A cerveja esquentou de ficar em cima da mesa por um tempo, mas engulo mesmo assim. Gosto de sentir a cabeça zonza. Muito melhor do que o pânico e o nervosismo.

– Por que você não disse nada antes? – Lara sibila. – Você deveria ter me dito.

– Achei que eu poderia lidar com isso.

– Mas você não pode. Não sozinha. Essa situação toda, as lembranças, os sentimentos. Ah, Beth... – Sua voz some de novo quando Alex se aproxima e a beija. Mordendo os lábios como se ela estivesse com medo de dizer qualquer coisa. Do jeito que o resto dos caras está rindo com Niall, eles não fazem ideia do que está acontecendo aqui. Eu gostaria de deixar assim.

– Mais tarde – prometo. O jeito como ela me olha diz que ela vai me cobrar depois.

A festa continua pela noite. Somos expulsos do bar à uma da manhã e nos vemos caminhando de volta para o apartamento de Lara e Alex. Mesmo nas primeiras horas da madrugada a cidade parece viva, as ruas estão cheias de energia e expectativa. Alex e Lara foram na frente da van que levava os instrumentos da banda, deixando-me com alguns dos amigos... e com Niall Joseph. Ele está vestindo um moletom cinza-ardósia, fechado até o pescoço, além de jeans desbotados e Nike Air. Parece estranho olhar para ele e saber que já me apaixonei por esse cara, que passei horas embaixo dele, em cima dele e ao lado dele. Às vezes, estávamos tão chapados que nem conseguíamos saber que parte do corpo pertencia a quem.

– Quanto tempo faz que você trabalha na clínica? – ele pergunta.

– Já tem alguns anos. Comecei como voluntária, mas depois tive a sorte de receber uma oferta de emprego. Não paga muito, mas eu adoro. – Dou de ombros. Nem me importo mais em fingir que não o conheço. Estou bêbada demais para isso.

– Acho que você não precisa do dinheiro. Com um marido rico e tudo mais. – Suas palavras doem. Olho para ele, confusa. Ele está olhando para mim com aqueles olhos estreitos novamente.

– Eu não quis me casar com ele por causa do dinheiro – respondo.

– Então por quê?

Os outros se afastaram, estão lá na frente. Estamos ficando para trás. Percebo que estou me encolhendo para me afastar dele.

– Porque Simon cuida de mim. Ele nunca vai me ferir, ele me ama. – Não preciso acrescentar mais nada; a implicação está aí. Ele é tudo o que Niall não era. Quando eu mais precisei dele.

Quando ele precisou de mim.

– Você acabou de me dizer por que ele se casou com você. Não foi por isso que você se casou com ele. – Sua voz é quase baixa demais. Tenho de me esforçar para ouvi-la. – Naquele verão... Deus, Beth. Tudo mudou. Eu esperava que você tivesse partido para uma aventura, seguido suas paixões. Em nenhum momento achei que você fosse se acomodar.

Giro a cabeça bruscamente, sentindo a raiva circular pelas minhas veias.

– Você não sabe nada sobre mim e Simon. *Nada.* – Minha voz está carregada de fúria. – Uma pessoa morreu, Niall. Não sei você, mas eu não superei isso tão facilmente. – Está difícil de respirar. Memórias daqueles dias de verão, há nove longos anos, assaltam meus pensamentos. A dor, a saudade, as escolhas idiotas que eu fiz. O choque, o medo e a ambulância. Tudo aquilo foi culpa nossa. Naquele verão eu perdi tudo. Incluindo a mim mesma. – Percebi que você nunca mais me ligou. Você simplesmente desapareceu.

– Não desapareci. Eles me mandaram embora, exatamente como fizeram com você. Fiquei transtornado com tudo aquilo, nem conseguia pensar direito. Eu queria ligar para você, falar com você, ver se você estava bem. Mas depois que você fingiu não me conhecer...

Estou enjoada. A náusea começa a apertar meu estômago com garras ferozes.

– Eu não sabia o que fazer. Meu pai estava com muita raiva. Tudo estava uma merda. E você simplesmente apareceu com a porcaria do seu baseado na boca. – Paramos de andar. No meio de uma rua iluminada de Londres, olhamos fixamente um para o outro com jeito acusatório. Envolvo os braços na minha barriga, como se isso fosse me proteger dele.

– Você partiu meu coração quando disse que não me conhecia. Passei as primeiras semanas em uma porra de uma bebedeira sem-fim. – Niall desvia os olhos dos meus e baixa-os para os pés. Sua expressão muda. De repente, ele parece um menino; perdido, com medo, sozinho. – E então também acabei no hospital. Sempre que penso naquela época, em Digby, mexe comigo tudo de novo.

Lágrimas fazem minhas pálpebras arderem. Minha garganta está tão apertada que mal dá para pronunciar as palavras, mas de alguma forma eu consigo.

– Comigo também.

Nove anos antes

Está escuro aqui. Sombrio e úmido, barulhento e vivo. O suor paira no ar como uma névoa. Dançamos loucamente, nosso cabelo chicoteando pelo rosto em mechas molhadas e embaraçadas. Gotas de suor salpicam nossa testa e em cima dos nossos lábios. Corpos pressionam ao meu redor de todos os lados quando levantamos nossas mãos no ar, rindo, gritando e dançando com a batida hipnótica.

Adoro todos eles. Adoro todo mundo aqui. Não consigo entender como as guerras acontecem, como existe ódio, porque essas pessoas são perfeitas, bonitas, incríveis. Não conheço a maior parte delas, mas quando cruzamos olhares, sorrimos com dentes à mostra, e uma onda de emoção percorre meu corpo. Meu coração está tão cheio que acho que poderia explodir.

Sinto braços enlaçarem minha cintura, um corpo duro pressionando minhas costas. Derreto-me nele, coloco as mãos para trás, passo os dedos no cabelo curto, molhado. Sinto nitidamente seu perfume. A pele macia, almíscar misturado com o aroma fraco do pós-barba. Ele sobe as mãos pela minha cintura, roçando os dedos até meu tórax, depois sustenta meus seios, pressionando os polegares nos meus mamilos já duros. Quando arqueio as costas numa resposta ofegante, posso sentir sua ereção pressionada à lateral do meu quadril. Ele começa a beijar a pele sensível de meu pescoço e acho que estou prestes a explodir.

Eu o amo.

É só nisso que consigo pensar quando ele se esfrega em mim e giro a cabeça até que meus lábios encontrem os dele. São macios, suaves e se mexem lentamente na minha boca e praticamente imploro para ele deslizar a língua para dentro. Ele não tem pressa, respirando em mim, provando minha pele, murmurando, nos meus lábios, palavras que não consigo entender.

De repente, ele me gira até nossos corpos estarem apertados um contra o outro de frente, unidos numa coisa só pelas pessoas que nos circundam por todos os lados. Enlaça os dedos pelo meu cabelo úmido, inclinando minha cabeça até que se encaixe na dele como uma luva. E nos beijamos e nos tocamos e giramos por longos minutos ou horas ou dias até ficarmos sem fôlego, necessitados. Sabemos que devemos sair ou transar aqui mesmo nessa balada. Ele encobre minhas mãos nas suas e me puxa pela multidão. É como andar na lama grossa; estamos lutando contra a maré e, mais do que algumas vezes, temos de parar e sair de novo. Cada vez sinto meu coração bater um pouco mais rápido, quando os dedos de Niall apertam lugares que pulsam, ondulam e imploram que ele me dê mais. Toda vez que nos beijamos, cores explodem em minha mente como fogos de artifício, que sinto me queimarem desde meu couro cabeludo até a ponta dos meus dedos do pé.

De alguma forma, voltamos para o quarto dele. Niall acende as luzes e pisco rapidamente, pois o brilho fere meu cérebro. Vou andando com passos incertos, mas meu caminho é impedido por uma miríade de telas meio pintadas apoiadas nas paredes, gaveteiros e até mesmo um estrado de cama. A profusão de cores toma meus sentidos de assalto e me faz querer chorar.

Então ele me toca de novo. Me puxa em cima de sua cama meio arrumada, chutando os cobertores amassados para baixo, e assim ficamos apenas nós e o colchão, a paz e o amor. Ele passa horas para me despir, leva longos minutos para beijar e lamber cada polegada recém-

-exposta da minha pele. Quando seus olhos encontram os meus, vejo a concentração por trás de sua expressão vítrea, como se ele estivesse determinado a não perder um único pedaço do meu corpo. Seus lábios são lentos, macios, gentis e provocam uma sensação do paraíso.

Quando estamos nus, ele pressiona o corpo no meu e parece que somos feitos de carne líquida, fundindo-nos um ao outro, e o conceito de "nós" parece ser algo externo. Somos nós, eu, ele, Niall e Beth, uma só pessoa, um só corpo, um só coração, um só fôlego.

Assim que ele entra em mim, sinto cada centímetro seu deslizar no meu interior. Agarro-me a ele com força, minha boca pressionada contra a sua, beijando-o, sentindo-o, aceitando-o. Quando ele desliza dentro de mim, com gritos ásperos e sem fôlego, sei que vai ser melhor do que qualquer droga.

E logo estamos indo e vindo, com corpos líquidos, músculos doloridos. Sua respiração é a minha quando nossas bocas se movem juntas, e o prazer é tão intenso que quase dói. Então, quando os fogos de artifício explodindo por trás das minhas pálpebras bem fechadas se misturam nas sombras, sinto os lábios dele na minha bochecha, macios, suaves. Gemidos cálidos roçam minha pele.

– Beth.

A maneira como ele diz faz meus olhos arderem. Reverente. Assombrado.

Somos todos braços e pernas entrelaçados. Unidos pelo amor louco e melado de tão doce. Centenas de pequenas descargas elétricas pulsam quando ele sai de mim, meu corpo ainda zunindo de prazer. Adormecemos, uma confusão de pele quente e suspiros profundos, nossos corpos encharcados de suor. Quando acordamos de manhã, a luz pálida da madrugada infiltrando-se pelas cortinas semicerradas, ainda estamos retorcidos um no outro, como se fôssemos uma única pessoa.

Antes mesmo de ficarmos totalmente sóbrios, consigo sentir que tudo mudou. Já não sou a garota que eu costumava ser.

Porque, agora, sou a garota *dele*.

Hoje

5

Passo a manhã seguinte curvada sobre o vaso sanitário no banheiro apertado e antiquado de Lara, vomitando na privada enquanto ela segura meus cabelos molhados em um rabo de cavalo para não caírem no meu rosto e não ficarem melados. Entre espasmos, digo que nunca vou beber de novo, que a cerveja é a obra do diabo e que Lara é uma péssima influência sobre mim.

Lara apenas ri e passa um lenço úmido no meu rosto. Pressiono-o contra minha pele, sentindo-o refrescar o calor.

Na hora do almoço, estou quase me sentindo normal. Ainda há uma dor repuxando meu estômago, e minha cabeça está bem confusa, mas pelo menos consigo andar sem me dobrar em duas. Não me lembro de ressacas serem assim tão ruins quando eu era mais jovem. Até mesmo recuperar a sobriedade depois do ecstasy parece mamão com açúcar perto disso.

– Estou velha demais para essas coisas – digo entre gemidos, quando Lara me envolve com um casaco e me arrasta para a cafeteria mais próxima. – Eu não deveria ter bebido aquele último copo de Baileys.

– Ah, você se lembra desse, não é?

Fecho os olhos e queria poder fechar o nariz também. A cafeteria tem cheiro de bacon e batatas-fritas gordurosas e sinto meu estômago revirar outra vez. Lara pede para nós o café da manhã inglês completo. Estou exausta demais até para recusar.

Claro que, quando chega, eu devoro tudo. Como sempre, o bacon é a cura final para a ressaca.

– Então... – Lara serve uma segunda xícara de chá para nós. – ... Niall Joseph.

Tomo um gole. É como o paraíso líquido.

– O que tem ele?

Ela inclina a cabeça para o lado e me lança um olhar do tipo "você está brincando comigo".

– Ele é o cara?

Coloco minha caneca de volta na mesa de madeira arranhada e apoio o queixo nas mãos.

– É.

– Como você se sente sobre revê-lo?

– É uma sessão de aconselhamento? Devo esperar uma conta de cinquenta libras por hora? – A garçonete leva nossos pratos e suspiro aliviada. Não importa o quanto a comida seja boa, ver os restos esfriarem no prato branco não está ajudado minha náusea persistente em nada.

– Não sou sua conselheira, sou sua amiga, mas acho que você deveria falar com alguém, com um profissional. Faz semanas que você não é a mesma pessoa.

– Não vou entrar em depressão só porque Niall Joseph apareceu valsando de novo na minha vida. Superei isso há anos. Não significa nada. Eu trabalhei em cima de toda aquela porcaria quando aconteceu.

Sou uma pessoa diferente da garota que mal conseguia controlar a própria respiração. Mais forte, mais nos eixos.

– Por que você bebeu ontem à noite?

A pergunta me deixa arrepiada.

– Eu não saía daquele jeito havia décadas. Julguei mal a situação. É muito mais fácil ser cautelosa quando a gente está bebendo vinho que custa cem libras a garrafa. – Meu tom é irreverente, porque quero parar de me lembrar de tudo. Niall, Digby, aquela noite quente e úmida quando tudo mudou. Se eu não pensar a respeito, vou conseguir lidar com tudo.

Quase.

Lara olha para mim e seus lábios começam a se contorcer. Os cantos da minha boca se levantam em resposta. Um momento depois, nós duas desabamos em um ataque de risos. Pareço uma perdedora falando. Às vezes, acho que sou duas pessoas diferentes: a Beth que usa jeans e suéteres, que bebe cerveja e passa os dias com dependentes químicos, contra a Beth dos jantares elegantes, que bebe vinho fino e escuta, em silêncio, homens muito mais velhos tentando consertar o mundo. Está se tornando cada vez mais difícil decidir qual pessoa eu sou. Qual das minhas versões eu prefiro.

O pensamento ainda está na minha mente quando Simon enfim chega em casa na noite de domingo. A essa altura, estou totalmente recuperada da minha ressaca e me sentindo mais como eu mesma. Todos os pensamentos de depressão, de angústia e de Niall Joseph foram esmagadas firmemente, e o sorriso que ilumina meu rosto quando meu marido entra pela porta é quase genuíno.

– Como foi seu fim de semana? – Puxo o casaco dele dos ombros e o penduro no cabide de madeira. – Você parece cansado, querido.

– Eu estou. Nós nos divertimos. Tomamos algumas doses, bebemos alguns uísques. Acontece que Andrew reformou todo o chalé. – Simon põe a maleta no pé da escada. – Como foi o seu fim de semana?

Nós caminhamos para a cozinha e tento banir a memória do rosto furioso de Niall. Respirações profundas. Equilíbrio.

– Bem tranquilo. Consegui recuperar o atraso em algumas papeladas hoje. Percebi que só faltam mais três meses até o evento beneficente. Eu realmente preciso começar a trabalhar nisso. – Não fico mais apreensiva por causa desse assunto como fiquei um dia. Estive no comando do evento por quatro anos. Sei muito bem o que estou fazendo. Não que tenha se tornado mais fácil, embora não tenha mais aquele sentimento constante de medo revestindo meu estômago como naquele primeiro ano.

Depois de um pequeno jantar, subimos para dormir. São só 21h30, mas nós dois estamos exaustos e temos de acordar cedo para o trabalho no dia seguinte. Tomo um banho – deixando a água quente lavar os resquícios do fim de semana da minha pele – e, quando termino de secar o cabelo, Simon está na cama, seus óculos de leitura de armação metálica empoleirados na ponta do nariz. Está fazendo anotações em alguns resumos que trouxe para casa do trabalho. Seu peito está nu; seu corpo está bem conservado, apesar da idade. Há um punhado de cabelos grisalhos que vai do pescoço ao abdome e uma barriguinha que nem exercício consegue zerar. Gosto da maciez, embora saiba que o deixa constrangido.

Quando entro debaixo das cobertas, ele coloca os resumos no criado-mudo e tira os óculos, dobrando-os cuidadosamente e os colocando em cima dos papéis. Assim que desliga o abajur, ele arruma o corpo mais para baixo no colchão, vira de lado e fica de costas para mim. Na escuridão, a melancolia familiar toma conta de mim novamente. Posso me iludir o quanto quiser, dizendo que estou bem, que os acontecimentos de sexta-feira não me afetaram; mas, sozinha no escuro, eu me sinto como se fosse uma garota de 19 anos de novo. Cheia de emoções e incertezas. Não gosto dessas sensações cruas que parecem estar me revirando por dentro. Prefiro ter a certeza, o quase torpor que consegui alcançar desde que me casei com Simon.

Então me aconchego ao corpo dele, me encaixo de conchinha, passo o braço por seu peito. Minha mão espalma seu tronco, e ele coloca sua mão por cima. Me empurro contra o corpo dele, deixando a ponta do meu polegar tocar seu mamilo. Um momento depois, ele tira com cuidado.

– Estou muito cansado. – Soa como se estivesse pedindo desculpas. – Preciso dormir um pouco.

Sei que ele não quer que pareça uma rejeição, mas é assim que eu encaro.

– Não tem problema. – Minha voz é abafada por suas costas. Isso é uma coisa boa, porque posso sentir as lágrimas ameaçando escapar. Estou quase grudada nele, desesperada pela conexão, precisando me agarrar a Simon como meu único porto em uma tempestade. Sua respiração começa a diminuir, tornando-se leve e ritmada conforme ele cai suavemente no sono. Uma lágrima rola lentamente pelo meu rosto, tento parar os anseios, o desespero de senti-lo dentro de mim, a necessidade de ele me tomar como sua novamente, da forma mais vil possível.

Em vez disso, choro em silêncio, até que o nada me carrega.

Niall e eu não mencionamos a noite de sexta-feira. Voltamos a ser colegas amigáveis, trabalhando sem problemas e facilmente juntos. A tentativa de manter as crianças interessadas e sob controle ocupa toda a nossa energia emocional; não restou o bastante para entrarmos na angústia do nosso passado. É muito mais fácil cobrir as ranhuras com papel do que tentar cavar mais fundo.

Mas isso não me impede de olhar para ele enquanto está preocupado com outra coisa e de ficar me perguntando exatamente o que aconteceu com ele naquele verão. Será que chegou ao fundo do poço como eu? Me percebo com vontade de saber o que mais ele vem fazendo desde a graduação. Sei, pela breve e sem fôlego descrição de Elise, que ele passou um tempo nos Estados Unidos, mas como ele acabou indo parar lá? O que o fez voltar?

Todas essas coisas passam pela minha mente quando o vejo demonstrar uma técnica de camadas para Cameron Gibbs, um menino de 12 anos particularmente bocudo, com uma propensão ao roubo. Por alguma razão, Cameron, cujo pai viúvo tem uma relação profunda e significativa com remédios controlados, parece ter se interessado por Niall. Ele observa atentamente os longos dedos manchados de tinta de Niall pegarem o pincel e passarem uma camada tênue de aquarela no papel. Niall diz algo que não consigo ouvir, e a resposta de Cameron é igualmente baixa. O que quer que tenha sido, faz enrugar a testa normalmente lisa de Niall, e seus lábios se curvam com um esgar.

Então ele olha para mim e me chama. Meu coração bate um pouco mais rápido enquanto ando na direção deles, tentando engolir as memórias quando me lembro tão bem daquele gesto. Os dedos curvados, o olhar "venha aqui". Faço exatamente o que sempre fiz: obedeço.

Niall começa a falar assim que chego à mesa.

– Cameron diz que nunca esteve em uma galeria de arte.

Não sei por que ele parece tão surpreso. Essas são crianças carentes, cuja prioridade dos pais inclui encontrar drogas, usar drogas, roubar dinheiro para comprar drogas e muito dificilmente tentar se livrar da dependência. Enriquecer o conhecimento cultural dos seus filhos não está no topo da lista de coisas a fazer.

– Imagino que não. – Olho para Cameron e sorrio. Ele retribui com uma careta. Em seu mundo, os sorrisos são para os fracos.

– E quanto ao resto das crianças?

Sem responder, passo os olhos ao redor da sala. Allegra está debruçada sobre seu papel, espirrando cor com uma gloriosa entrega. Algumas crianças mais velhas estão sentadas nos fundos, jogando tinta umas nas outras com os pincéis. O resto ou está conversando ou desenhando.

– Não espero que tenham ido, Niall. Eles provavelmente não tiveram oportunidade.

Ele mastiga o lábio.

– Mas eles vivem em Londres. Estamos rodeados por museus e galerias de arte.

E também por traficantes de drogas e covis de crack. Arregalo os olhos na tentativa de fazê-lo calar a boca. Cameron nos observa com interesse.

– O que eu posso dizer? – pergunto.

Ele faz uma pausa por um instante, como se estivesse pensando a respeito. Então seu rosto se ilumina, e um sorriso lentamente se forma em seus lábios.

– Nós podemos levá-los.

– O quê? – Eu não estava esperando isso.

– Você e eu. Podemos levar todos eles para um passeio. Podemos ir à Tate Modern. Conheço algumas pessoas de lá. – Ele parece tão jovem e entusiasmado que me faz sorrir.

– Você quer levar quinze crianças em um passeio a uma galeria? Como é que vamos chegar lá?

Ele tem uma resposta para tudo.

– Eu contrato um ônibus. Pode nos pegar aqui às quatro, podemos passar umas duas horas na galeria e depois voltar. Até posso financiar um McDonald's para todos eles.

Observo a expressão de Cameron com o canto do olho. Ele parece quase animado. Seria incrível mostrar a eles a verdadeira arte, ter Niall guiando-os pelas exposições, demonstrando como a tinta pode dar vida a uma tela. Mas essas não são apenas quaisquer crianças. Elas não estão acostumadas a ter de se comportar em uma galeria de arte, e os mais velhos podem ser quase impossíveis de controlar. Seria como pastorear gatos.

– Podemos conversar ali? – Faço um gesto para a mesa vazia no canto da sala e curvo os dedos em volta do bíceps dele para atraí-lo. O calor de sua pele irradia pela camisa, a rigidez de seu bíceps é nítida através da pele. Ele olha para baixo, onde meus dedos o seguram e, em seguida, olha bem nos meus olhos. A maneira como ele me fita faz minha respiração parar na garganta.

– Claro.

Quando chegarmos lá eu o solto. Ele distraidamente esfrega o lugar onde eu estava tocando.

– Algum problema?

– Isso não vai funcionar. Não podemos levá-los para uma galeria. Eles vão acabar destruindo o lugar. Cameron provavelmente vai tentar arranhar uma instalação, e George vai pichar algum Dalí com sua tinta spray. Estamos pedindo para ter problemas.

– Você não acha que essas crianças merecem ver algumas pinturas de verdade?

Ele joga a isca e eu mordo.

– Claro que acho. Elas merecem tudo, e a maioria não ganha nada. Mas se algo der errado e acabar na porta da clínica, todos nós vamos estar em apuros.

Niall começa a tirar a tinta que cobre seus dedos. Percebo que é tinta a óleo e, como estamos usando apenas aquarela, ele deve ter vindo assim de casa. Sinto a curiosidade tomar conta de mim e fico desesperada para saber o que ele estava fazendo, o que ele estava pintando. Balanço a cabeça, tentando voltar para o aqui e agora.

– Eu vou nos dar cobertura. Deixe-me falar com a Tate e organizar alguma coisa para a próxima quinta-feira. – Ele estende a mão com os dedos manchados de jade e envolve o meu pulso. – Vamos, Beth. Por favor?

Próxima quinta. Tenho uma festa para ir com Simon nessa noite, mas não vai começar antes das 21h. Acho que consigo fazer as duas coisas: levar as crianças para a galeria e depois ir ao baile. E Niall está tão irresistível, com aqueles lábios carnudos e olhos cor de mar. Apesar dos meus medos, dos meus receios, eu me percebo concordando com um aceno de cabeça.

Minha recompensa é um aperto no meu pulso e um sorriso animado que praticamente divide o rosto dele em dois. Como a viciada em Niall que eu costumava ser, absorvo tudo e o deixo colocar meu pulso em chamas.

Sinto o ardor.

Ainda estou com essa sensação quando terminarmos o dia. As crianças ajudam na limpeza com seu jeito barulhento, bagunçado, lavando potes na pia funda e conseguindo derramar água suja cinzenta no chão abaixo. Espirra nos ladrilhos brancos que cercam a área da pia.

Quando eles terminam, limpo novamente, passando pano na porcelana branca. Niall pega as pinturas e as pendura com prendedores de roupa no varal que coloquei no teto exatamente para esse propósito.

– Me desculpe se eu a encurralei.

– O quê? – Uma imagem aparece em minha cabeça: Niall me cercando na parede, pressionando o corpo no meu. Quase posso sentir o contorno do seu peito. Balanço a cabeça, tentando tirar a imagem da mente.

– Sobre a galeria. Não tive a intenção de forçá-la a nada. – Sua voz é tão baixa que tenho de me aproximar mais para ouvir. – Eu me sinto mal por ter insistido para você tomar uma decisão na hora.

– Você não me forçou. – Estou mentindo entre dentes. Não quero mais ser a fraca. A menina facilmente manipulada. – Vai ser ótimo; estou ansiosa.

Seu sorriso é confuso.

– Certo. Bem, obrigado por concordar. Eu lhe devo uma.

Levanto as sobrancelhas e balanço a cabeça. Por um momento acho fácil fingir que isso poderia funcionar, que poderíamos ser dois colegas, levando um grupo de crianças a uma excursão. Sem problemas, sem história. Apenas bons amigos limpos.

Só posso estar delirando.

6

Ninguém viu Daisy MacArthur por dias. A última vez que alguém ouviu falar dela foi há quase duas semanas, quando ela cancelou o horário marcado com Lara. Desde então, tentei ligar e mandar mensagem, mas fiquei sem resposta. Um pedaço de chumbo pesa no fundo da minha barriga quando penso em todas as coisas que podem ter dado errado.

Cada uma delas se resume à mesma raiz: Darren.

Seu namorado babaca e marginal paira para dentro e fora da vida dela como um pacote de batata-frita ao sopro do vento. Toda vez ele causa estragos e depois desaparece, deixando Daisy para recolher os cacos de sua vida despedaçada. Cada vez fica mais difícil. Ela acha que são amantes destinados a ficar juntos como se estivesse escrito nas estrelas, mas separados pela vida. Na mente dela, ele é seu Lorde Byron, seu Romeu. Não Darren Tebbit, traficante de drogas local e imbecil em toda parte.

Daisy foi criada por uma mãe solteira em um apartamento de moradia popular não muito longe daqui. Quando tinha apenas 12 anos, viu a mãe morrer, uma morte lenta e demorada de câncer de pulmão. Seus quatro anos seguintes foram passados no sistema de assistência social, empurrada de orfanato para orfanato, e tudo de novo. Não admira que ela fosse seduzida pela ideia de um príncipe no cavalo branco que viesse ao seu resgate.

Nunca me disse quem é o pai de Allegra – e nunca perguntei. Acho que ela vai me dizer quando estiver pronta, ou se for algo importante para ela. Tudo o que sei é que ela teve Allegra com 16 anos, o momento certo para conseguir uma moradia do governo paga pelo serviço social. O pai poderia ter sido outra criança da casa ou da escola. Talvez um professor ou um assistente social. Eu honestamente não faço ideia. Ela não foi a primeira adolescente no sistema a pensar que um bebê iria resolver todos os seus problemas.

Mesmo que Simon me matasse se soubesse que estou aqui, chego ao conjunto de apartamentos às 14h na sexta-feira. O sol está desesperadamente tentando penetrar o cinza das nuvens densas que encobrem o céu há dias, emprestando a elas um pálido tom cor de limão. É muito mais bonito que o tom de ardósia monótono do prédio de concreto.

Construído como parte de um experimento social que floresceu no Reino Unido na década de 1960, a torre permanece como um memorial ao excesso de otimismo. Um dia no passado, houve vasos de flores e plantas pendurados nas grades que circundam o edifício. Agora há roupa secando. Passarelas dão a volta no bloco de apartamentos – imaginadas como "ruas no céu" – e é melhor serem evitadas durante a noite. É nelas que acontece o tráfico, onde as gangues lutam por território. Esta é a Inglaterra que nós, cidadãos de classe média, esquecemos que existe.

Não pego o elevador até o 4º andar. Não está funcionando, mas também tenho medo de ficar presa lá dentro, entre o lixo e o cheiro de urina. Se for realmente sincera comigo mesma, também não quero ficar presa lá com outro morador. Eles me deixam apavorada. Mesmo vestida com jeans e um casaquinho, calçando botas comuns, com o meu cabelo preso em um coque bagunçado, é claro que não sou daqui. Não acho que seja minha roupa ou minha maquiagem, é apenas a aparência do meu rosto. É muito limpo e brilhante, não marcado por uma vida de pobreza e desespero. Vir aqui me faz perceber como tenho sorte.

Quando chego ao 4º andar, estou sem fôlego. Tenho de recuperar um pouco de oxigênio antes de abrir a porta da escada e sair para a varanda que dá a volta no andar e liga todos os apartamentos. Aqui não é tão assustador durante o dia, embora eu ainda seja cautelosa quando passo por um grupo de rapazes debruçados na proteção da varanda, fumando, seus olhos escuros me acompanham. Lanço um olhar para eles – o suficiente para compreender que, apesar do cigarro, das barbas ralas, todos eles deveriam estar na escola.

Claro, sou muito covarde para dizer qualquer coisa.

Daisy vive no 422, mais ou menos na metade do bloco. Quando chego lá, observo que as cortinas estão fechadas. O vidro da janela está tão sujo que toda a luz que o tecido fino deixa passar deve ser obscurecida pela sujeira. Duas batidas na porta fazem com que algumas manchas de tinta vermelha descascada caiam no chão de concreto. Depois de esperar por um minuto, bato novamente, mas ainda não há resposta.

Vacilo sobre o que fazer em seguida. Talvez eu devesse deixar um bilhete ou esperar que Daisy volte, mas estou com muito medo de ficar aqui por muito tempo. Bato uma última vez e grito o nome dela – certificando-me de que ninguém aqui fora possa me ouvir –, mas não tenho sucesso.

Então há um rangido alto assim que a porta do apartamento ao lado se abre. Uma mulher espreita pela abertura, levantando a mão para afastar uma mecha de cabelo castanho oleosa do rosto. Ela olha para mim com os olhos apertados.

– Você é do conselho? – ela pergunta, desconfiada.

– Não – nego com a cabeça rapidamente.

Ela levanta uma sobrancelha desenhada a lápis.

– Serviço social?

– Sou amiga da Daisy. Sabe onde ela está?

Ela ainda está me encarando. Seus olhos lentamente me percorrem de cima a baixo, observando minhas roupas, meus sapatos, minha postura.

– Sei.

Olhamos uma para a outra e demoro um minuto para perceber que ela não vai continuar falando.

– Onde?

– Quem quer saber?

Dou um passo em direção à mulher e paro assim que noto o cachorro enorme que está bem atrás dela. Não entendo muito bem de raças, mas parece o cruzamento de um lobo e um dobermann.

– Meu nome é Beth. Conheço Daisy e Allegra. Só quero ter certeza de que ela está bem.

– Levaram a menina embora.

– Eu sei. Mas a Daisy, ela está bem? Você a viu? – Não sei se é a minha persistência ou se é o brilho da minha preocupação genuína, mas observo sua expressão descongelar um pouco.

– Faz dias que ela não sai. Não desde que o namorado foi embora.

– Darren foi embora?

– Foi, e já foi tarde para caramba, se quer saber minha opinião. Indo e vindo a qualquer hora do dia, trazendo pessoas más com ele. Um cretino.

Tento um sorriso compreensivo, mas meu estômago dá um salto. Se essa mulher está descrevendo amigos de Darren como "pessoas más", eles devem ser verdadeiramente terríveis.

– Tem certeza de que ela está lá dentro? – Inclino a cabeça para o apartamento de Daisy.

A mulher dá de ombros.

– Não sou uma vizinha bisbilhoteira nem nada, mas não a vi sair. E ela não é exatamente discreta, se é que você me entende.

Então ela está lá. Percebo que a mulher é *definitivamente* uma vizinha bisbilhoteira, e ela saberia com certeza se Daisy tivesse saído. Sinto o pânico começar a subir pelo meu peito. Se Daisy está sozinha – e está assim há dias, não atende o telefone –, então em que tipo de estado ela está?

Bato na porta com força, gritando o nome dela. Sentindo-me idiota, assustada e sozinha – exceto pela vizinha e seu cão. Engolindo minhas lágrimas de pânico.

– Ela não vai atender.

– O quê?

– Ela vai achar que você é do conselho.

– Mas eu preciso ver como ela está.

Numa boa, a mulher sai de sua porta e vem até onde estou parada. Me empurrando de leve do caminho, ela faz algo com a fechadura, que não consigo ver. Um momento depois, a porta se abre. Uma lufada de ar quente e úmido atinge minhas narinas. Minha ânsia de vômito vem mais forte do que nunca.

A vizinha volta para o apartamento dela sem uma palavra, puxando o cachorro consigo, fechando a porta com um clique. Deixando-me sozinha no apartamento da Daisy. Pela primeira vez, começo realmente a sentir medo. E se Darren não foi embora de verdade? Eu só o vi uma vez, quando ele se encontrou com Daisy fora da clínica, mas havia um ar de maldade em seu olhar que me assustou e me deixou atônita. Respiro fundo e entro na sala, tentando ignorar o gosto do ar viciado.

O chão e a mesa estão repletos de embalagens de comida para viagem e latas de cerveja, e há cinzeiros transbordando com guimbas tanto de cigarro quanto de baseado. Caixas de DVD estão espalhadas em todo o móvel da TV, e há uma grande pilha de roupas no canto.

Mas nada de Daisy. Onde ela está?

Pego meu celular da bolsa e o aperto entre meus dedos suados, segurando-o como um talismã para afastar o mal. Saio da sala e entro no cômodo seguinte. Um olhar me diz que está vazio – vendo as paredes cor-de-rosa e as pilhas de brinquedos, imagino que seja o quarto de Allegra. Saio de novo e sigo para a terceira porta. Quando chego mais perto, começo a ouvir alguma coisa. Mais do que uma respiração pesada, menos do que um gemido. Duas tossidas que soam cheias demais de líquido.

– Daisy? – Empurro a porta, hesitante. Meu corpo inteiro está vivo com adrenalina. Estou a meio pensamento sensato de dar o fora daqui. Porém, quando acho que não vai haver nenhuma resposta, há outro quase gemido.

Imediatamente, percebo que é o quarto dela. Embora as cortinas estejam fechadas, são finas o suficiente para deixar entrar a luz. Ela está deitada, encolhida na cama, com as mãos agarradas à barriga. Seu olho direito está roxo e inchado – iluminado com um verde-amarelado, onde a contusão amadureceu. Logo abaixo, a lateral da bochecha está enorme, inchada, quase com certeza quebrada novamente. Um fedor de urina e vômito permeia o ar. Tenho de cobrir a boca e o nariz com a mão livre, tentando não vomitar.

Com a outra, eu disco para a emergência.

Simon não fica zangado com muita frequência. Estou acostumada a seu jeito manso e suave de se comunicar. Claro, eu o vi em situação contenciosa – sendo um advogado, é quase obrigatório –, embora comigo ele sempre seja um homem manuseando cuidadosamente uma frágil boneca de porcelana. Mas, desde que ele me buscou no hospital uma hora atrás, está com uma postura de leão prestes a atacar.

Tantas vezes ele me disse que trabalhar na clínica era perigoso. Ele já me pediu antes que saísse de lá e eu segurei as pontas, dizendo que não estava em perigo. Hoje, nós dois sabemos que isso é mentira.

Talvez seja por esse motivo que eu esteja achando tão difícil. Empoleirada na beira do nosso sofá de couro, meus dedos firmemente curvados na almofada do assento, meu coração sacode no peito como um animal enjaulado. Ele anda de um lado para o outro na minha frente, uma das mãos puxando seu cabelo loiro quase branco e a outra em um punho cerrado.

– Que diabos você estava pensando? – Ele para na minha frente. – Jesus Cristo, você não tem células cerebrais nessa sua cabecinha linda?

– Eu sinto muito. Eu...

Ele continua como se eu não tivesse falado:

– Quando nos casamos, você prometeu que isso não iria nos afetar. Você disse que abriria mão da clínica antes que nos afetasse.

Eu disse isso? Soa mesmo como algo que eu poderia ter dito. Mas meu coração afunda quando ouço suas palavras. Não sei se ele está sendo passivo-agressivo e tentando me fazer sair da clínica ou se está apenas pensando nas coisas em voz alta.

Permaneço em silêncio.

Ele começa a andar de um lado para o outro novamente. É rítmico; três passos para a direita, para e vira, quatro passos para a esquerda, depois para.

– Por que você não chamou alguém? Por que diabos você foi lá sozinha? Se algo tivesse acontecido com você...

Lágrimas começam a se acumular nos meus olhos. Mesmo que eu engula seco, elas começam a transbordar. Porque algo *aconteceu* mesmo hoje. Eu encontrei minha amiga deitada em uma poça do próprio vômito e sangue, quase morta em sua cama. Vi os hematomas, os cortes e as marcas deixadas pelas seringas em seus braços e não consigo tirar a cena da minha cabeça. Até mesmo pensar sobre o cheiro quando cheguei perto – uma mistura horrível de vômito e excremento – me faz ter náuseas.

Começo a tremer, pensando em outra morte, tantos anos atrás. A maneira como Digby entrou em colapso. Como fomos responsáveis. Tudo vem à tona: a culpa, as lembranças, a dor inabalável.

– Não se debulhe em lágrimas comigo, porra.

Meus olhos se arregalam quando levanto a cabeça e encontro o olhar zangado. Simon quase nunca xinga. Mordo os lábios em um esforço para sufocar quaisquer soluços. Ele está começando a me assustar, esse Simon irritado, que grita. Parece que o meu sangue está efervescendo nas veias, todos os meus músculos parecem frouxos e inúteis. Ainda assim, as lágrimas fluem como riachos quentes pelo meu rosto. Esfriando no meu queixo.

– Simon, por favor.

– Por favor o quê? Por favor, posso ir colocar minha vida em perigo de novo? Por alguma maldita drogada que não consegue dar a mínima para si mesma?

– Daisy não é uma drogada. – Eu sei que isso é mentira. – Ela é uma amiga. A mãe de alguém. Ela é importante.

Ela tem importância, claro que tem. Assim como Digby. Eu devo isso a ele.

– Você é mais importante.

– Eu também usei drogas, você sabe. – Pronto, falei. Trouxe meu próprio passado à tona, antes que ele pudesse fazê-lo. Não sei por que decidi mencionar isso de novo agora.

– Não é a mesma coisa. Você não era uma drogada, você apenas experimentou. – Embora seu tom fique mais baixo, seu rosto ainda está vermelho de raiva. E sei que quando ele está no controle de suas palavras pode me desmentir a qualquer momento. – Não quero que você a veja mais.

O quê? Sinto a descrença me percorrer, quase fazendo as lágrimas evaporarem.

– Você não pode estar falando sério.

– Estou falando completamente sério. Ela coloca você em perigo. Não quero você perto dela.

– Ela não me colocou em perigo. Eu fiz isso sozinha. – Fui direto ao ponto. Seus lábios se contorcem com minhas palavras.

– Então você precisa escolher melhor os seus amigos.

– Desde quando você decidiu se tornar meu pai?

– Quando você começou a agir como uma criança. Você não parece estar pensando com clareza, Beth. Você foi para o pior conjunto de apartamentos em Londres, foi até o quarto andar e depois invadiu o apartamento de uma drogada. Será que você não pensou a respeito? E se o namorado dela estivesse lá? E se ele tivesse batido em você também? Eu poderia ter perdido você.

Levantando-me, jogo meus braços em torno dele, enterrando meus soluços em seu ombro. Sua postura é rígida; seus músculos são inflexíveis.

– Me desculpe. Eu só queria saber se ela estava bem.

Ele me afasta para trás. Suas mãos envolvem meus ombros e ele olha para mim.

– Isto vai soar duro, mas eu realmente não me importo se a sua amiga está bem. Eu me importo se você está bem. E você não está. Não está bem há semanas. Se a clínica está fazendo você se sentir desse jeito, se vai ficar entre nós e afetar nosso relacionamento, então quero que você desista dela.

– Não foi a clínica que me fez sentir assim.

– Então o que foi?

Abro a boca para dizer algo, mas não sai nada. Sei que meu comportamento anda diferente. Errático, às vezes. Meu estado de espírito foi abalado de alto a baixo, e sei exatamente qual é o motivo. Contudo, não é nada que eu queira compartilhar com Simon.

Não é culpa de Niall Joseph ter remexido tudo de um jeito que agora nem sei qual lado fica para cima. Não é culpa dele eu estar desenterrando lembranças que enterrei há muito tempo. O passado está me fazendo sentir como se tivesse uma ferida aberta. Como uma ferida que se recusa a cicatrizar.

– Eu não sei. Só estou me sentindo para baixo.

– Por que você não disse nada?

Porque não consigo deixar de pensar em outro homem e isso faz de mim o pior tipo de pessoa.

– Eu posso lidar com isso. Eu juro.

– Você não tem de lidar com isso sozinha. Sou seu marido, me deixe ajudá-la.

Eu me sinto novamente como se fosse filha dele. E, em vez de aceitar sua posição dominante sobre mim, começo a me irritar. O que antes era como uma proteção agora tem mais cara de prisão.

Não gosto nem um pouco disso.

Nove anos antes

Minhas pálpebras parecem ter sido coladas, meus lábios estão rachados e secos. Lentamente umedeço-os com a língua e tento abrir os olhos, lutando contra o sono que os mantém fechados.

– Não se mexa. – A voz de Niall é rouca e baixa, o equivalente aural do meu estado de recuperação. Claro que faço o oposto e me sento em sua cama bagunçada, procurando por dele. Ele está empoleirado em uma velha cadeira de madeira, com um grande bloco de desenho apoiado sobre os joelhos. Correndo a folha com um toquinho de lápis que já foi muito apontado, seus movimentos beiram o furioso. Quando ele ergue os olhos e vê que eu me mexi, um lampejo de irritação cruza seu rosto.

– Eu falei para ficar parada. – Mesmo que suas palavras sejam duras, ele consegue amaciá-las com um sorriso.

Levanto os braços e os alongo em direção ao teto, deixando um bocejo escapar dos meus lábios.

– O que você está desenhando?

Ele baixa o bloco de desenho, travando o olhar no meu peito exposto. Meus mamilos apontam quando são banhados por ar fresco.

– Nada. – Ele ainda está olhando para mim. Cubro-me com os braços, me sinto constrangida. A irritação retorna ao rosto dele. – Não se esconda de mim.

– Você está muito mandão esta manhã. – Não confesso que estou gostando, mas estou. Não há nada que eu não goste a respeito desse homem. Estou totalmente apaixonada por ele.

– E você está sendo muito desobediente. – Niall se arrasta sobre o colchão até pairar acima de mim, apoiado nas mãos e nos joelhos. Abaixando o corpo, ele captura um mamilo entre os lábios e raspa os dentes em toda volta. Arqueio as costas numa resposta prazerosa. – O que posso fazer para persuadi-la a ficar quieta? – ele pergunta.

Suspiro enquanto seus dedos me encontram e entram em mim.

– Isso não. – Provo minha afirmação ao me contorcer. Ele ri no meu peito, e sinto vibrações sobre a pele. Em seguida, ele levanta a cabeça para me beijar com força e esqueço de tudo, exceto da sensação do seu corpo sobre o meu, e do prazer puro e absoluto do sexo nos resquícios do meu barato.

Mais tarde, nos debruçamos sobre sua janela e compartilhamos um baseado, olhando para o campus verde e ondulante, observando as poucas figuras solitárias que estão enfrentando a chuva de manhã cedo. Principalmente funcionários; nenhum aluno sentiria a necessidade de estar em pé a essa hora. Ele me oferece uma tragada, exalando fumaça que se dissipa rapidamente no ar enevoado e úmido.

– Quero que você pose para mim.

Levo o baseado aos lábios e dou uma tragada.

– Nua?

– Claro. – Ele parece estar sorrindo e me viro para olhar para ele. Sim, ele está sorrindo.

– Que Rose e Jack da sua parte.

Apoiando o cotovelo no peitoril da janela, Niall olha para mim.

– Quem são eles? Amigos seus?

Começo a corar, sentindo-me idiota, suburbana e muito comum. Não consigo me forçar a dizer que estou falando de *Titanic.* É por isso que me sinto idiota quando ele está por perto. Ele pinta belas imagens e faz amor como se fosse uma forma de arte, e saio por aí falando de filmes excessivamente melodramáticos. Sou uma criança que tenta capturar uma borboleta.

Parece um bom momento para mudar de assunto.

– Que horas são?

– Quase sete. Por quê?

Dou outra tragada.

– Tenho um seminário às nove. – Esse eu não posso perder. Aulas são uma coisa: fáceis de evitar e depois posso pedir as anotações de outra pessoa. Agora, em seminários há apenas alguns de nós. É óbvio quando não estamos presentes.

– Não vá. Fique comigo.

Eu quero, eu realmente quero. Mas em algum lugar abaixo da luxúria e da intoxicação encontra-se a obediente Bethany de Essex. Filha de um banqueiro da cidade. Aluna nota dez. Ela está se espreguiçando e acordando lentamente.

Vou para o seminário, mas mal presto atenção. Em vez disso, me vejo sonhando acordada com ele.

Hoje

7

Estou atrasada outra vez. Quase cheguei à estação de metrô quando meu celular toca. Paro bruscamente, tiro o aparelho da bolsa e levo um instante para recuperar o fôlego.

– Alô?

– É Simon. – Ele tem essa propensão a pensar que ainda usamos telefones analógicos. É como se esquecesse que seu nome surge na tela quando ele liga.

– Olá. Está tudo bem? – Ficamos pisando em ovos durante a última semana. Fingindo estar dormindo quando sei que não estamos, e nenhum de nós menciona Daisy ou a clínica. Quando fui visitar Allegra no último fim de semana, ele não se preocupou em me perguntar aonde eu ia. E também não ofereci a informação por vontade própria.

– Você sabe se meu terno voltou da lavanderia? Eu quero usá-lo hoje à noite. – Outra coisa que ele faz: deixa todas as coisas domésticas de lado até o último minuto. Mas não acho que é por isso que ele está me ligando agora; nós dois sabemos que o terno voltou na sexta-feira passada. Ele está tentando me lembrar de que vamos sair esta noite.

– Está lá. Devo estar em casa depois das sete. Que horas vamos sair? – A última coisa que quero fazer depois de levar dez crianças para passear numa galeria de arte é sair para um jantar seco de negócios. Mas são clientes de Simon e é importante para ele, então vou colocar um vestido, pintar o rosto e conversar amenidades como sempre faço.

Não significa que eu tenha de gostar.

– Bebidas às oito e meia. Tente não se atrasar.

Obrigada, pai.

– Uh-hum. – Desligo, mordendo a língua para evitar uma resposta venenosa. Mesmo que o trem venha na hora certa, vou chegar dez minutos atrasada. Rapidamente digito uma mensagem e envio para Niall.

Quando chego à clínica, está o caos. A recepção está cheia de crianças gritando perguntas para um Niall aparentemente atormentado. Seu rosto se ilumina quando ele me vê entrar na sala. Sorrindo, Niall dá um passo adiante e pega minha mão.

– Você chegou.

– Claro que cheguei. E o ônibus está lá fora – digo.

Uma aparência de alívio cai sobre ele. Será que compreende no que se meteu? Podemos ter limitado o passeio a dez crianças – principalmente para cabermos todos em um micro-ônibus –, mas ainda são muitos para ficarmos seguindo em uma galeria de arte muito grande.

Ele dá a impressão de que não teve a oportunidade de conviver muito com crianças. Olha para eles como miniadultos. O que é ótimo quando se está na sala de aula, porque isso os faz se sentirem maduros e amados, e é por isso que as crianças respondem a Niall tão bem. Porém, quando estamos em público, no meio de uma galeria com a qual ele tem conexões... não é tão bom assim.

– Vamos. Vamos lá, pessoal. – Niall se dirige à porta e todos se amontoam atrás dele. Cameron Gibbs empurra todo mundo para fora do caminho e corre em direção ao ônibus, marcando território no banco do fundo. Há alguns retardatários que ficam para trás comigo, com medo dos meninos mais velhos e sua empolgação exagerada.

Allegra enrola a mão ao redor da minha.

– Vamos?

– Claro, pode ir na frente.

Como previsto, há uma confusão no micro-ônibus enquanto todos disputam lugares. Acabo por ter de tirar Cameron Gibbs de cima de outro menino. Sua mão já está curvada num punho de tamanho bem considerável. Sussurro em seu ouvido que estou de olho nele, e ele revira os olhos para mim.

Cameron tem um desses rostos desafortunados. Uma boca fina, quase má que, combinada às sobrancelhas grossas e aos olhos estreitos, fazem-no parecer um marginal em formação. Ele poderia ser o garoto mais doce do mundo – o que ele não é – e ainda assim seria o primeiro a entrar em confusão. Arrastado para a sala da direção depois de uma briga, ou até na frente de um magistrado depois de um assalto. Um suspeito comum esperando para entrar em ação.

Agora ele está desenvolvendo a aparência física. Na entrada da puberdade, está adquirindo um certo ar de ameaça. Não estou certa do quanto é fanfarronice e do quanto é maldade, mas ele está se transformando diante dos meus olhos. Sempre que ele está por perto, há um toque estranho na atmosfera. Odeio não poder impedi-lo de crescer desse jeito.

Depois que todos estão sentados, pego o único assento que sobrou, ao lado de Niall. Ele levanta os olhos acima do celular e sorri calorosamente para mim.

– Você é boa nisso.

– Gritar com as crianças?

O canto de seu lábio esquerdo se curva.

– Não, você é boa em lidar com eles. Sabe o que dizer e como dizer. Percebo que eles confiam em você.

Mais para trás no micro-ônibus, Cameron ainda está carrancudo. Enquanto estávamos discutindo, alguém roubou seu lugar. Ele não está nem um pouco feliz com isso.

– Alguns deles confiam – respondo.

– Você planeja ter filhos? – ele pergunta. Seus olhos azuis olham diretamente para mim. É o tipo de pergunta fácil que qualquer um pode fazer, mas tenho de me lembrar de que ele não sabe. Faz meus olhos quase se encherem de lágrimas.

– Não. – Se eu terminar por isso mesmo, talvez tudo fique bem. Mas sou eu, e sinto a necessidade de preencher os espaços vazios. Nunca consegui ficar em silêncio. – Simon não quer mais filhos.

Suas sobrancelhas se levantam.

– Isso não parece justo se você quer ter filhos. Um pouco egoísta.

Minha resposta é fria. Direta.

– Ele me disse que não queria antes de nos casarmos. – Também concordei com isso. Naquela época, eu nem pensava em crianças. O mundo ainda parecia um lugar de pesadelo. Trazer filhos ao mundo seria um ato egoísta. Mas agora... não tenho certeza se me sinto da mesma forma.

No entanto, Simon continua com a mesma opinião. É por isso que nunca poderia dizer a ele sobre minha mudança de opinião. Eu estaria quebrando nosso acordo.

– Sinto muito por ouvir isso. – Ele enrola os dedos nos meus e me dá um aperto de mão. – Você daria uma fantástica mãe.

O fogo em meu estômago se apaga, substituído por um enorme nó na garganta. Tento não me sufocar, mas é difícil quando estou sendo consolada pelo homem que agitou tudo. Estamos sentados próximos, sua coxa quente contra a minha, seu braço pressionado no meu bíceps. Qualquer raiva que eu sentia instantes atrás se dissipou com as palavras amáveis, até que a única coisa que me resta é um anseio. Seria tão fácil me virar para ele, enterrar minha cabeça em seu ombro e deixá-lo me abraçar até que todo o resto desaparecesse.

Nunca escolhia o caminho mais fácil. Talvez fosse melhor assim.

Niall e eu implodimos como uma estrela moribunda, ardendo brilhantes em um momento e desaparecendo na escuridão no instante seguinte. Esse tipo de entusiasmo, altos e baixos emocionais, pode ser uma motivação de vida quando se é adolescente. Agora, porém, eu deveria desejar o conforto. A estabilidade. Simon.

Preciso continuar me lembrando disso.

Chegamos ao Tate Modern cerca de meia hora mais tarde. É um edifício impressionante. Convertido a partir de uma estação de energia desativada em 1990, o prédio de tijolinhos marrons tem uma enorme chaminé subindo de seu telhado quase art déco. Às margens sul do Tâmisa, fica praticamente em frente à Catedral de St. Paul, que se eleva de forma majestosa na margem norte. As crianças ficam todas animadas quando veem a Millennium Bridge sobre o rio Tâmisa, que liga os dois marcos, reconhecendo-o de um filme de Harry Potter. Alguns começam a correr para as escadas.

– Oi, voltem aqui. – É incrível a facilidade com que o sotaque de Essex volta à minha fala. – Cameron Gibbs, desça daí agora. – Ele já chegou ao topo das escadas, fuçando nos cadeados que os amantes penduraram nas grades.

De alguma forma, conseguimos conduzir todos eles para dentro do prédio. Niall fala com a mulher no balcão de informações, e ela sorri de volta para ele, entregando-lhe um livro para preencher. Quando ele retorna, todos nós o seguimos até a sala do motor.

O enorme salão das turbinas fica no meio do edifício, acessível a partir de degraus de pedra que levam a um desnível no piso. Onde antes os motores propagavam energia, agora há espaço e luz. É a instalação principal da galeria. As crianças começam a correr pelas escadas e nós rapidamente seguimos atrás. Tento não sorrir quando eles olham em volta.

– Onde estão as pinturas? – pergunta Cameron Gibbs, no degrau inferior.

– Não tem nenhuma pintura. Esta é uma instalação – Niall responde. – Às vezes há esculturas, às vezes são imagens projetadas em telas.

– Então, onde está a merda da arte? – cospe Cameron. Ele ainda está irritado comigo.

Cruzo o olhar com Niall. Como eu, ele parece dividido entre divertimento e irritação.

– As pessoas são a instalação – diz ele. – Se você for até lá, elas vão interagir com você. O artista planejou tudo.

– Eu não vou falar com merda de estranho nenhum.

Começo a perder a paciência.

– Olha a boca, Cameron. – Algumas das crianças mais jovens estão olhando para ele boquiabertas. – Estamos num lugar público.

– Tudo o que eu estou dizendo é: – Cameron continua, com a voz quase paciente – se essa merda for arte, então minha rua é uma maldita obra-prima. Tudo o que você tem de fazer é ir até lá e a gente conversa com você de graça. Quanto é que alguém recebe para fazer uma coisa dessas, hein? É como aquele velho pelado, né?

Enrugo a testa por um momento, antes de entender do que ele está falando.

– Você quer dizer *A roupa nova do rei*?

– Quero dizer dinheiro fácil pra caramba. Sério, se isso é arte, então eu não quero nada disso. – Cameron vira e se afasta em meio à multidão de pessoas. Será que os atores sabem no que eles se meteram?

– Ele é um moleque e tanto. – Niall e eu entramos no salão principal. – Não tem papas na língua.

– Você era assim quando tinha a idade dele?

Niall ri.

– Na verdade, não. Eu era o terror do bairro. Minha mãe costumava arrancar os cabelos sempre que eu era trazido de volta por um guarda ou um dos vizinhos. Felizmente, eu cresci e mudei.

– Você também não era nenhum exemplo na faculdade – aponto. – Fumando baseado nos corredores, invadindo prédios durante a noite.

– Ah, mas isso foi tudo em nome da arte. Servia a um propósito mais elevado.

– Qual propósito? – Agora ele me deixou interessada. Volto à memória daqueles dias com um sorriso no rosto. Isso não acontece com muita frequência.

– Em geral, deixar uma garota pelada.

Ele me rouba o fôlego. O que posso dizer sobre isso? Além do fato de que ele não tinha necessidade de entrar em um prédio para me deixar pelada. Eu praticamente rasgava minhas roupas cada vez que estávamos juntos.

– Devemos ir e reuni-los? Temos só mais uma hora, mais ou menos. – Mudo de assunto rapidamente.

Ele dá um sorriso fácil.

– Claro. Pensei em irmos à seção dos Impressionistas Abstratos. Mostrar a eles alguns Rothko e Monet. – Seu rosto se ilumina, como se uma ideia lhe viesse à mente. – Ei, você deveria falar, foi você que se formou em História da Arte.

– Eu não tenho diploma – comento. – Nunca terminei o curso.

E aí está. Nosso passado parece se infiltrar em tudo. Há uma razão para eu não ter terminado, da qual estamos mais do que cientes. É tema de uma conversa desconfortável.

– Bom, podemos compartilhar o fardo.

Faz cerca de meia hora que estamos na galeria quando decido fazer uma contagem rápida. Fazê-los todos ficarem parados é mais difícil do que parece. Algum tempo depois, consigo tocar cada criança suavemente no ombro enquanto vou contando um a um até chegar ao dez.

Só que chego apenas ao nove.

Um nível baixo de pânico começa a se revirar em meu estômago enquanto faço uma recontagem. Ainda assim, nove. Quando olho nos olhos de Niall, ele percebe que algo está errado.

– Quem está faltando? – Não sei se estou perguntando a ele, a mim, ou às crianças. – Só há nove de vocês. – Olho para Allegra, que está parada ao lado de Niall. Graças a Deus ela está bem.

As crianças começam a murmurar, mas nenhuma está falando comigo.

– Vamos lá, qual de vocês sabe de alguma coisa?

Maisie Weeks, de 12 anos, me chama a atenção.

– Cameron saiu faz uns dez minutos.

Engulo seco.

– Ele saiu?

Ela encolhe os ombros.

– Saiu, ele disse que isso era chato e que ele ia encontrar algo melhor para fazer.

Cruzo o olhar com Niall.

– Estamos no meio de Londres. Ele poderia estar em qualquer lugar. – Sei que soa como um guinchado. Um pânico agudo faz minha voz subir uma oitava.

Ele coloca a mão calmante sobre meu ombro.

– A probabilidade é de que ele ainda esteja aqui ou na ponte. Vamos descer para o guichê de informação e ver se eles o viram. Eles devem ter circuito interno de TV.

Então voltamos todos para a entrada como um pelotão. Dessa vez eu ando atrás do grupo, com medo de perder mais alguém. Niall lidera o caminho, Allegra ainda está firme ao lado dele por algum motivo. Posso vê-la conversando com ele, o que é realmente incomum. Depois das experiências com o namorado da mãe, Allegra não costuma olhar para os homens com bons olhos.

Tudo está em silêncio quando chegamos ao balcão de informações. Faço as crianças ficarem em duplas, enquanto Niall e Allegra vão até a mulher do guichê. Ele fala rapidamente com ela, em seguida, acena com a cabeça quando ela responde. Então, a mulher pega um telefone e faz uma ligação. Como é que conseguimos perder um deles com tanta facilidade? Há um rio enorme praticamente fora do prédio, e estou tentando ignorar o pensamento de Cameron caindo dentro dele.

Meu coração está martelando no meu peito conforme Niall se aproxima de novo. A velocidade acelera quando vejo a expressão em seu rosto.

– Receio ter más notícias.

Quero chorar, mas não posso. Sou a adulta aqui. Em vez disso, engulo as lágrimas até que se misturem com o pânico.

– Ai, Deus. Ele está ferido?

– Dificilmente. Ele foi pego furtando coisas da loja. Chamaram a polícia.

Ai, merda. De repente, parece muito pior do que apenas brincadeira na ponte. Isso é sério.

– Posso vê-lo?

– Vou perguntar.

Alguns minutos depois, estou sendo levada para o escritório da segurança. Deixei Niall para trás com as crianças, com instruções estritas para colocá-las dentro do ônibus e parar no McDonald's como ele prometeu. Eles não vão lhe dar nenhum problema, eles estavam todos para baixo e desanimados quando eu os deixei. Cameron tinha arruinado o dia de todos.

O chefe de segurança – um homem cujo uniforme parecia praticamente pintado em seu corpo roliço – me puxa de lado e explica que Cameron foi pego roubando um enfeite de cinquenta libras. Ele o havia enfiado no moletom antes de ser pego. Está tudo gravado. O guarda me diz que é política do museu prestar queixa, e balanço a cabeça para concordar sobriamente, me perguntando se vale a pena implorar em nome de Cameron.

Logo o vejo sentado na sala de segurança, os pés sobre a cadeira e os braços cruzados sobre o peito. Ele ostenta uma aura de desafio, usa-a como uma armadura, e me pergunto se ser levado à delegacia é a pior coisa que pode acontecer. Não sou terapeuta e definitivamente não sou uma psicóloga infantil, mas Cameron está num caminho que só pode levar a uma vida que não quero para ele. Sento-me na cadeira que o gerente oferece e espero quase uma hora até a polícia chegar.

8

Cameron olha para a parede com os olhos secos, os lábios estão apertados com firmeza sobre dentes cerrados. Seguindo seu olhar, procuro o que está atraindo sua atenção para longe do sargento que está sentado à sua frente, mas a única coisa que existe é a parede esburacada, cor de aço. A pintura é espessa, brilhante e chata, chata, chata.

Se Dulux a tivesse feito provavelmente a chamaria de "Cinza suicídio".

Ele está com medo, eu sei que está. Por baixo da petulância e da arrogância que formam um escudo firme em torno de seu corpo, há um garotinho assustado. Sei disso com base no olhar ocasional que ele me dá e pela maneira como seus olhos suavizam e liquefazem enquanto ele é informado de seus direitos. É aquele garotinho que me mantém aqui, sentada ao lado dele como um adulto responsável, tentando convencê-lo a responder às perguntas.

– Temos a prova do circuito interno de TV – diz o sargento Collier. – Mostra você colocando aquele peso de papel no seu bolso como se fosse uma barra de chocolate. Você ainda vai negar?

Cameron dá de ombros e quero sacudi-lo. Sua falta de cooperação é enfurecedora. Não apenas para o policial, cujos olhos estreitos mostram a impaciência de um homem que está cansado de ser enganado. Eu também quero que ele se apresse em admitir o crime e que os deixe seguir em frente. Simon estava me esperando em casa uma hora atrás. Não tive oportunidade de ligar para ele ou de enviar uma mensagem. Vou estar em apuros quando enfim conversarmos.

– Cameron, talvez você deva responder às perguntas do policial.

Ele cruza os braços com força sobre o peito de pombo e pisca seu olhar azul desbotado para o outro lado da sala.

– Você já encontrou meu pai?

Eles enviaram um policial para localizar o Sr. Gibbs há duas horas. Esperamos por uma hora antes de Cameron finalmente ceder e concordar em ser interrogado na minha presença. Ele se recusou a ter um advogado público presente; alegou que todos só serviam para considerá-lo culpado e prendê-lo. Como um garoto de 13 anos sabe qualquer coisa sobre defensores públicos eu não faço ideia. Acho que ele já esteve próximo a muitos crimes.

– Não. – Há uma curva nos lábios do sargento Collier. Um sorriso de autossatisfação. Posso entender por que Cameron assumiu uma antipatia imediata por ele. Também não gostei muito.

– Quero esperar por ele.

– Você concordou em ser interrogado – Collier ressalta. – Se não conseguirmos encontrar seu pai, vamos ter de mantê-lo aqui durante a noite.

Um lampejo de desconforto passa pelo rosto de Cameron. Some num piscar de olhos.

– Tanto faz.

– Espere um minuto. – Inclino-me para frente, descansando os antebraços sobre a mesa com revestimento de plástico. – Não vamos ser precipitados.

Collier olha para mim.

– Não sou precipitado.

Ah, maravilha. Agora eu também perdi o apoio dele.

– Posso ter uma palavra com Cameron? Em particular. – O folheto que me deram quando concordei em acompanhar Cameron me dizia que eu poderia pedir para ficar sozinha com ele. Se bem que Collier não estava lá quando obtive o papel. Por um momento, ele apenas me olha feio. Olhos de aço. Olhar inflexível. Ele me deixa nervosa.

– Por favor?

– Acho que sim.

– Não preciso de favor nenhum – murmura Cameron, e tenho vontade de bater nele. Meus dedos formigam. Ele está me deixando louca. Sua rota sem volta para a autodestruição parece ter pegado um carona, e, infelizmente, sou eu.

– Você pode se controlar por um minuto? – sussurro. Cameron parece chocado com a minha veemência, mas sabiamente não diz nada. Talvez ele não seja tão idiota, afinal.

– Vocês têm dez minutos. Vou pegar uma xícara de chá. – Collier pausa a gravação e sai da sala, fechando a porta atrás de si. Fico olhando para a porta fechada por um minuto, como se o estivesse esperando voltar. O que estou fazendo realmente é contar até dez. Tentando me acalmar.

Não está funcionando.

Alguns instantes depois, me viro e olho para Cameron.

– O que diabos você está fazendo?

Ele se balança lentamente na cadeira. Para frente e para trás. Cada vez que oscila, acho que vai cair. Mas ele não cai. É como se tivesse um senso inato de equilíbrio, acionado por praticamente nada.

– Ele está me deixando puto.

– Não fale palavrão. – É uma reação automática.

Cameron ri. Não é uma risada, é aguda demais.

– Você está preocupada com o meu jeito de falar?

Empurro a mesa e me levanto.

– Não, Cameron, não estou preocupada com o seu jeito de falar. Estou preocupada com o seu futuro. Você foi pego em flagrante roubando uma loja. A polícia tem provas do circuito interno de TV e testemunhas, mesmo assim você não está cooperando.

– Mickey sempre me diz para manter a boca fechada quando a porca torce o rabo.

Há tantos nuances de errado nas palavras dele que não sei por onde começar. Suspirando, tomo o caminho mais fácil.

– Quem é Mickey?

– Meu primo. – Ele se balança para frente e então acrescenta: – Ele tem dezesseis anos. – Como se isso explicasse tudo.

– E o que faz do seu primo de dezesseis anos um especialista em ser preso? – Será que eu realmente quero saber?

Cameron dá de ombros.

– Foi preso algumas vezes. Tráfico, roubo, lesão corporal.

Adorável.

– Bater em alguém é um pouco diferente de sujar a ficha pela primeira vez – aponto. – Se você cooperar, é provável que só receba uma reprimenda.

E talvez eu saia daqui antes que Simon jogue todas as minhas coisas na rua.

– Não me importo.

Ando e paro na frente dele, apoiando-me na mesa.

– Bom, você deve se preocupar. Isso não é engraçado, Cameron, é na sua vida que você está mijando...

– Olha a boca.

– Cale a boca e escute por um minuto. Esta é sua primeira vez nesta delegacia. A primeira vez que foi preso. Se você não tomar uma atitude, não vai ser a última. Quer mesmo acabar como Mickey, ou como qualquer um dos outros bandidos que são constantemente perseguidos pela polícia?

Seu rosto mostra decepção.

– Não sei bem se tenho escolha. – E naquela voz há algo que eu quero captar. A falta de certeza, um medo vacilante.

– Você tem. Você tem escolha, sim. E quero que faça a escolha certa.

Sua testa se franze, como se ele estivesse tentando entender uma língua estrangeira.

– Porque não tem que ser assim, Cameron. Você não tem que ser aquele cara que simplesmente segue com a maré, para um lado e para o outro. Aquele que acaba cumprindo pena em uma prisão de merda e sai para encontrar crianças que não o conhecem e uma garota que não suporta olhar para você. – Eu mordo meu lábio, tentando não ficar sentimental demais. – Nós todos temos que tomar decisões. Qual caminho tomar, qual rota escolher. Tomar a decisão certa.

Seus olhos encontram os meus.

– Eu não sei o que fazer. – Soa como uma súplica.

Suavizo.

– Deixe-me falar com o sargento. Dizer a ele que você quer falar. Vamos ver o que ele pode oferecer? – Respirando fundo, chego a tocar seu ombro. – Está bem?

– Está.

Não sou idiota. Sei que não é um grande avanço. Pode não ser nada, mas deixei um pouco de esperança florescer no meu coração. Talvez, no final, ele ainda vá acabar como seu primo Mickey, o presidiário, ou seu pai folgado e ausente, mas realmente espero que ele não seja assim.

Leva mais uma hora para o assistente social de plantão buscar Cameron. A essa altura, estamos os dois exaustos – emocional e fisicamente – e ele mal revira os olhos quando vê que é Ryan Clark. O cara de aparência desafortunada com o apelido de "supergaroto", porque tem cara de 12 anos e não tem nada de super-herói. Ainda assim, Cameron vai com Ryan em silêncio, só parando para me dar uma piscadela insolente antes de seguir o assistente pela porta afora.

E então restava um.

Já passa das 22h quando saio da delegacia e entro no ar frio da noite. Sou imediatamente envolta por uma bruma de chuva. Paira na atmosfera, cobre meu cabelo, forma pequenos grânulos nos meus cílios. Quando pisco, posso sentir a umidade fria na minha bochecha.

A rua aqui fora está banhada por um brilho âmbar, e os postes de iluminação da cidade se estendem até onde a vista alcança. Nunca fica realmente escuro aqui em Londres, nem mesmo na calada da noite. Ruas e becos que um dia já foram contaminados por nuvens grossas de fumaça adocicada agora são poluídos pela luz.

Não o noto de início. Não até que Niall dê um passo para fora de seu carro e caminhe até mim, seus dedos correndo o cabelo como um pente nervoso; só então percebo que ele está aqui. Quando para diante de mim, sinto meu coração apertar por um segundo. Na meia-luz, ele parece mais glorioso do que nunca. Olho para ele, seus olhos escuros, apesar das lâmpadas, e tudo desmorona em cima de mim. O estresse da delegacia, o sofrimento de saber que Cameron poderia se autodestruir. Meus medos sobre a reação de Simon.

O fato de que Niall está aqui, esperando por mim, quando me sinto tão esgotada.

Faço uma coisa realmente estúpida. Começo a chorar.

Assim que cai a primeira lágrima, já me sinto envergonhada. Um soluço roubado escapa dos meus lábios. Sinto-me exposta, como se ele pudesse ver, debaixo da minha pele, o meu eu verdadeiro.

Nem sei quando acontece. Um minuto estou olhando para ele, com o rosto borrado, em meio a uma cortina de lágrimas; no minuto seguinte, estou em seus braços, meu peito apertado ao seu.

Niall enterra o rosto no meu cabelo. Ele abafa as palavras, mas não o suficiente para que desapareçam.

– Porra, eu sinto tanto.

Seu casaco está aberto, e, quando envolvo os braços na cintura dele, minhas mãos deslizam por baixo. Elas repousam nas costas dele, logo acima da cintura. O calor de seu corpo irradia através da camisa fina. Enquanto ele me segura, dou longas inspirações com o ar fresco da noite. A chuva nevoenta cobre meus lábios quando respiro.

Há uma parte de mim que quer ficar aqui para sempre. Não tenho de pensar em quanto Simon vai ficar zangado e em como estou com medo de ligar meu telefone e ver dezenas de chamadas perdidas. Ainda pior, por um instante, posso esquecer tudo sobre Cameron Gibbs e sua mistura de medo e otimismo que tanto me enfurece e me dilacera. Neste momento, com Niall, posso apenas *ser*. É um luxo em que eu quero me segurar.

Mas não é para eu ter.

– O que aconteceu? – Ele envolve minha nuca com as mãos, dedos enredando-se com meu cabelo molhado. É gostoso. Bom demais. Dou um passo para trás e os braços dele me soltam.

A chuva fez o cabelo dele brilhar. Toda vez que olho para ele, meu coração estremece.

– Ele recebeu uma reprimenda. – Afasto a franja molhada dos olhos. Só Deus sabe com que aparência péssima eu estou. Rosto pálido, rímel escorrendo, olhos vermelhos.

– Isso é bom, não é? Apenas um aviso?

Nego com a cabeça.

– Vai entrar na ficha dele, foi o que disseram. – Dói mais do que qualquer coisa. A ficha de Cameron era limpa, sem mácula. O que está feito não pode ser desfeito.

– Mas nada mais? Nenhuma audiência?

– Não. – Pelo menos alguma coisa. – E espero que ele tenha aprendido uma lição. – Cruzando os olhos com os de Niall, enrugo a testa. – O que você está fazendo aqui, afinal? O resto das crianças está bem?

– Estão ótimas. Comprei jantar para todas elas; estavam mais felizes que pintinho no lixo. – Ele passa a mão pelos cabelos, e a chuva os mantém penteados, afastados do rosto. Brilha sob a luz dos postes. – Todos eles perguntaram quando podemos ir de novo.

Levanto as sobrancelhas.

– Que tal nunca?

– Exatamente o que pensei. – Ele ri. Só dura um instante antes de ele ficar sério novamente. – Eu lhe devo um grande pedido de desculpas.

– Por quê?

– Você me disse que isso iria acontecer. Que não conseguiríamos manter o controle. Eu deveria ter dado ouvidos.

– Eu estava pensando que as crianças sairiam correndo pela galeria e falariam muito alto. Não isso.

Um sorriso ameaça surgir em seus lábios.

– Você tem a visão muito curta.

– Talvez da próxima vez possamos tentar furto qualificado.

– Ei, achei que tínhamos dito que não haveria uma próxima vez.

Bem observado, penso. Uma noite em uma delegacia é mais do que suficiente; não quero voltar lá. Não que eu tenha permissão de voltar, se Simon tiver qualquer coisa a ver com isso. Talvez ele esteja certo. Não consigo fazer nada direito. Daisy ainda está no hospital, Cameron ainda está seguindo para uma vida de crime, e pareço estar fazendo tudo que posso para atrapalhar meu casamento.

– Preciso ligar para o meu marido. – Não sei por que não consigo dizer o nome dele. – Ele deve estar se perguntando onde estou.

– Vamos sair da chuva – sugere Niall, baixando a cabeça para que eu não possa ver sua expressão. – Meu carro está ali. Posso dar carona até a sua casa.

– Vou chamar um táxi.

– Não seja boba. – Ele já está caminhando em direção a seu carro, um Ford Fiesta velho e surrado. Não sei o que eu esperava dele, mas não era esse carro detonado e enferrujado.

É despretensioso. Por alguma razão, me aquece por dentro.

– É seu?

– É. – Ele aperta a chave e as travas se abrem com um clique. – Por quê?

Porque penso em você como um gênio glamoroso. Porque eu esperava que seu carro fosse mais rock'n'roll.

Porque eu amo o jeito como você sempre me surpreende.

– Por nada.

Dentro, o ar é úmido e mofado, como um par de sapatos deixados na chuva. Ele tentou disfarçar com um desodorizador pendurado no espelho, mas a árvore de papelão não é páreo para o cheiro mais poderoso. Sento-me no assento do carona, de tecido, chutando uma garrafa plástica vazia de Coca-Cola com os pés. O carro está cheio de lixo: embalagens usadas, pilhas de papéis, até mesmo algumas telas.

– Está um pouco bagunçado – ele afirma o óbvio.

– Combina com você.

Niall me dá um olhar de "o que você quer dizer com isso" e dá a partida. Embora o rádio ligue de imediato, o aquecedor sopra ar frio. Ele se inclina para frente e abaixa a saída de vento.

– Deve aquecer em um minuto.

Minha bolsa está no meu colo. Abro o zíper e pego o iPhone. Desliguei quando chegamos à delegacia, principalmente para preservar a bateria que não segura mais a carga. É preciso um momento para a tela acender. Enquanto olho para ela, uma pedra enorme de medo se assenta no fundo do meu estômago, azedando o conteúdo até que eu quase consiga sentir minha própria náusea.

– Você está bem?

Não, realmente não estou bem. Tenho medo de que meu marido me odeie, e que ele tenha deixado uma mensagem com esse efeito no meu telefone. Sinto-me como uma criança esperando do lado de fora do escritório do diretor. O celular treme na minha mão conforme alertas começam a piscar no topo da tela. E-mails de sites de roupas que usei anos atrás, tuítes em que fui mencionada.

Também há quatro mensagens de texto e três mensagens de voz. Como a gata assustada que sou, verifico primeiro o Twitter. Alguém da clínica perguntou se estou bem. Um cara de quem nunca ouvi falar antes começou a me seguir. Retuitaram um livro que recomendei.

Li as mensagens depois disso.

Onde você está? Simon acabou de me ligar. Essa é de Lara.

Acabei de falar com Niall Joseph. Cameron Gibbs merece ser preso. Me liga quando você sair, está bem? Lara, novamente.

Espero que você não se importe, Lara me deu o seu número. Como você está aí dentro? Niall.

Olho para ele.

– Você me mandou mensagem?

– Mandei, eu estava preocupado com você. A mulher na recepção da delegacia não quis me dizer nada.

Não sei por quê, mas sua preocupação me toca. Quando ele capta meu olhar, tento mostrar um sorriso. Sai aguado e torcido.

Apenas uma mensagem é de Simon. *Me liga.*

Eu vou, digo a mim mesma. Definitivamente vou ligar para ele. Mas primeiro eu gostaria de verificar as mensagens de voz, querendo saber qual é seu estado de espírito. Se eu deveria me preparar para o pior.

"Beth, achei que você estaria em casa às sete. Agora... hum... já passou meia hora. Precisamos sair logo. Venha rápido, está bem?"

A seguinte soa mais irritada.

"Agora são oito e quinze. Vou para a casa do Bryan, você vai ter de me encontrar lá. Me liga, por favor."

A última foi deixada há dez minutos, de acordo com o registro. Aperto o 2 e ela começa. "Acabei de falar com Lara, porque eu estava morrendo de preocupação que você estivesse no fundo de uma vala em algum lugar. Estou com raiva. Você prometeu. Você disse que a clínica não afetaria nossa vida, e então ouço que você está em alguma delegacia no sul de Londres. Me liga quando você sair. Precisamos conversar." Ele soa ameaçador.

A mensagem termina e apago a chamada. Não quero ouvi-la de novo. Tudo o que vou fazer é tentar analisar exatamente o quanto ele está aborrecido. Simon é um homem que mantém as emoções sob controle. Calmo, contido, talvez ocasionalmente calculista. Ao contrário de mim, ele não demonstra seus sentimentos. A escola pública e uma temporada no exército teriam eliminado isso dele, se seus pais já não o tivessem feito antes.

– Você está bem, Beth?

Olho para Niall e percebo que ele está esperando por uma resposta. Uma superficial e evasiva está na ponta da língua e estou pronta para dizer a ele que estou bem.

Mas não estou.

– Simon está realmente aborrecido comigo. Perdi um jantar importante com alguns clientes. – Olho para o meu celular, observando a tela se apagar e ficar preta. – Na verdade não sei por que acabei de lhe dizer isso. Não importa; não de verdade.

– É claro que importa. Me deixe levá-la para casa e falar com ele, dizer que foi tudo culpa minha.

Tento imaginar *esse* cenário. Niall parado na porta e explicando a Simon por que ele está me levado para casa. Imagino os lábios finos de Simon e os braços cruzados enquanto escuta Niall. Então, minhas explicações confusas, como por que Niall esperou durante três horas na chuva só para me levar para casa.

Isso não vai acontecer.

– Está tudo bem. Ele vai superar isso.

– Você não parece bem. Parece chateada e com medo. – Niall passa o braço e aperta minha mão. – Parece que você precisa de um amigo.

É exatamente disso que preciso. Alguém com quem conversar, alguém que não vá me dizer como sou uma decepção. Nunca imaginei que Niall Joseph seria o voluntário para o trabalho. Aperto sua mão e olho para minhas pernas, seguindo a trama do jeans de lavagem escura que me cobre as coxas.

– Parece bom.

Sua mão ainda está envolta na minha.

– Mas, primeiro, me deixe levá-la para casa. Você parece exausta. As coisas vão ficar melhores depois de uma boa noite de sono.

Inclino a cabeça no encosto que pinica. A batida da chuva sobre o teto metálico do carro parece um tambor suave. Nossa respiração quente embaçou as janelas, deixando-as opacas e brancas. Quando criança, eu gostava de desenhar meu nome no embaçado, vendo a água correr pela janela em filetes finos. Deus, eu queria poder voltar àqueles dias.

– Não quero ir para casa.

– Não?

– Não.

Ele faz uma pausa por um minuto e, em seguida, se inclina para frente e limpa o para-brisa com a mão.

– Então, aonde você quer ir?

São quase onze da noite. Está frio e chovendo. Meu marido não sabe onde estou. Eu deveria ir para casa e me jogar em sua misericórdia.

– Vamos a um pub.

Nove anos antes

– Íris! Ei, Íris. – Viro-me e vejo Digby chamando atrás de mim. Está usando um chapéu fedora preto e o segura com a mão para impedir que voe enquanto ele corre. A maioria dos rapazes iria parecer idiota nos trajes dele: calça de alfaiataria *skinny* cinzenta, suspensórios vermelhos e uma camisa listrada azul. Mas Digby tem uma aura descolada que as roupas malucas não podem estragar.

– Oi – sorrio timidamente. Ainda é difícil acreditar que essas pessoas finalmente me notaram. Depois de quase um ano os rodeando.

– Festa na minha casa hoje à noite. Acabamos de receber uma entrega de viúva branca[1]. Hora de abrir. – Ele sorri, revelando uma fileira de dentes quase perfeitos, maculada apenas por um incisivo torto. – Você vem?

Ele está me convidando para ir a essa festa? Ou está me perguntando se já fui convidada? Enrugo a testa, ponderando a etiqueta para ir a festas de drogas. Eu quero ir. Muito. Porque Niall vai estar lá.

– Hum, quando é?

– Hoje à noite – Digby repete, paciente.

---

1 Viúva branca, ou *white widdow*, em inglês, é um tipo de maconha produzido na Nova Zelândia.

Se eu fosse mais corajosa, poderia revirar os olhos. Em vez disso, tento esclarecer.

– Que horas?

Ele começa a rir, como se eu estivesse fazendo a pergunta mais estúpida.

– Você é tão doce. Não é de admirar que Niall goste de você. – Seu sorriso se torce com divertimento. – Eu nem tinha pensado em um horário. Apenas esta noite, qualquer horário.

– Umas oito? – Não chegar cedo, nem tarde.

– Ah, Íris. Sabe que, se Niall não tivesse reivindicado você primeiro, eu poderia me apaixonar. – Ele está olhando para mim como se eu fosse um espécime em um museu. – Vou lhe dizer uma coisa, venha às oito e nós podemos compartilhar o primeiro baseado da noite. Prometo não enfiar a mão na sua calça, e você pode me deixar todo risonho e feliz.

Chego lá às 19h57. Levanto a mão e estou prestes a bater os nós dos dedos na porta quando ela é aberta. Logo na entrada do corredor, está uma menina com aparência de muito entediada. Ela joga o cabelo loiro sobre os ombros e olha para mim por um momento.

– O Digby está? – Tento olhar ao seu redor. Todas as cortinas estão fechadas, a despeito do fato de que ainda há luz lá fora, e tudo parece sombrio e escuro.

– Está. No andar de cima. – Ela sai andando, deixando-me parada no degrau, com a porta da frente escancarada. Hesito, me perguntando se eu deveria entrar, ou se deveria esperar por um convite. Levo alguns instantes para perceber que ela não vai voltar.

Vista pelo lado de fora, é uma bela casa geminada em estilo vitoriano, em uma rua arborizada a cerca de um quilômetro e meio do campus. No interior, porém, é uma questão diferente. Assim que entro no corredor, tropeço em cima de uma pilha de sapatos e evito por pouco cair em uma bicicleta que está encostada na parede. Há uma pilha de correspondência sem importância à esquerda da bicicleta, e passo com cuidado sobre ela.

Todo o corredor fede. É uma mistura de chulé e poeira, atada com um toque de testosterona. Eu poderia ter vindo aqui com os olhos vendados e saberia dizer que era casa de homem. É exatamente a mesma coisa nos quartos dos garotos no conjunto estudantil onde moro. Eles acendem incensos quando levam as garotas para lá, esperando que vá disfarçar o mau cheiro.

A escada é de madeira e está coberta por uma passadeira listrada desbotada presa no lugar com barras de latão. As partes da escada não cobertas pelo tapete estão cobertas com rolos de poeira. Quando subo para o primeiro andar, imagino que estou deixando uma nuvem de poeira atrás de mim, como um caminhão que percorre um deserto.

Quando chego ao patamar, me deparo com cinco portas. Sei que Niall às vezes fica aqui, e que alguns de seus amigos também vivem aqui. Os pais de Digby compraram a casa para ele como um investimento. Eu me pergunto se têm consciência do estado em que Digby a mantém.

– Digby? – digo baixinho, não querendo chamar a atenção para mim. Em seguida, percebendo que quero chamar a atenção afinal de contas, digo um pouco mais alto: – Digby?!

A porta no final do corredor se abre, revelando Digby cercado por uma névoa de fumaça. Seus olhos estão fora de foco, e ele só está vestindo cueca samba-canção e nada mais. Seu peito nu não tem pelos e é um pouco pastoso. Quase sem músculos definidos.

– Íris. Você veio. – Ele acena, me mostrando o baseado entre o polegar e o indicador. – Acho que começamos sem você.

– Estou vendo. – Ainda estou em pé no topo das escadas. O fato de ele estar seminu me choca, me deixa constrangida. Erva somada a um cara sem camisa está disparando todos os meus sinais de alerta.

– Entre, entre. – Ele acena para seu quarto com um floreio. – Eu queria fazer a festa no térreo, mas a Bruxassauro disse que eu não podia.

– Bruxassauro?

– A droga da minha irmã. Ela veio para ficar por alguns dias. Pensa que é minha mãe.

Acho que isso explica a loira infeliz.

Relutante, ando em direção ao quarto dele e, de repente, fico aliviada quando ouço vozes vindas de dentro. Me encolho para passar por Digby e vejo a menina de cabelos escuros do lago enrodilhada num pufe com um copo de vinho na mão. Ao lado dela está um garoto de aparência séria, com óculos de armação de arame.

Ela olha para mim sem sorrir.

– Onde está Niall?

Sinto-me um pouco ofendida. Como se, sozinha, eu não tivesse importância.

– Não sei, ele não vem?

Digby começa a rir.

– Você disse a ele, não disse?

Nego com a cabeça e meu coração afunda. É basicamente a razão de eu ter vindo. E começa a fazer sentido para mim que a única razão por terem me convidado é porque eles queriam que eu trouxesse Niall. Algo estranho, porque é amigo deles.

– Porra, não acredito – diz a menina gutural. – É uma merda, a gente nunca mais o vê e depois quando pede para você o trazer junto, você esquece.

Digby dá de ombros.

– Está tudo bem. Um de vocês pode ir e chamar Niall, enquanto Íris e eu terminamos esse cigarro maravilhoso. – Ele me puxa para sua cama desfeita, onde se senta e dá uma tragada profunda. Quando me oferece o baseado, eu o pego avidamente de suas mãos, desesperada pela calma que sei que a droga vai trazer. Me sinto tão fora de lugar e tão sem sofisticação que quase quero chorar.

Vai ser uma longa noite.

Hoje

9

Quando entramos no pub, parece que estamos chegando tarde para uma festa. O bar está cheio, quase transbordando. Os níveis de ruído estão elevados, as pessoas precisam quase gritar para se fazer ouvir. Há uma atmosfera de intoxicação adorável, aquele sentimento de fim da semana que eleva os ânimos de todo mundo, até esquecerem como o trabalho é desgastante.

Nós somos intrusos. Sóbrios, molhados e sujos, vamos passando entre as pessoas até chegarmos ao balcão. Nos deparamos com três fileiras de pessoas em volta do bar e demora alguns minutos para conseguirmos alcançá-lo, e ainda mais para finalmente sermos servidos. Alguns momentos depois, envolvo com os dedos uma Coca-Cola muito disputada e a levo aos meus lábios, bebendo longos goles do líquido fresco e açucarado.

– Deus, eu precisava disso.

Acabamos encostados a uma parede na extremidade do salão, espremidos entre uma lareira e uma coluna de concreto. Espaço apenas suficiente para nós dois.

– Você deveria tirar o casaco molhado. – Niall estende a mão para tocar o colarinho. – Dê a si mesma a chance de se secar.

– Mas estou com frio. – Estremeço. Deve ter uma centena de pessoas aqui, aquecendo o ambiente com sua temperatura corpórea, mas ainda estou congelando. Envolvo minha cintura com os braços.

– É por isso que você precisa tirar o seu casaco. Dê ao seu corpo uma chance de se aquecer. Olha, dê isso para mim. – Ele estende a mão para pegá-lo, e sacudo os ombros para tirar. Niall o pendura no canto da lareira. – Agora está melhor.

– Para você, talvez. – Tremo novamente. – Juro que estou com frio até nos ossos.

– Quer que eu esquente você?

Ah, sim.

– Estou bem assim.

– Que pena – ele diz bem baixinho, mas ouço do mesmo jeito. Sua voz faz coisas comigo.

Um grito alto percorre todo o ar. Nós dois nos viramos para descobrir de onde veio. Um homem entra pela porta vestindo apenas um jeans cortado nos joelhos, com um véu branco na cabeça. Preso a ele estão uma variedade de preservativos, tanto embalados quanto abertos. Tenho esperanças em Deus que nenhum deles seja usado.

– Despedida de solteiro – digo a Niall. Não sei por que me incomodo em afirmar o óbvio, não é como se o homem seminu tivesse aparecido no pub com os sogros.

– Estou vendo. – Niall toma um gole de cerveja. – O pobre rapaz deve estar com mais frio do que você.

– A única diferença é que ele tem uma noite na delegacia pela frente. Eu cumpri a minha.

Niall sorri.

– Aliás, qual é a do Cameron? O que diabos ele estava planejando fazer com um peso de papel entalhado do Tate Modern?

– Perguntei, mas ele não tinha resposta. Não uma que fizesse sentido. Ele murmurou alguma coisa sobre valer algumas libras. Não foi muito crível.

– Você passa muito tempo com essas crianças, não passa? Visita nos fins de semana, fica com elas em delegacias. Tenho certeza de que nada disso está nas especificações do seu emprego.

– Meu emprego não tem especificações. Faço o que é necessário.

– Por quê? – Ele inclina a cabeça para um lado, olhando para mim. Suas sobrancelhas se unem, como se ele estivesse pensando muito sobre algo. A ponta da sua língua aparece para umedecer os lábios. Percebo que estou olhando fixo. Seu lábio inferior é mais cheio do que o superior, alguns milímetros mais grosso. Lembro-me do gosto, de quando eu costumava sugá-lo entre os meus. Às vezes parece ter sido apenas um instante atrás. Naqueles dias éramos embalados pela vida como se ela fosse uma tela em branco só esperando para que a marcássemos.

– Por que o quê?

– Por que você trabalha lá, se envolve tanto com as crianças?

– Não sei. Caí nisso de paraquedas. Eu queria ajudar, fazer algo de bom, especialmente porque eu estava desempregada. Mas logo eles me ofereceram um emprego e criamos o clube depois da escola e me senti como... – Minha voz falha. Como eu me senti? Sei que o lugar mudou alguma coisa dentro de mim. – Como se eu tivesse encontrado meu caminho para casa. – Dou risada. – Sei que soa idiota e clichê, mas é assim que me senti. Sei que posso ajudar essas crianças. Elas passaram por mãos podres, muito piores do que a maioria de nós. Eu era uma boa menina de Southend, cujos pais achavam que o mundo girava ao redor de seus umbigos e eu ferrei com tudo. Que chance que esses meninos têm?

Niall parece surpreso.

– Isso é incrível pra caramba. Sério. Essas crianças têm muita sorte de ter você.

– *Eu* tenho sorte de tê-los. – Estou quase chocada com o quanto isso é verdade. Essas crianças deram um significado à minha vida, por mais banal que possa parecer. Elas podem ser muito irritantes e chatas, mas basta um pequeno avanço e parece que meu mundo está girando. Um sorriso suave de Allegra, um sorriso insolente de Cameron. É o suficiente para fazer meu coração doer. O pensamento de que eu poderia ter de desistir de tudo, virar as costas para eles, me faz querer gritar. Se Simon insistir, não sei se vou perdoá-lo um dia. Ou perdoar a mim mesma.

– Todo mundo tem sorte – murmura Niall.

– E você? – pergunto, inclinando a cabeça. – *Você* tem sorte?

– Eu tenho muita sorte. Ferrei com as coisas tantas vezes e ainda assim estou aqui.

Sei como é. Por um momento, quero estender a mão e traçar a linha de suas maçãs do rosto altas, sentir a suavidade de sua pele contra a minha. Quero consolá-lo, não porque ele precisa, mas porque eu preciso.

– O que aconteceu depois que o mandaram embora? – pergunto. Faz algum tempo que tenho vontade de saber. Conheço a minha história muito bem, mas a dele ainda é um mistério. Suas dicas sobre arruinar as coisas só me fazem querer saber mais.

– Da universidade?

– Sim.

Ele toma um longo gole de sua bebida.

– Na verdade, não me lembro das primeiras semanas. Eu estava muito chapado. De acordo com a minha mãe, passei a maior parte desse tempo bêbado, tentando bloquear tudo. Tentando esquecer sobre Digby, sobre o fato de eu não me formar. – Ele olha para mim através de cílios muito negros. – Tentando esquecer você.

Fico sem palavras quanto a isso. Estávamos em países diferentes naquele momento, mas ainda havia essa conexão, esse desespero.

– Você me disse que acabou no hospital – acrescentei. Pensei muito sobre isso. Como perdemos Digby, e depois como Niall também estava com problemas, e eu nem sabia.

– Eu estava em uma situação péssima. Minha mãe e meu tio conseguiram cortar meu fornecimento, então eu me voltei para o bom e velho uísque. A próxima coisa que eu soube foi que estava acordando no hospital, fazendo lavagem estomacal. – Ele se inclina na parede, traçando padrões nas laterais do copo. – Foi aí que acordei. Acabei acompanhando meu tio quando ele voltou para os Estados Unidos e terminei a faculdade lá. E depois fiquei por um tempo.

– E agora você é rico e famoso – digo.

– Não tão rico quanto você.

– O dinheiro não é meu. É do Simon. Não me casei com ele por isso. – É importante para mim que Niall entenda que não me casei por dinheiro. Não sei por que desejo que ele pense bem de mim, mas desejo. Se ele olhar para mim como se eu fosse uma garimpeira, acho que eu iria chorar.

– Eu sei. – Ele parece envergonhado. Pergunto-me se ele está se lembrando da nossa discussão naquela noite depois do pub. Só sei que eu estou. – Mas nós dois nos demos bem, considerando como poderíamos ter acabado.

A mais estranha das vontades toma conta de mim e leva minha concentração embora. Tudo em que posso pensar é unir meus lábios aos dele. Sentir seu calor, sua maciez. Deixá-los se mover contra os meus.

Estou perdendo a cabeça. Só pode ser. Por que diabos eu iria querer fazer isso?

Mesmo que ele não possa saber o que estou pensando, sinto meu rosto pegar fogo.

– Obrigada – eu digo.

– Pelo quê?

– Por estar aqui. – *Por falar comigo, por me fazer lembrar de como era beijá-lo.*

– É claro que estou aqui. Nós somos amigos, não somos? – É minha imaginação ou ele acabou de enfatizar a parte "amigos"?

Meu rosto fica mais quente ainda quando percebo que ele poderia pensar que tenho uma queda por ele.

Mas não tenho. Realmente não tenho.

A casa está em silêncio quando abro a porta da frente. Normalmente, Simon deixa a luz do corredor acesa quando vai para a cama antes de eu chegar em casa, mas esta noite ele não se preocupou.

A escuridão é um julgamento. A punição. É como se eu não merecesse a luz. Acendo-a mesmo assim, deixando cair minhas chaves sobre o aparador, mal parando para me olhar no espelho grande de madeira, entalhado, suspenso logo acima. Mas, com um único olhar, vejo que minhas bochechas estão em chamas, meus olhos estão avermelhados. Entro na cozinha, faço uma xícara de chá apenas para evitar subir as escadas e ir para cama.

Estou adiando o inevitável. Eu deveria ir agora mesmo e pedir desculpas, fazer as pazes. Mas, em vez disso, encosto na ilha da cozinha e mexo meu chá sem prestar atenção, enquanto tento encontrar um sentido para as coisas na minha mente.

Quando tomo um gole, queima meu lábio inferior, e lembro-me de como imaginei beijar Niall. Estou morrendo de vergonha. Não é como se eu pudesse repelir o impulso e chamá-lo de amigável. Não beijo meus amigos nos lábios. Droga, nem sequer beijo meus pais desse jeito nas raras ocasiões em que vou visitá-los. Há apenas uma pessoa que beijo na boca e calhou de eu estar casada com ela.

Enxáguo a caneca na pia e a coloco com cuidado no escorredor, girando a alça para que não pegue em nada. Em seguida, saio da cozinha, apago as luzes e ligo o alarme da casa no modo noturno.

Está escuro em nosso quarto. Nenhum abajur ou luz na suíte. *Mensagem muito clara, Simon.*

– Oi – sussurro baixinho na escuridão. Não há resposta, nem mesmo o som de sua respiração regular, pesada. Não acho que ele esteja dormindo, mas é difícil dizer. Na penumbra do quarto, mal posso ver seu contorno debaixo das cobertas. Silenciosamente, tiro minhas roupas e as coloco na poltrona ao lado do guarda-roupa e então pego um pijama de algodão. Escovo os dentes com força suficiente para arrancar a doçura açucarada da Coca-Cola do esmalte, o suficiente para algumas manchas de sangue aparecerem na porcelana branca da pia quando cuspo.

Simon não se moveu. Levanto o cobertor no meu lado da cama, e tento entrar furtivamente debaixo. Não tenho certeza se eu deveria estar aliviada ou aborrecida por ele não estar falando comigo. Acho que não posso dormir sob esse véu de melancolia.

Assim que deito de costas e deixo minha cabeça afundar no travesseiro, Simon acende a luz.

– Você voltou, hein?

Viro-me de lado. Sentado na cama, ele procura os óculos. Demora um longo tempo para abri-los e os colocar na ponte do nariz.

– Sinto muito. – É a primeira coisa que vem à mente. A única coisa.

Simon me olha. Sem emoção.

– Por que você não retornou minhas ligações?

– Eu não estava com meu celular na delegacia. Estava desligado na minha bolsa.

– E depois?

– Era tarde demais. – Engulo em seco. – Eu não queria estragar sua noite.

– Sabe qual é a pior parte? Eu ficar dizendo a eles: "Ela vai estar aqui a qualquer minuto, isso não é típico dela" e eles continuarem assentindo e sorrindo com indulgência para mim. Como se eu fosse um velho levado para um passeio. Eu conseguia ler o desdém nos olhos deles e não gostei de como eles estavam pensando em você. Como se estivesse me colocando chifres.

Mordo o lábio, tentando não deixar escapar que eu estava no pub com Niall. Quero confessar, quero ser absolvida. Mas não mereço isso.

– Sinto muito que você tenha de ter passado por isso. Prometo que não vou deixar acontecer de novo. Vou mandar uma nota pedindo desculpas, talvez algumas flores ou algo assim? – Sentada, dobro as pernas debaixo de mim, estendendo a mão para tocar a bochecha dele. Quero limpar a mágoa de seus olhos.

– Não podemos continuar assim. – Ele faz uma pausa e empurra os óculos para cima. – Não posso continuar assim. A preocupação, a tensão. Parece que estou constantemente me perguntando onde você está, se você está bem. Desde que você achou aquela moça no apartamento... – Sua voz fica mais baixa. – E agora isso. Ter de ligar para suas amigas até descobrir que você estava na delegacia com algum arruaceiro adolescente. Isso simplesmente não está certo.

Não sei o que dizer. Abro a boca algumas vezes, mas não sai nada. Ele está me tratando como se eu fosse sua filha.

– Você sabe o que eu estava esperando? Ouvir que você estava deitada numa vala em algum lugar, ou sendo levada para o hospital em uma ambulância. – Seu rosto se contorce antes que ele faça a confissão final. – Acho que eu teria preferido isso.

Uma lágrima rola pela minha bochecha direita. Eu a enxugo com raiva, não querendo ser acusada de usar minhas lágrimas para amaciá-lo novamente.

– Me desculpe. – Não sei quantas vezes mais posso dizer isso.

– Não sei se é suficiente, não mais. Eu odeio isso, me preocupar com você, não poder dormir até você chegar em casa porque tenho medo que você possa estar ferida.

– Estou bem, Simon. Garanto que posso cuidar de mim mesma. – Tento afagar o braço dele, mas ele se afasta.

– Como você sabe que um deles não vai puxar uma faca para você um dia? Que algum namorado louco não vai entrar na clínica com rancor e um revólver? Não é lugar para você, Beth. Não é o lugar para a *minha esposa*.

– Mas eu amo a clínica.

– Mais do que você me ama?

Hesitei por um segundo longo demais.

– Não, claro que não. – Não é a mesma coisa. Ele está me pedindo para comparar maçãs e peras. – Mas eles precisam de mim. As crianças precisam de mim.

– Eu preciso de você, Beth. *Eu preciso de você*. E tenho de saber que você está segura quando está fora da minha vista. – Ele tira os óculos e esfrega os olhos com punhos cerrados. – Isso tem de acabar.

– O que tem de acabar?

– A clínica. Não quero que você trabalhe mais lá.

Um lampejo de raiva lambe minha barriga.

– Não é justo. A clínica é tudo para mim.

Colocando os óculos de volta no rosto, ele endireita as costas, balançando as pernas para o chão de madeira clara.

– Eu pensei que eu fosse isso. – Simon se levanta, deixando as cobertas caírem de volta na cama. – Esta noite vou dormir no quarto de hóspedes.

10

Quando acordo na manhã seguinte, Simon já se foi. Desço de pijama, ligo a cafeteira e verifico meu relógio. São sete horas; muito cedo para o escritório, mas talvez ele tenha uma reunião durante o café da manhã. Enrugo a testa, sabendo que estou me enganando. É evasão, pura e simples. Ele não quer me ver, definitivamente não quer conversar. Isso me dói mais do que eu pensava.

A cafeteira treme e solta vapor. Pego uma caneca e um pouco de creme. Se Simon estivesse aqui, faria piada sobre como gosto do meu café exatamente como gosto do meu homem: doce e forte. Rico. Esse pensamento traz dores de estômago que me fazem querer vomitar. O que aconteceu com a gente? Fomos engolidos por isso que chamam de vida e cuspidos, assim como em todos os outros casamentos que falham? Não me casei com ele para nos tornarmos uma estatística.

Sentada em um banquinho, pego o iPad e começo a trabalhar em resolver minha própria confusão. Primeiro, encomendo um arranjo de flores caro para os anfitriões da noite passada, com um cartão adequadamente formulado para expressar meu pesar. Depois, entro num site de reservas de restaurante e escolho o preferido de Simon: um bistrô bonitinho nos arredores da Upper Street.

Finalmente, me concentro no Google e digito "terapia de casais". Se eu fizer um esforço, talvez ele me perdoe.

No entanto, Simon também precisa ceder um pouco. Não posso sair da clínica; afinal, eles são minha segunda família. Os filhos que nunca vou ter. Por mais que me deixem louca, também adoro aquelas crianças mais do que tudo. Preciso desse sentimento, até mesmo anseio por ele. Já que não vou poder canalizar afeição a um filho meu, eu opto por me concentrar naquelas crianças. Elas precisam sentir o amor, e eu preciso oferecê-lo a elas. É uma relação que funciona.

Possivelmente minha única.

Estou a caminho da clínica quando Lara me liga. Peço a ela que espere enquanto subo a escada da estação de metrô úmida e escura e saio para o ar fresco da manhã. A chuva de ontem à noite secou, deixando uma Londres que se deleita positivamente em sua ausência. As árvores estão começando a brotar, os narcisos estão começando a florescer, e o sol está se esforçando ao máximo para aparecer. É um daqueles dias de primavera em que tudo parece um pouco mais brilhante. As pessoas sorriem um pouco mais, dão passagem quando andamos em sua direção. Nos jardins do outro lado da clínica, cerejeiras usam chapéus de algodão doce, e flores pairam lentamente na brisa leve.

– Oi. – Levo o celular à orelha. – Tudo certo?

– Eu ia fazer a mesma pergunta. O que diabos aconteceu ontem à noite? Todos os tipos de homens estavam me ligando para saber onde você estava. – Lara soa adequadamente intrigada.

– Dois. Dois homens ligaram para você – respondo.

Ela tem esse jeito de fazer tudo parecer mais do que é. Pode ter a ver com sua formação; talvez esteja procurando uma forma de conseguir a verdade sem realmente me perguntar. Ou talvez eu só esteja querendo que seja assim.

– Homens que estavam muito agitados. Bem, Simon estava. Não sei se Niall poderia ficar agitado nem se ele tentasse.

Niall *sabe* ser agitado, disso eu me lembro. Agitado, atraente e desesperado. Dedos longos cravando nos meus quadris, lábios me pressionando até quase machucar. Ele pode ter amadurecido – espero que nós dois tenhamos –, mas não acho que o fogo possa ser completamente apagado.

– Desculpe. Simon ter ligado foi totalmente culpa minha. Eu deveria ter avisado onde estava. – Niall, por outro lado, não era culpa minha. Ele sabia exatamente onde eu estava. Ora, ele estava sentado do lado de fora da delegacia.

– Você quer falar sobre isso? Não tenho pacientes na próxima hora; a gente poderia tomar um café em algum lugar.

Tenho alguns telefonemas para dar e alguns materiais para encomendar antes de as crianças chegarem, mas acho que posso encaixar. Adoro conversar com Lara; é algo que não temos mais oportunidade de fazer com tanta frequência.

– Sim, café parece ótimo. Estou quase chegando à clínica.

– E eu estou saindo. – Um instante depois, Lara está diante de mim, bolsa marrom surrada pendurada no ombro. Nós duas desligamos a chamada do celular. – Oi. – Ela estende as mãos e me abraça com força.

Seguimos para a cafeteria na esquina da clínica. Está quase vazia, naquela calmaria entre o pico do café da manhã e os clientes da hora do almoço. Pegamos uma mesa e esperamos a garçonete nos trazer os cafés. Não faz muito tempo que eles colocaram uma máquina decente. Antes, estávamos habituadas a café instantâneo morno, quase sem que os grânulos tivessem sido dissolvidos. Agora tudo são *lattes* e *mocaccinos*. Até mesmo o café foi elitizado.

Abro um sachê de açúcar e misturo no cappuccino, arruinando completamente o desenho de grão de café que a garçonete criou com chocolate em pó.

– Como vão as coisas? – pergunto.

– Eu ia fazer a mesma pergunta. – Lara toma um gole. – E aposto que a sua resposta é mais interessante.

Não é, não realmente. É chata e tediosa, e não é algo que eu queira comentar.

– Mas perguntei primeiro.

Ela enruga o nariz, espremendo as sardas umas nas outras.

– Nada bom.

– Ah, não. Por quê?

– Estão fazendo cortes de pessoal no trabalho do Alex. Ele pode ficar desempregado no mês que vem. Ele acha que está na lista de alvos porque o chefe não gosta nada dele. – Alex trabalha com gráfica em Wapping. É um trabalho muito bem pago, e sei que eles dependem desse dinheiro.

– Isso é péssimo, coitado do Alex. – Olho nos olhos dela. – Pobre de você também, é horrível ver alguém que a gente ama passar por isso.

– Esta é a pior parte: ele acha que é maravilhoso. Assim ele vai ter carta branca para correr atrás dos sonhos dele de estrelato. Não sei como acha que vamos pagar o aluguel ou colocar comida na mesa. – Ela revira os olhos. – E ele sabe que quero que a gente tenha um bebê. Não vai ter a menor possibilidade de conseguirmos arcar com isso usando apenas um salário.

Eu não sabia que eles tinham chegado a esse grau de planejamento. Sinto um certo peso no meu peito só de pensar. Eu amo Lara até os confins da Terra, mas só posso sentir inveja da ideia de um bebê. É algo que nunca vou ter, e pensei que tinha me conformado. Porém, pensar sobre o passado me fez mudar de ideia. Talvez eu não estivesse pronta para um bebê até agora. Será que meu relógio biológico finalmente começou a se movimentar?

Vou me sentir assim para sempre?

– Alex não quer um bebê? – pergunto.

– Pensei que ele queria. Mas agora acho que ele está passando por uma crise de meia-idade. Ele diz que a ameaça de perder o emprego deu a ele a chance de reavaliar as coisas. Ele quer ver se consegue dar uma chance à música antes de tentarmos aumentar a família.

Ela parece realmente aborrecida, e não a culpo. Lara tem 31 anos e sei que ela está querendo um bebê faz tempo. Mas com os aluguéis de Londres e com os salários ruins, nunca vai ser um bom momento para eles tentarem. A coisa triste é que eles realmente não podem arcar com os custos de ter um bebê, por mais que queiram. E, enquanto Simon e eu temos recursos, nunca vamos ter filhos.

– Talvez se você deixá-lo tentar, ele vai perceber que não é para ele.

– Ele está muito animado, apesar de tudo. Até pediu a Niall que criasse a capa do CD. Diz que, só pela arte, as vendas já estão garantidas.

– Niall Joseph? – esclareço. Eu quase disse "meu Niall", mas consegui me deter a tempo. Preciso ser mais cuidadosa.

– Isso. Eles fizeram amizade rápido naquela noite em que saímos todos juntos.

– Não tinha me dado conta. – Não sei como me sinto a respeito. Parte de mim está animada que haja outra conexão entre nós, já que sou amiga da Lara e ele é amigo do Alex. Quando dou por mim, estou me perguntando como posso me convidar para a casa deles com mais frequência. Mas também tenho um pouco de ciúmes de que eles possam passar tempo com ele, que todos se divirtam sem mim. Soa infantil e egoísta, mas não consigo evitar.

– E por que se daria? A gente também não frequenta todos os mesmos círculos. Embora às vezes eu ache que Niall se encaixa melhor no seu do que no meu. Ele é um artista de sucesso, afinal de contas. Não um artista faminto como Alex vai ser.

– Você não vai morrer de fome, eu não vou deixar. Vou lhe dar cupons de desconto do McDonald's ou algo assim – provoco. Arranca um pequeno sorriso dela, mas não o suficiente para arredondar suas bochechas ou enrugar seus olhos. – Sério, o Alex vai receber alguma coisa de verbas rescisórias, o suficiente para vocês dois se manterem enquanto ele analisa se tudo isso vai dar certo. Talvez vocês devam combinar uma quantidade de tempo limite para ele investir nas tentativas de chegar ao estrelato. Um ano ou algo assim.

– Essa é uma boa ideia. – Ela desvia o olhar, como se estivesse pensando a respeito. – Talvez a gente precise sentar e colocar tudo no papel, como uma agenda. Se eu souber que podemos tentar por um ano, mais ou menos, pode ser que eu aceite.

– Não que você já tenha de se preocupar com o tempo se esgotando. Além do mais, lhe dá algum tempo para beber o máximo possível, porque você vai ter de desistir de tudo isso quando chegar o bebê. – Estou provocando novamente. Lara não bebe muito. Um shandy aqui, um Spritzer lá. Em geral, o que a anima é a vida.

– Vou ter de ler cinquenta coisas para fazer antes de ter um bebê.

– Não brinque, aposto que alguém já escreveu. Viaje para o Taj Mahal, coma cocô de canguru, veja se consegue transformar seu marido em uma estrela do rock.

Ela ri e parece genuíno.

– Obrigada. – Lara passa o braço por sobre a mesa e aperta minha mão. – Por me deixar desabafar e depois por me animar.

– É um prazer. – Retribuo o sorriso dela e ignoro o aperto no meu peito.

Se ao menos meus próprios problemas fossem tão fáceis de resolver.

Duas semanas depois, a sensação é de que tudo no meu casamento está errado. Meço meu fracasso em apartes amargos e silêncios pontiagudos. Em olhares tortos e ausências que têm gosto de poeira.

Simon ainda não está falando comigo. Nada mais do que cordialidades e a troca necessária de informações.

"Esta noite vou chegar tarde", "Você pode me comprar mais desodorante?" e "Qual é a capital da Namíbia?" estão entre as interações mais notáveis que tivemos esta semana. A última foi ele tentando terminar as palavras cruzadas da *Times*, algo que parecia infinitamente preferível a ter de conviver comigo.

Quanto mais o tempo passa, pior eu me sinto. É com esse sentimento de vergonha que eu ligo para uma clínica de relacionamentos em St. John's Wood e marco um horário para Simon e eu. Quando menciono, ele não se recusa a ir. Só pode ser algo bom. Talvez, se pudermos realmente conversar sobre as coisas, vamos conseguir seguir em frente. Tem de haver um jeito de entrarmos num acordo.

No entanto, eu me vejo sentada na sala de espera verde-clara, cinco minutos depois do nosso horário marcado, inventando desculpas idiotas por ele não ter aparecido. Talvez esteja amarrado com um cliente, ou seu táxi tenha quebrado do outro lado de Londres. Jogo com uma dezena de cenários diferentes na minha cabeça, todos preferíveis ao que estou me esforçando ao máximo para ignorar.

Ele está passando uma mensagem.

Acho que eu poderia ligar e deixar recados na secretária eletrônica, ou enviar mensagens de textos que ele nunca responde. Eu poderia berrar, gritar e discutir e deixá-lo saber que ele está me machucando mais uma vez. Mas não. Em vez disso, desligo o celular e o enfio no fundo da bolsa até que esteja enterrado debaixo de lenços meio rasgados, bolinhas de papel amassado e pastilhas de chocolate maltado que caíram da embalagem aberta. Então eu a fecho firmemente e sigo as direções da recepcionista até o consultório de Louise Norton, esperando que eu vá encontrar lá algum tipo de salvação.

Louise está sentada em uma poltrona quando entro em sua sala. Olha para mim com um sorriso de boas-vindas nos lábios pintados de vermelho. Seu cabelo preto e curto cai nos olhos e ela os afasta delicadamente, levantando-se quando vou até lá para cumprimentá-la.

– Beth? Por favor, venha, sente-se. Simon está a caminho?

Isto é o que cem libras por hora nos compram: um rosto amigável e alguém que tem tempo suficiente para ler sua história antes do horário marcado. Sento-me na cadeira macia e confortável em frente à dela.

– Acho que ele não vem. Tentei ligar, mas não tive resposta. – É idiota começar com uma mentira, mas é preferível a olhares de pena. – Lamento por ele não estar aqui.

Ela inclina a cabeça para o lado e olha para mim.

– Você acha que ele vai chegar aqui em breve?

– Não sei. Acho que não. – É isso que mais mexe comigo. Estou toda nervosa e pronta para falar, pois venho me concentrando nisso há dias. É um chute no estômago. Todas as palavras que fui armazenando para dizer estão flutuando na minha mente, deixando-me tonta.

– Gostaria de remarcar? Posso pedir à recepcionista que agende outra data? – Ela ainda está sorrindo, e não parece forçado de jeito nenhum. Estou pasma com a capacidade dela de parecer tão aberta e acessível.

– Na verdade, podemos conversar, só você e eu?

Pela primeira vez, Louise parece surpresa.

– Eu ofereço aconselhamento individual além da terapia de casais, mas receio não poder misturar as duas coisas. Se você quiser falar comigo agora, vai precisar encontrar outro terapeuta para tratar vocês dois juntos. – Ela deve perceber a forma como o meu rosto mostra decepção, porque continua: – Às vezes isso funciona melhor. Muitas vezes peço aos casais que procurem terapia individual, antes de voltarem para mim. E também posso encaminhá-la a outro terapeuta de relacionamentos quando você estiver pronta.

– Parece uma boa ideia. – Realmente parece. Pode ser autoindulgente usar uma hora para falar dos meus problemas, mas Lara me fez acreditar muito no poder da terapia. É uma oportunidade de revelar meus medos mais obscuros e minhas emoções mais cruas a alguém que não tem participação nenhuma na minha vida.

Louise inicia, falando-me um pouco sobre si mesma e sobre o tipo de terapia que ela oferece. Ela também me promete total confidencialidade. Percebo que começo a relaxar na cadeira.

– Vamos começar com o motivo de você estar aqui. O que a fez vir? – Ela ainda está usando aquela expressão aberta. Fazendo com que eu me sinta especial. Como se ela estivesse genuinamente interessada.

– Acho que quero salvar meu casamento.

– Do que você está tentando salvá-lo?

Dou um pequeno sorriso.

– Não sei. Impedi-lo de fracassar, eu acho.

– O que faz você pensar que está fracassando?

Sua pergunta me faz parar e pensar. Por que está fracassando? Sou eu ou é Simon? Nós dois, talvez? Estamos afundando sob o peso das expectativas que colocamos um sobre o outro? O silêncio perdura enquanto tento encontrar as palavras.

– Nós dois queremos coisas diferentes. Simon quer que eu seja, em primeiro lugar, sua esposa, que eu o coloque antes de tudo. E parte de mim também tem esse desejo. Mas, se isso é tudo o que eu sou, acho que eu poderia simplesmente acabar desaparecendo. Eu quero mais. Quero ajudar as pessoas. Quero que meu trabalho tenha um significado.

– Que tipo de trabalho que você faz?

– Eu ajudo em uma clínica de dependentes químicos. Cuido de um clube para filhos dos pacientes e angario fundos em nome da clínica.

– Parece um papel importante.

Quero chorar com as palavras dela. Não sei se alguém já me disse isso antes. Que eu sou importante. Que o que eu faço é significativo.

– Para mim é.

– O que torna tão importante?

Outro momento de reflexão.

– É o fato de que tenho capacidade de fazer a diferença. Aquelas crianças não têm muito, e noto no rosto delas que elas gostam muito do programa. Às vezes, quando estão tendo uma semana ruim, o clube é tudo em que elas podem se agarrar.

– As crianças significam muito para você?

– Significam tudo. – Minha voz fica embargada. – Elas podem ser irritantes, podem reclamar, mas são crianças, esse é o papel delas. No fim das contas, a maioria só precisa de um pouco de atenção e de amor. Mesmo que eu só possa proporcionar isso a elas durante algumas horas por semana, tem de ser melhor do que nada, não é? – Percebo que estou começando a me sentir emotiva novamente. Lágrimas quentes fazem meus olhos arderem. – Não quero deixá-las, nem mesmo por causa de Simon. – Pego um lenço de cima da mesa de centro e enxugo os olhos. Minha pele parece inchada e dolorida, e o lenço deixa pior.

– O que você acha que vai acontecer se não sair da clínica?

– Simon vai me deixar.

– Foi isso o que ele disse?

– Não com essas palavras, mas me disse que eu tinha de parar com a clínica. – Enrugo todo o meu rosto, pensando em quais seriam as consequências da minha recusa. Com o ultimato que recebi, presumi que acabaria tudo entre nós se eu me opusesse. – Acho que eu deveria ter perguntado a ele.

– Às vezes as pessoas dizem coisas no calor do momento, sem que tenham realmente intenção de dizê-las. E não dá para saber a menos que se coloque o assunto em pratos limpos. – Ela se inclina para mim. – A lição de casa esta semana é tentar explicar a Simon por que a clínica é tão importante para você. Tente não assumir uma postura excessivamente emotiva, ou se colocar contra a parede. Apenas se certifique de que ele entenda o que a clínica significa para você. Nada mais.

Enquanto ela fala, balanço a cabeça e concordo, mas, no fundo, fico me perguntando se consigo mesmo fazer isso. Não sei nem se estamos em um ponto em que podemos falar sobre as coisas sem que terminem em discussão. Embora fosse melhor do que o tratamento silencioso que estou recebendo nesses últimos dias. Mas sempre tive dificuldade em desafiar autoridades. Eu odiava ser repreendida na escola, e fazia qualquer coisa para evitar ser repreendida pelos meus pais. Simon é apenas uma de uma longa sequência de figuras de autoridade diante das quais me senti intimidada.

Quando terminarmos, Louise me entrega um caderno e me pede para começar a fazer um registro dos meus humores. Guardo-o na bolsa e me levanto, com as pernas bambas. Mesmo quando chego de volta à recepção, ainda estou trêmula. Não gosto de como o mundo está se tornando um lugar tão incerto.

Fecho o casaco, enrolo um cachecol verde no pescoço e então puxo a porta de vidro e metal que separa a clínica da rua. Quando saio para o ar livre, há um certo conforto na maneira como Londres me engole inteira, arrastando-me fundo em suas veias pulsantes.

Nove anos antes

Estou encolhida na cama, sofrendo de uma ressaca de vinho combinado com viúva branca, quando, ouço uma batida na minha porta. Resmungando, viro a cabeça até enterrá-la no travesseiro e grito palavras abafadas.

– Estou dormindo.

– Então acorde.

Reconheço aquela voz. Aquela cadência. Um pequeno impulso de entusiasmo percorre meu corpo de chumbo.

– Não consigo. Seus amigos me envenenaram.

Uma risada baixa.

– A porta está trancada?

Não faço ideia. Antes que eu possa raciocinar a respeito, a maçaneta se vira e a porta se abre. Através de olhos semicerrados, eu o vejo entrar no quarto, segurando um saco de batatas-fritas e uma garrafa de Coca-Cola não diet.

– Você está um pouco atrasado para a larica – digo.

Niall se senta ao pé da minha cama e afasta o cabelo dos olhos.

– Procurei por você hoje depois das aulas.

– Eu não fui. – Isso é bastante óbvio. Tenho quase certeza de que estou com a aparência de uma garota que passou o dia todo na cama.

– Pois é, eu percebi. – Ele faz uma pausa por um momento. – Ouvi dizer que a noite de ontem foi divertida.

Finalmente eu me sento e olho para ele.

– Pensei que você também estaria lá. Não sabia que era para eu convidar você. Foi tudo muito confuso.

– Não é culpa sua. Digby não serve para organizar nada. É isso que dá ter dinheiro a vida inteira. Ele precisa de uma secretária.

Sorrio, me lembrando de como ele cuidou de mim. Estou começando a ter uma quedinha por ele.

– Que tipo de pai dá ao filho o nome de Digby, hein?

Niall começa a rir.

– Você acha que os pais dele o chamavam de Digby? Ele se parece com o maior cachorro do mundo para você?

– Na verdade, não. Então, por que ele é chamado de Digby?

– Não faço ideia. Acho que tinha uma propensão a cavar buracos quando era criança ou algo assim. O nome verdadeiro dele é James.

Não há como parar o riso que sai da minha boca. Olho para Niall maravilhada que esse garoto lindo e divertido esteja passando tempo comigo. Se não estivesse me sentindo tão mal, eu o puxaria para cima de mim.

– Aqui, beba isto. – Ele me passa a garrafa de um litro de Coca-Cola que acabou de abrir. Levanto-a até a boca e tomo grandes goles. O líquido doce e pegajoso se derrama pela minha garganta e entra fácil no meu estômago. Depois de eu ter engolido quase metade da garrafa, devolvo-a para ele.

– Agora você pode se levantar. – Niall puxa as cobertas de cima da minha cama. Ainda estou com o jeans e a blusa da noite passada. – Vamos, ande.

Enrugo a testa.

– Por quê, o que nós vamos fazer? – Gosto do som de "nós". Quero dizer de novo.

– Vamos invadir o prédio de artes. Todos os meus apetrechos estão lá. Já é hora de eu começar a pintar você.

Hoje

11

O silêncio pode ser muito mais barulhento do que palavras. Talvez não no volume, ou em decibéis, ou seja lá de que forma você o quantifique. Mas em significado e intenção, o mutismo de Simon reverbera pela minha alma, até me ensurdecer. Ele não mencionou ter faltado à nossa hora marcada, nem me perguntou o que eu fiz. Ao longo do mês que se passou desde aquele episódio, ele parou de fazer qualquer tentativa de gentilezas ou conversas. Na verdade, ele passou a me evitar ativamente. Reuniões cedo pela manhã, jantares tarde da noite, fim de semana de trabalho. Ele finalmente começou a me mandar mensagens de texto com desculpas para ficar ausente quando tudo pelo que anseio é sua voz.

Se por um lado sinto raiva, também me sinto culpada. Apenas algumas palavras simples da minha parte e poderíamos começar o caminho de volta para onde começamos. Tudo o que tenho a fazer é prometer abrir mão do meu emprego e sei que ele começaria a descongelar. Mas o pensamento deixa um gosto ruim na minha boca. Ele está tentando me fazer chantagem emocional, mas simplesmente não é justo. Já fracassei na primeira lição de casa pedida por Louise. Estou com muito medo de explicar porque quero ficar na clínica.

Ele deixou claro e evidente que é pegar ou largar. Simon está acostumado a tomar as decisões, enquanto eu faço o que ele pede. Eu não estou cumprindo o meu lado no acordo.

Na quinta-feira, ele desaparece; vai passar o fim de semana no campo. Chego à clínica cedo para procurar Lara e perguntar se ela quer fazer alguma coisa no sábado. Qualquer coisa para evitar quatro dias sozinha.

– Eu adoraria, mas Alex vai me arrastar daqui. – Ela parece muito mais feliz do que na semana passada. – Dissemos que iríamos a um hotel agradável no campo para conversar. Discutir as coisas e chegarmos a alguma decisão.

Sorrio para ela como se fosse a melhor notícia do mundo. E seria, se eu não estivesse com um pouco de inveja roendo meu estômago.

– Parece uma delícia. Vocês dois vão resolver esse assunto, eu sei. – E eles vão. Porque estão se falando.

Um sorriso se estende por todo o rosto dela.

– Não é barato, mas a separação sairia mais cara, por isso vamos mesmo assim.

Separação. Pergunto-me se é esse o caminho que Simon e eu estamos percorrendo. Gostaria de poder enxergar na mente dele, entender se ele está fazendo um jogo para ver até onde vou aguentar ou se apenas jogou a toalha. Como posso lutar por alguma coisa, se ele já desistiu? Mesmo se eu quisesse.

Lara olha para mim interrogativamente.

– Você está bem?

Saio de repente dos meus pensamentos.

– Sim, estou bem. Por quê?

Até parece que vou contar sobre Simon e eu. Ela tem suas próprias preocupações. Foi tão forte por mim no passado que o mínimo que posso fazer agora é demonstrar apoio.

– Não sei, você só parecia estar distante. Triste. Você me diria se existisse algo errado, não diria?

Forço um sorriso.

– Claro que sim. Pare de se projetar em mim. Você e o Alex vão ficar bem. Vocês voltaram para os eixos.

Ela sorri.

– Sabe de uma coisa? Eu acho que é verdade.

Às duas e meia da tarde, estou tirando materiais do armário de arte, quando a porta se abre. Niall entra e pendura o paletó sobre uma cadeira, revelando uma camiseta folgada e manchada de tinta que mal chega à cintura.

– Você não tem de se vestir assim só para mim – digo, inexpressiva.

Ele me olha e ri.

– O quê? Essa coisa velha? – Ele puxa a bainha e eu recebo um breve vislumbre de pele. Levanto rapidamente os olhos, para olhá-lo no rosto. – Foi apenas alguma coisa que encontrei no fundo do guarda-roupa.

– Toda amassada dentro de uma lata de tinta? – pergunto, tentando não olhar para baixo novamente. Posso ver os riscos vermelhos e verdes que cruzam a frente do tecido. O abdome branquinho e firme que está por baixo.

– Mais ou menos isso.

– Bom, combina com você.

Ele se aproxima e pega o pote de tinta das minhas mãos.

– Você, é claro, está bonita como sempre.

Suas palavras acendem um pequeno fogo dentro de mim.

– Obrigada.

Trabalhamos juntos, tirando todos os materiais, enquanto conversamos amenidades. Tentamos provocar um ao outro e caímos numa conversa brincalhona reconfortante. É um contraste com o silêncio que tenho suportado. Fácil. Agradável.

– Ei, eu queria lhe perguntar. Já teve notícias do Cameron? – Niall se vira para mim quando terminamos de nos aprontar. Temos alguns minutos até as crianças chegarem. – Ele não veio aqui recentemente.

– Não, ele está na dele.

– Isso é algo bom? – Niall olha para mim como se eu tivesse todas as respostas.

Lentamente, encolho os ombros.

– Não sei. Acho que é normal lamber as próprias feridas quando algo assim acontece. Um garoto da idade dele não gosta de mostrar fraqueza ou emoção. A última coisa que ele quer é pedir desculpas.

– A aflição de um garoto adolescente. Tantas emoções, mas sem capacidade de colocá-las em palavras. – Ele soa quase melancólico. – Deus, fico feliz por não ter mais que ser um adolescente.

– Parece que você está falando por experiência própria.

Sua voz engrossa.

– E estou.

A atmosfera se transforma um pouquinho. De leve e brincalhona, se torna carregada e profunda. Ele olha para mim e eu olho de volta, imaginando o significado em suas palavras. Quero perguntar que emoções ele sentia naquela época, que arrependimentos ele tem agora. Pela primeira vez, quero contar sobre os que ainda carrego. Até chego a abrir a boca para dizer as palavras, para soprar minha história como flores ao vento.

Mas logo todos os pensamentos de confissão são silenciados pelo som da abertura da porta. As crianças entram numa enxurrada, sua conversa afoga tudo e o momento passa. Envolvo-me numa conversa com Allegra, enquanto Niall explica o que vamos fazer durante toda a tarde.

Não posso evitar de me sentir aliviada por meus segredos ainda estarem seguros.

– Pintei isso para você. – Allegra me entrega seu desenho. Esta semana Niall os fez tentar o impressionismo. O papel está coberto com pinceladas grossas, uma cor se misturando com a outra. Azul por fora, vermelho por dentro. Acho que é um ônibus londrino na chuva.

– Que lindo. É mesmo para mim? – Minha garganta se contrai quando ela me dá um pequeno sorriso. – Vou colocar na minha cozinha. Toda vez que eu olhar, vou pensar em você.

– É para agradecer. Por cuidar de mim. – Ela puxa o lábio inferior com os dedos cobertos de tinta. – Você ainda vai me levar para passear no sábado?

Quero abraçá-la forte até espremer as incertezas para fora dela. Oito anos e já está acostumada ao desapontamento.

– Claro que vou. Tem alguma coisa especial que você gostaria de fazer?

– Você pode me levar para ver a minha mãe?

Nego com a cabeça tristemente. Ela fez a mesma pergunta na semana passada. Eu até mesmo liguei para a assistente social para ver se poderíamos, mas me foi dito que não poderia haver nenhum contato. Allegra ainda corria risco e, apesar de Daisy ter sido liberada do hospital, saber que Darren ainda está foragido me faz concordar com eles.

– Que tal ir ao cinema? – sugiro. – Você pode escolher o filme. Nós podemos dividir um balde de pipoca. – Dou uma batidinha lateral do meu quadril no dela, mas não há nenhum sinal de sorriso.

– Sinto falta dela. – Seu lábio inferior treme. – Quando vou poder ir para casa?

– Não sei, querida.

Daisy não é capaz de cuidar de si mesma nesse momento, muito menos da filha de 8 anos. Os ferimentos podem ter desaparecido, mas ela anda tão ansiosa e tensa que não consegue ficar parada por mais de alguns minutos. Quando nos encontramos para o café há dois dias, ela mal conseguia acender o cigarro, de tanto que suas mãos tremiam. Darren realmente mexeu com ela.

– Não gosto lá da casa. Posso ir morar com você? – Allegra pega minha mão e a aperta com força. – Vou ser muito boazinha e vou fazer o que você me disser. Prometo que não vou fazer bagunça.

Lágrimas queimam meus olhos. Como posso explicar para uma criança de 8 anos que meu marido não a deixaria ficar? Que meu casamento está em crise e que ela provavelmente estaria tão infeliz na minha casa quanto no abrigo?

– Por que você não gosta?

– As outras crianças são más. Uma delas jogou meu livro na privada. – Ela toma um fôlego trêmulo. – Me disseram que eu vou ter que viver lá até fazer dezoito anos porque minha mãe não me ama.

Agacho-me até nossos rostos estarem no mesmo nível e a abraço.

– Você sabe que isso não é verdade, não sabe? Ela te ama muito. Ela só não está bem o suficiente agora para cuidar de você. Mas está tentando ficar melhor, e ela me disse que sente falta de você. Muita.

– Você viu ela?

Confirmo com a cabeça, consciente da injustiça de tudo isso. Posso ver as duas, mas elas não podem ver uma à outra.

– Você diz pra ela que eu a amo também?

Eu a abraço firme, tanto para esconder minhas lágrimas como para oferecer conforto.

– Claro que eu digo.

São quase seis da tarde quando terminamos de limpar a sala. As crianças levaram a sério o impressionismo, misturando uma miríade de cores até que tudo se tornasse uma meleca lamacenta marrom, derramando tinta sobre as mesas e o piso. Depois que coloco o esfregão e o balde de volta no armário e Niall coloca os últimos recipientes de tinta nas prateleiras, apagamos as luzes e entramos na recepção. Não tenho uma pressa verdadeira de ir para uma casa vazia, e Niall parece ter a mesma opinião. Nós nos encostamos na parede e conversamos como se tivéssemos todo o tempo do mundo.

– Você está bem? – Ele esfrega o queixo. – Você parecia um pouco aborrecida antes. Allegra também.

Não sei se estou surpresa que ele tenha percebido ou chocada que ele tenha mencionado.

– Ela está sentindo falta da mãe. E a pobre Daisy também sente falta dela. Mas elas não estão autorizadas a se ver. Não até que Daisy entre nos eixos, caminhe com as próprias pernas e prove que é responsável.

– Mesmo que ela seja a mãe da Allegra?

– Ela é uma dependente de drogas que foi tão gravemente espancada que ficou no hospital por mais de uma semana. Não quero nem pensar no que poderia ter acontecido se Allegra estivesse lá.

– Jesus. – Ele parece ter levado um chute no estômago. – Aquela pobre menina. Ela não tem mesmo a menor chance, não é?

– Não. – Paro de falar porque mais lágrimas ameaçam cair e estou muito cansada de me sentir assim. Como se estivesse andando no fio da navalha, avançando aos pouquinhos, com medo de cair.

– Mas ela tem você ao lado dela. Isso tem de contar para alguma coisa. – Niall levanta meu queixo com os dedos até que eu esteja olhando diretamente para ele. – Não se esqueça disso. – Ainda está me segurando, seus dedos cobrem meu rosto e isso faz meu pulso acelerar.

– Não vou esquecer.

Ainda estamos olhando um para o outro. Minha pele formiga. Toda vez que ele fica tão perto, tenho a mesma reação. Não é consciente, mas a força da minha resposta me surpreende. Quero passar o dedo por seu lábio inferior, tocar onde a pele macia se torna úmida. Quero sentir seus dentes pressionando meu polegar quando eu o empurrar para dentro, antes que ele feche os lábios em torno de mim.

Mais do que tudo, quero que ele me puxe para perto, que funda seu corpo ao meu e que me beije como costumava fazer. Como se não tivesse escolha.

Mas sou casada.

Sou casada, sou casada, e sou casada.

Se eu pensar nisso vezes o suficiente, talvez meu corpo dê ouvidos.

– Você tem alguma coisa legal planejada para o fim de semana? – Mudo de assunto, deixando a voz alegre e leve. Dou meio passo para trás, e sua mão cai do meu rosto.

– Minha mãe vem me visitar no fim de semana. Vai passar alguns dias comigo e depois ela viaja para o norte para visitar a irmã. – Seu rosto se torna quase cômico quando ele acrescenta: – Estou limpando a casa a semana toda.

Solto uma gargalhada, é um alívio. Niall sorri como se tivesse conseguido alguma coisa.

– Está com medo dela? – pergunto.

– Da minha mãe? Claro. – Ele me olha como se eu fosse idiota. – Ela é adorável e tudo mais, mas, se eu não arrumar a casa antes de ela me visitar, ela insiste em passar todo o fim de semana limpando. Tem coisas lá que eu prefiro que ela não veja.

Isso soa interessante.

– Que tipo de coisa?

Ele troca o apoio dos pés.

– Eu não sei, apenas coisas. Pinturas e tal. Não gosto que ela fique vendo.

Levanto as sobrancelhas.

– Os nus?

– Você tem uma mente suja, sabia disso? – Ele balança a cabeça, mas o sorriso em seus lábios me diz que está brincando. – O que faz você pensar que tenho um apartamento cheio de nus?

Seu sorriso é contagiante. A conversa é tão natural, a provocação suave.

– O que mais você pode estar escondendo da sua mãe?

Ele se aproxima de mim, e seu cabelo escuro cai sobre a lateral do rosto quando ele inclina a cabeça. Roça minha bochecha quando pressiona os lábios no meu ouvido.

– Talvez eu tenha um quarto vermelho da dor.

Há algo sobre a maneira como ele sussurra que faz meus dedos dos pés se curvarem. Não tenho certeza se é a sensação física do sopro de sua respiração na minha pele sensível, ou se é o fato de que ele está falando de um jeito sexy no meu ouvido.

Um jeito sexy, engraçado.

Eu recuo e levanto as sobrancelhas.

– Se você pode pagar para ter um quarto vermelho da dor no centro de Londres, você está, obviamente, ganhando mais dinheiro do que eu pensava.

– Ainda não me tornei nenhum Damien Hirst. Vamos chamar de um armário meio rosa, de um leve desconforto.

– *Esse* eu gostaria de ver.

– Por que você não vem jantar amanhã à noite? – Ele quase tropeça nas palavras. – Você e Simon. Tenho certeza de que minha mãe adoraria ver que tenho alguns amigos por aqui.

– Você cozinha?

– Eu tento. Já fui conhecido por não arruinar completamente um bife. – Ele está olhando para mim com curiosidade, como se eu fosse um quebra-cabeça que ele está tentando resolver. – Provavelmente não vai estar nos padrões que você e Simon estão acostumados, mas...

– Simon vai passar o fim de semana fora – digo de repente.

– E você? Você está livre? – Sua voz é baixa. – Posso fazer bifes para três com a mesma facilidade com que faria para quatro pessoas.

Graças a Deus. A mãe dele vai estar lá. Se os ossos pudessem suspirar, os meus fariam isso agora, porque o alívio que sinto é palpável. Estou interpretando coisas que não existem, vendo complicações onde há apenas simplicidade. Um amigo, sua mãe e um jantar, nada mais.

– Parece bom. A que horas você me quer?

12

O apartamento de Niall fica no último andar de um conjunto de casinhas iguais de estilo vitoriano em Ladbroke Grove. Estou do lado de fora, segurando uma garrafa de vinho branco gelado, deixando a expectativa tomar conta de mim como uma brisa bem--vinda. Na rua atrás de mim, carros param e buzinam impacientemente, um ruído que rasga o ar quase calmante. Espero, com uma das mãos curvadas em torno da garrafa e a outra em um punho assustado demais para se levantar e apertar o botãozinho prateado que vai avisar Niall e sua mãe da minha presença.

Por que estou aqui?

É apenas um jantar. Uma refeição com um amigo e sua mãe. Não é diferente de uma noite com Lara e Alex, afinal de contas. E o próprio Simon está fora em algum lugar sem mim, sem se preocupar em ligar para ver como estou, ou mesmo se dignar a responder meus e-mails. Por isso, eu não deveria me sentir culpada, deveria? No entanto, hesito, parada nos degraus de concreto que levam à porta preta e brilhante, sentindo o aroma das ervilhas-de-cheiro que emana das floreiras suspensas.

Há uma parte de mim que quer girar nos calcanhares, descer diretamente os degraus e entrar em um táxi. Ir para longe da loucura e de volta para minha realidade. Mas a realidade que eu quero não existe mais, se é que já existiu. Estou começando a pensar que meu casamento estável e marido que me apoia são produtos da minha imaginação febril; na vida adulta, o equivalente a um amigo imaginário.

Uma mentira reconfortante.

O som estridente de uma sirene de polícia a distância me traz de volta dos meus pensamentos, e percebo que estou aqui em pé há muito tempo. Engolindo o resto do medo, finalmente aperto o botão do apartamento 3, meu dedo ainda trêmulo quando recuo a mão. No instante que leva para Niall atender, o desejo de fugir vai crescendo, e eu estou a um fio de cabelo de correr pela rua quando sua voz sai como um estalido do interfone.

– Alô?

Eu me aproximo.

– É a Beth.

– Pode subir. Terceiro andar. – Um zumbido seguido por um *clanc* me diz que a porta da frente foi destrancada. Empurro-a com cuidado e entro num corredor vazio que ecoa com cada clique dos meus saltos sobre o chão de madeira. Coloco o pé no degrau inferior e desejo que passasse mais tempo na academia do que passo pensando nela, porque agora três lances de escada me aguardam como uma montanha assustadora.

Quando chego ao andar dele, estou tão desgastada que esqueço o medo. Pelo menos até que a porta se abra. Niall aparece pela abertura, seu cabelo penteado para trás, afastado do rosto, vestindo um jeans escuro limpo e uma camisa preta com as mangas arregaçadas até os cotovelos.

– Oi. – Ele dá um passo adiante e sua testa se vinca. Suas sobrancelhas se aproximam quando ele olha para mim. – Você está bem?

Ainda estou com falta de ar, meu coração bate forte no peito.

– Eu estou um pouco… fora de forma.

Ele morde o lábio como se estivesse tentando suprimir um sorriso. Se eu tivesse algum oxigênio de sobra, eu perderia o fôlego.

– Deixe-me segurar isso para você – diz ele, pegando a garrafa de vinho. – Entre, entre.

A primeira coisa que noto é como o apartamento é claro e arejado. Embora seja quase crepúsculo, o sol da tarde ilumina a sala como se ainda fosse meio-dia. Faz sentido, imagino, que ele fosse escolher viver em algum lugar com boa luz. Afinal, ele é um artista.

Estou tão ocupada olhando em volta que levo um minuto para perceber a senhora de corpo mignon que vem se juntar a nós, uma taça de vinho na mão e um sorriso nos lábios.

– Mãe, esta é a Beth. Beth, esta é a minha velha mãe. – Há uma cadência sarcástica em sua voz.

Ela bate no braço dele.

– Pare com isso, seu pestinha, você sabe a droga do meu nome. – Quando ela olha para mim é toda doçura e leveza. – Pode me chamar de Maureen.

– É um prazer conhecê-la, Maureen.

– Igualmente. É sempre um prazer conhecer uma das amigas do Niall. – Seus olhos são da mesma cor que os do filho: um azul profundo que me lembra o dos oceanos e mares. – Niall, pare de ficar zanzando e traga uma bebida para sua amiga.

Ela o repreende com humor e ele leva da mesma maneira, tirando um chapéu imaginário para ela antes de piscar para mim. Quando Niall entra na pequena cozinha no final da sala de estar, não posso deixar de admirar a maneira como seu jeans agarra no traseiro.

– Vamos sentar? – pergunta Maureen.

Tiro os olhos da bunda do filho dela.

– Seria ótimo.

Mal me sentei no sofá de couro surrado e ela já começa a falar. Está empoleirada em uma poltrona bem estofada à minha frente.

– Niall me disse que você trabalha em uma clínica de drogas. Você gosta de lá? Parece ser um trabalho árduo.

– Não é tão ruim. Trabalho com crianças, não com os dependentes, por isso não vejo o pior lado.

Niall me dá uma taça de vinho e se senta ao meu lado.

– Ela já entrou no interrogatório?

– Cale-se, idiota. – Não há um sorriso em seus lábios e presumo que é mesmo um insulto. – É o único jeito de eu descobrir o que você anda fazendo. Afinal, você nunca me liga.

Niall cruza o olhar com o meu.

– Uma vez por semana. Todos os domingos, às seis, ou sou um homem morto.

– Ele me encaixa na agenda como se eu fosse uma visita ao dentista – ela me diz. – Isso é jeito de um menino tratar sua mamãe?

Há carinho nos insultos mútuos, e não posso deixar de sorrir. Eles parecem ter o tipo de relacionamento que eu só poderia sonhar em ter com meus pais. Acho que poderia gostar da mãe de Niall tanto quanto gosto dele.

Eles enfim param de falar por tempo suficiente para respirar, e Niall diz que vai começar a preparar os bifes. Ele aceita minha oferta de fazer a salada, e nós trabalhamos na cozinha, cortando e temperando, enquanto conversamos.

– Sinto muito sobre minha mãe. Às vezes ela não dá trégua.

– Ela é adorável. – Tomo um gole de vinho e me apoio na ilha da cozinha. – Você tem sorte de tê-la.

Os cantos dos olhos dele se enrugam.

– Tenho mesmo. Não sei o que eu faria sem ela. – Sua voz se aprofunda. – Naquele verão... quando tudo aconteceu. Deus, ela era como uma rocha. Acho que eu teria desistido sem ela.

Olho para baixo, sentindo um puxão no meu estômago tão forte que dói. Eu deveria estar contente que ele tivesse encontrado apoio quando eu não encontrei nenhum. Uma torcedora em vez das críticas que tive de suportar. Mas se for ser sincera, há algo irritante em saber que ele teve o apoio da mãe, enquanto tive meses de silêncios raivosos e recriminações.

Quando meu pai me buscou na faculdade e me levou para casa naquele verão, eu era uma vergonha para os dois. Eu os decepcionei. Eles tinham enviado orgulhosamente sua linda filha nota dez para a universidade e a receberam de volta como um fracasso envolvido com drogas, e o centro de uma tragédia nacional. Eu fui o segredinho sujo deles naquele ano, escondida em casa.

Não importa o quanto eu tente, a dor nunca cicatriza por completo. Ainda há uma pequena casca que sai com muita facilidade.

– Você está bem? – ele pergunta.

Respiro fundo, tomo mais um gole longo de vinho.

– Estou. – A palavra sai como um suspiro. – Simplesmente odeio me lembrar do que aconteceu. Pensar sobre aquilo ainda dói.

Ele pega minha mão.

– Eu sei, acredite em mim, eu sei. Passei anos desejando nunca ter dado aquele ácido a ele. Que eu tivesse dado ouvidos quando ele disse que estava passando mal. Às vezes ainda sonho com ele.

Não há necessidade alguma de Niall me dizer o que são pesadelos, porque sei o que eles são. As mesmas imagens terríveis cintilam pela minha mente adormecida. A festa, a música, a dança. A sensação de que poderíamos governar o mundo com o amor e a paz. A maneira como ignoramos o que estava acontecendo diante dos nossos olhos fora de foco.

Digby não estava com calor ou com sede. Ele não estava apenas batendo papo com a gente. Enquanto dançamos noite afora, sob o efeito do ecstasy e Deus sabe do que mais, ele estava morrendo. Ele foi esbarrando na multidão, talvez apertando o peito, seu coração lutando contra os efeitos das substâncias. Perdendo grandiosamente a batalha. Éramos os amigos dele, mas não estávamos lá quando ele precisou. Nós o deixamos morrer sozinho em um campo de grama enlameado.

Enquanto estávamos dançando.

Essa noção é muito pior do que o caos que aconteceu depois. As investigações e o frenesi da mídia, seguido pela influência inapropriada do dinheiro dos pais dele. O fato de que levamos toda a culpa pela morte dele, aos olhos da imprensa e da universidade, parecia carma.

– Beth? – Niall aperta minha mão suavemente. Retribuo o gesto, engolindo a bile que se juntou na minha garganta.

– É melhor continuarmos com o jantar; não queremos matar sua mãe de fome. – Começo a picar tomates, atravessando a pele rosada com a faca afiada. Mas ele não se mexe, apenas fica ali parado e olha para mim até que eu esteja envergonhada o suficiente para parar.

– Você sabe o que está fazendo, não sabe?

– Cortando tomates?

– Fugindo. Você até mesmo tem um tom de voz específico quando muda de assunto. Leve e animado, como se seu trabalho fosse animar todo mundo.

O impacto das palavras é tão forte que quase machuca. É como se ele me conhecesse, pudesse ver através da minha baboseira e entender quem eu sou por baixo. Como se ele quisesse romper o escudo que construí cuidadosamente em torno de mim mesma; a máscara bonita que mostro para o resto do mundo.

Se isso é verdade, tenho medo de que ele encontre algo podre por baixo.

Acho que estou me apaixonando pela mãe de Niall. Maureen é uma mulher energética, uma força da natureza que nunca perde a intensidade. Ela passa a maior parte da noite disparando tiradas bem-humoradas em Niall, as quais ele suporta alegremente, e fico sentada, sentindo seu amor mútuo me envolver como um cobertor quentinho e macio. Consegui sacudir para fora de mim a angústia que estava sentindo mais cedo, para me juntar à provocação sobre a bagunça geral de Niall. Ele protesta em voz alta quando digo à Maureen que ele andou limpando o apartamento durante toda a semana.

Quando ele desaparece no banheiro, ela se vira na cadeira e sorri para mim.

– Há quanto tempo você e Niall se conhecem? – Ela olha minha mão esquerda, e sei que ela está vendo a aliança.

– Ele começou o voluntariado na clínica há alguns meses, mas eu o conhecia antes. Na faculdade. – Uma sombra encobre os olhos dela ao ouvir minhas palavras.

– Você estava lá quando aquele pobre garotinho morreu?

Confirmo.

– Uma tragédia. – Ela balança a cabeça lentamente. – E também tudo o que aconteceu depois. Você ouviu que Niall foi expulso?

Engulo em seco e olho para a porta do corredor. Incerta sobre o quanto eu deveria dizer a ela, ou quanto Niall iria querer que eu dissesse. Mas já os vi interagir o suficiente para saber que ela não julga; não a menos que esteja fazendo uma piada. Se o amor puro existe, então esses dois têm de sobra.

– Eu também fui expulsa – digo.

Seus olhos se alargam quando ela parece entender.

– Você é a garota... – ela respira. – A que ele deixou para trás.

Minha voz sai embargada quando respondo:

– Sou eu.

Ela olha para minha aliança mais uma vez, antes que seus olhos voltem a encontrar os meus.

– Sei que Niall parece durão, mas ele é sensível por baixo de tudo. Ele passou por tempos difíceis para lidar com tudo o que aconteceu. Quando cheguei à cidade ontem, era como se ele realmente estivesse vivo de novo, como se estivesse se deixando ser feliz pela primeira vez em anos. – Ela me olha nos olhos e sinto que estou sendo examinada. – Meu filho venerou você um dia, Beth. Não o faça se apaixonar por você novamente.

Meu peito se contrai e mal consigo respirar.

– Somos apenas amigos – consigo sussurrar.

– Os olhos dele a seguem pela sala sempre que ele acha que você não está olhando. Quando ele fala com você, há uma gentileza na voz que eu não ouvia há anos. Estou velha, mas não sou cega. Percebo a forma como vocês se olham.

Tomo um grande gole de vinho e considero suas palavras. Lembrando-me do jeito como ele me esperou por horas fora da delegacia. Como ele sempre fica um pouco mais depois da aula e me ajuda a limpar.

Ai, Deus.

– Ele se esforçou muito para superar tudo o que aconteceu – diz ela. – Por favor, não o faça sofrer tudo de novo.

Nove anos antes

O campus está escuro e quase deserto. As pessoas ou estão em casa, ou nos salões, ou aconchegados em um dos muitos bares espalhados ao redor da universidade. Passamos por um ou outro praticando corrida e por alguns grupos de estudantes voltando para casa depois do pub, mas, na maior parte do tempo, somos só nós dois.

Paramos o tempo todo para nos beijar e nos tocar, o que transforma uma caminhada de dez minutos até o prédio de Artes em vinte. Minha cabeça ainda está zumbindo, mas o êxtase que dividimos antes de sairmos do meu quarto está levando para longe o pior da ressaca, me cobrindo com uma sensação de doce euforia. Sempre que ele toca meu peito me dá vontade de rir.

Quando enfim chegamos ao edifício, é fácil demais conseguirmos entrar. Ele força uma janela com uma haste de metal e a levanta para entrarmos. Meu pé toca no chão da sala de aula, e meu coração dispara, batendo no peito como se estivesse tentando escapar. De repente, a letra de "Bat out of hell" começa a sair da minha boca. Niall abafa o som com a palma da mão, me silenciando, enquanto me conduz para os ateliês.

– Mas é Meat Loaf – tento dizer. – Você sabia que ele mudou de nome legalmente? Imagine ter de assinar os cheques como sr.

Loaf. Bolo de Carne? Ele deve receber olhares esquisitos quando faz a compra da semana.

– Você não estava tão tagarela uma hora atrás.

Também não tinha tomado ecstasy uma hora atrás. Agora quero contar tudo a ele. Há tanta coisa na minha cabeça que está se coçando para sair que mal sei por onde começar.

Desta vez, ele abafa minhas palavras com a boca. Beijos duros, ásperos, fazem meu pulso disparar. Ele me segura pela nuca com uma das mãos e pressiona a outra contra a minha bunda. Sua língua é macia, porém quase gentil em comparação ao resto do corpo. Deixei-o envolvê-la na minha.

– Você precisa ficar quieta enquanto eu pinto seu retrato, ok? – diz ele, depois de eu me desvencilhar para tomar um pouco de ar. Suas palavras são pontuadas por um leve ofegar.

– Não sei se consigo.

– Pelo menos tente ficar parada. Não posso fazer o primeiro esboço se você continuar se mexendo e falando. – Ele me beija de novo, e desta vez sinto seu membro duro pressionar meu quadril. – A gente nunca deveria ter tomado aquele maldito E.

– Mas é gostoso.

Niall me empurra contra uma mesa e ela bambeia precariamente em direção ao piso de ladrilhos. Há uma pancada quando uma pilha de livros cai no chão. Ele ri e me empurra de novo, desta vez até que eu esteja sentada na beirada, minhas pernas em volta de seus quadris. Ele se esfrega em mim, me beijando febrilmente até cairmos de costas no tampo da mesa de madeira arranhada.

– Achei que você ia pintar meu retrato – digo.

Ele puxa minha camiseta por cima da cabeça.

– Mais tarde.

Hoje

13

Não existe nada mais movimentado do que a Trafalgar Square numa tarde ensolarada de sábado. Preenchida com uma mistura de turistas e pombos, a praça de concreto parece vibrar com entusiasmo. Allegra puxa ansiosamente minha mão, quase correndo em direção a um dos enormes leões negros que guardam a Coluna de Nelson.

– Podemos subir nele, podemos, podemos? – ela canta, as bochechas corando com a expectativa, conforme nos aproximamos da besta de ferro.

– Eu lhe dou um impulso. – Agacho e junto os dedos para fazer pezinho. Ela apoia o pé esquerdo nas minhas mãos e estende os braços quando me levanto e a coloco sobre a base de pedra. Minhas tentativas de subir são completamente desajeitadas. Depois de três tentativas de me içar para cima, um turista de meia-idade tem pena e me dá a mão, e assim eu finalmente chego à base do leão. Allegra já montou. Faz um aceno para mim e dá um tapinha no espaço em frente a seu corpo. Nos sentamos juntas, com vista para Londres.

– Este é Aslan – ela me diz. – Eu sou Lucy, você é Susan e vamos enfrentar a Feiticeira Branca.

Também acaricio o metal.

– Que leão bonzinho.

– Lucy foi enviada para longe da mãe dela – diz Allegra. – Por que será?

– Era tempo de guerra. A região foi evacuada.

– O que é isso?

– Havia bombas chovendo por toda Londres; não era seguro para as crianças. Elas foram enviadas para o campo para viverem com estranhos.

– Em abrigos? – Sua testa se enruga e puxa para baixo.

– Não lares como o seu. Mas tinham de viver com famílias que elas não conheciam.

O entendimento suaviza a careta.

– Como pais adotivos, você quer dizer?

– Mais ou menos isso, acho. Só que algumas famílias não as queriam de jeito nenhum, e para algumas das crianças foi horrível. Talvez devêssemos ir ao Imperial War Museum no próximo sábado, deve ter algumas exposições lá.

Tornou-se algo frequente nosso passeio de fim de semana. Primeiro, estávamos restritas à região dela, a parques arborizados e McLanche Feliz, mas nas últimas duas semanas, abrimos mais as asas. Um passeio de ônibus ou de metrô, seguido de uma visita a um museu ou galeria. Depois do almoço, vamos entrar na National Portrait Gallery e ver alguns retratos de Holbeins, talvez de Van Gogh. Allegra gosta de inventar histórias sobre as pinturas e adoro ouvi-las.

Ela é uma menina muito engraçada e sagaz.

– Vamos descer e comer nossos sanduíches? – pergunto. Apesar do dia ensolarado, o metal pintado do leão é frio. A sensação atravessa meu jeans e faz minhas pernas tremerem. Viro-me para olhar para Allegra e ela está sorrindo de felicidade. A brisa suave levanta as pontas de seu cabelo. As mechas parecem dançar.

– O que você comprou para mim?

– Eu não comprei, eu fiz. – Bato levemente na sacola de lona que está pendurada no meu ombro. – Pasta de fígado ou língua de vaca? Pode escolher.

Ela põe a língua para fora e fica fingindo que vai vomitar até eu ficar com pena.

– Está bem, está bem. Presunto e queijo imaginei que fosse seguro.

– Ainda prefiro McLanche Feliz.

Mais tarde, quando eu a levo de volta para o abrigo, sua mãozinha aperta a minha e suas unhas cravam na minha palma. Uma tensão emana dela. Está na rigidez de sua postura e em sua boca curvada para baixo.

– Você está bem? – sussurro, enquanto andamos pelo caminho.

Seu lábio inferior começa a tremer, mas ela tenta não dar importância.

– Estou bem.

– Não tem problema você ficar triste. Eu também estou. Mas vou ver você na clínica na segunda-feira, e vamos poder passear de novo no sábado que vem. – Tento encontrar as palavras certas. As palavras mágicas que vão secar os olhos molhados e trazer um sorriso aos lábios dela. Meu fracasso é sofrível. Seu rostinho se enruga de um jeito que só as crianças conseguem fazer. As lágrimas que brotam dos seus olhos transbordam, criam trilhas brilhantes por suas bochechas. Eu a puxo para perto, enterrando meu rosto em seu cabelo.

– Eu odeio aqui, não quero voltar. Me leve para casa com você. Por favor. – A última palavra é engolida por seu gemido, e na minha mente já estou levando-a sorrateiramente por Londres, escondendo-a em nossa casa e entrando em contato com um advogado para ganhar a custódia.

– Não posso. – Minha voz está embargada. – Vou ligar para Grace na segunda-feira e descobrir quanto tempo você vai ficar aqui. – Seu rosto é encoberto por uma sombra quando menciono sua assistente social, mas ela não diz nada. Seus ombros se curvam com resignação e nós apertamos a campainha da casa, à espera de que alguém atenda. Quando ela entra, seus pequenos tênis se arrastando pelo piso de ladrilhos, sinto uma parte do meu coração se partir.

De uma forma ou de outra, tenho de tirá-la de lá em definitivo.

Sábado à noite, fico olhando com indiferença para a geladeira, tentando descobrir o que fazer para o jantar. Não que eu esteja com fome; a memória do rosto de Allegra atua como um supressor de apetite instantâneo. Estou prestes a desistir completamente de comida e tomar um banho, quando meu telefone vibra. Pego-o e leio a mensagem de uma palavra só.

Oi.

Não é a palavra que traz um sorriso aos lábios, mas a pessoa que a enviou. Respondo imediatamente.

Oi para você.

Eu nunca disse que era uma pessoa original, mas não sei mais o que dizer para Niall. Até mesmo meus dedos ficam sem fala quando ele está por perto.

Como foi seu dia?

Hesito em responder. Será que eu digo que foi uma merda ver Allegra chorar e implorar que eu a levasse embora? Ainda temos esse tipo de amizade? Não tenho certeza, mas na ausência de Lara, sinto a necessidade de desabafar com alguém.

Bem chato. Vou afogar minhas mágoas em um tonel de Pinot.

Parece tentador. Por que não afogamos juntos?

Meu coração palpita em resposta. O pensamento de afogar com ele – fazer qualquer coisa com ele – é muito tentador. Meu dedo paira sobre o teclado do telefone enquanto tento me convencer do "sim" que quero teclar.

Foi um dia longo.

Simon não ia gostar.

Por favor, não o faça sofrer tudo de novo.

A última desculpa quase me faz rir. Seja lá o que a mãe de Niall viu ontem à noite, não era adoração. Pena, talvez, ou bondade. Acho que estamos nos tornando amigos, o que gosto muito. Mas não há nada além disso.

Pelo menos não da parte dele.

Ele se oferece para vir me buscar, mas insisto em pegar um táxi até o apartamento dele e comprar comida chinesa para viagem no caminho. Preciso desse tempo para me recompor. A ideia de vê-lo faz uma borboleta de dez toneladas dar cambalhotas no meu estômago. É como se eu tivesse 19 anos outra vez, rondando o pessoal popular, esperando que me notassem. Mesmo que esteja mais velha e mais sábia, meu corpo parece estar ignorando o fato. Ele está me deixando louca.

Quando o táxi para na porta do apartamento de Niall, puxo o saco de papel com a comida e minha bolsa e entrego uma nota de vinte libras. O motorista não pestaneja, apenas embolsa o dinheiro e me agradece quando recuso o troco.

Pela segunda noite consecutiva, me vejo subindo os degraus até a porta da frente de Niall e pressionando a campainha para entrar.

Fico quase chocada quando a porta se abre. Estava esperando um zumbido e um clique, não isso. Por "isso", quero dizer Niall descendo quatro lances de escadas para me receber, com um enorme sorriso no rosto, bochechas coradas sob a barba de um dia que me tira o fôlego.

Por que ele tem de ser tão lindo, droga?

Niall se inclina para frente e aperta os lábios na minha bochecha, olhando para o canto da minha boca. Tenho de lutar contra o desejo de mover a cabeça um centímetro e sentir toda a força de seus lábios de encontro aos meus.

Quase me mata.

– Deixe que eu levo isso. – Ele puxa o saco de papel pardo dos meus dedos rígidos e segura aberta a porta da frente. – Você parece ótima, por sinal. Gostei da sua camiseta.

– Esta coisa velha? – Não me lembro onde foi que eu comprei. Poderia ser na liquidação de cinco libras de alguma loja, ou um presente de cem libras de Simon. Me livro do ímpeto de verificar a etiqueta.

– Fica bem em você. – Seus olhos descem pelo meu rosto até meu peito, e minhas bochechas se incendeiam, tão vermelhas quanto as dele, mas por um motivo inteiramente diferente.

– Sua mãe ainda está aqui? – digo num guinchado.

– Eu a coloquei no trem para Preston esta tarde. – Ele não sofre de nada da minha falta de ar durante a subida até seu apartamento. Tento disfarçar a respiração ofegante vergonhosamente alta.

– O que tem em Preston?

– Minha tia. Minha mãe se foi para aterrorizá-la por alguns dias enquanto eu ganho uma trégua. Ainda estou traumatizado depois que ela revelou todos os meus segredos para você na noite passada.

Meu filho era apaixonado por você, Beth.

Graças a Deus ele não sabe disso. Se soubesse, eu não estaria aqui agora. Não é verdade, eu me lembro. Ela estava vendo coisas que não existiam.

– Cale a boca, ela foi adorável. – Dou um soco em seu bíceps e ele pega meu punho. Segura-o na mão por um instante, olhando para nossos dedos unidos. A intensidade em seus olhos faz meu coração fraquejar.

– Machuquei você? – sussurro.

Seus olhos se levantam e encontram os meus.

– Nunca.

Ele entra no apartamento e leva o saco de papel pardo para a cozinha. Eu sigo e o vejo descarregar as pequenas caixas de plástico. O vapor sobe quando ele tira as tampas.

– Devo servir ou você se serve sozinha?

Não tenho nem um pouco de fome.

– Eu me sirvo. – Ele ainda está olhando para mim, é enervante. Minha mão treme quando estendo o braço para pegar uma colher. – Eu não sabia do que você gostava, então pensei em escolher os favoritos. A gente nunca erra com comida chinesa.

– A menos que eu tenha alergia a trigo – observa ele.

Praticamente arrebato o pote de plástico de suas mãos.

– Você fica todo inchado? Tem remédio para choque anafilático? Devo chamar uma ambulância?

Ele pega o recipiente de volta e começa a rir.

– Eu não disse que tinha alergia a trigo. – Ele começa a amontoar macarrão no prato. – Estava apenas mostrando uma hipótese.

Agora quero bater nele novamente.

– Você me assustou. Tive visões de precisar arrastar seu corpo sem vida para baixo por quatro lances de escadas, gritando por ajuda. Embora eu não tenha certeza de qual de nós iria precisar mais do hospital a essa altura.

Olho para cima e meu estômago se contrai de novo. Ele é lindo. Não apenas bonito, daquele jeito de ídolo da sessão da tarde de queixo quadrado. Seu rosto é menos efêmero do que isso. Seu nariz reto e proporcional, seus lábios cheios e aqueles olhos azuis brilhantes me lembram de retratos medievais de cavaleiros galantes.

– Ei, eu prometi um tonel de vinho. Uma taça serve para começar? É das grandes. Acho que cabe meia garrafa.

Niall e vinho. Fico me perguntando se é uma boa combinação.

– Uma taça serve. Esqueci de trazer meu traje de banho, de qualquer maneira. – Quando ele parece confuso, eu adiciono: – Para nadar no tonel.

– Não, você disse afogar. Não precisa de traje de banho para se afogar. – Ele me passa uma taça cheia. – Dá para fazer isso pelada.

Oh.

Tomo um gole grande, em busca de salvação no fundo do copo. Mas mesmo uma golada de Pinot não é suficiente para afastar meus demônios, porque eu não deveria estar aqui. Não é o mesmo que dar uma passada na casa de Lara e Alex para jantar e fofocar.

Nem de perto.

Por um lado, eu não fiz sexo com Lara nem com Alex. Não há lembranças de noites sensuais, de pele contra pele, de escorregar e deslizar para o nada. Embora eu os ame, eles não me fazem sentir como Niall faz. Desnuda, exposta.

– Você quer comer aqui ou no sofá? – pergunto. Sai como uma só palavra enrolada. Os lábios dele se contorcem diante do meu constrangimento, o que só aumenta quando ele se aproxima e toca meu rosto de leve. É tão quente que imagino que seus dedos vão ficar gravados na minha pele, mesmo depois que ele se afasta.

Mas eu não quero que ele se afaste.

Um arrepio serpenteia pela minha espinha ao mesmo tempo que minha respiração fica presa na garganta.

– Não olhe para mim assim. – Sua voz é baixa. Um aviso.

– Assim como?

– Você sabe do que estou falando, Beth. – Ele se aproxima, de forma que meu quadril esquerdo pressiona a ilha da cozinha e o lado direito fique pressionando Niall. Tenho que olhar para cima para encontrar seus olhos. Quando faço isso, me perco neles. Não é em vinho que desejo me afogar; é em Niall.

– Foi você quem me tocou. – Coloco a mão sobre a dele, sentindo o calor de sua pele.

– Então me toque também.

Meus dedos tocam sua mandíbula, primeiro de maneira incerta. Sinto a aspereza de sua quase barba, a pele mais macia abaixo.

Seus músculos ficam tensos quando roço o polegar ao longo de seus lábios.

– Assim?

– Assim. – Sua voz sai abafada. Sinto-a vibrar na ponta do meu polegar um momento antes de seus lábios se fecharem em torno do meu dedo, puxando-o para dentro de sua boca macia e quente. Minhas pernas amolecem embaixo de mim. É um movimento tão íntimo que não há dúvidas sobre a intenção.

– Beth. – Ele puxa minha mão de seu rosto e a segura firmemente na sua, inclinando-se ainda mais para perto, até que seu rosto esteja a um sopro de distância do meu. – Você é casada.

– Sim.

– E eu quero beijar você.

– Sim.

Ele faz uma pausa por um instante, seus olhos vasculham meu rosto como se todas as respostas estivessem nele.

– Você quer ser beijada?

Envolvo a palma da mão em seu pescoço, deixando meus dedos em seus cabelos. Pressiono os lábios no canto de sua boca e sinto um suspiro de ar quente na minha bochecha. Com o coração batendo forte, beijo seu queixo, sua bochecha, a pele macia abaixo de sua orelha. As mãos dele me envolvem pela cintura, seus dedos cravam na minha pele como se ele estivesse se esforçando para se segurar.

– Me beije. – Suas palavras são uma súplica. Continuo minha rota, arrastando os lábios em seu pescoço, apoiando-os em sua clavícula. – Na boca, Beth, por favor.

Quase consigo sentir o gosto de seu desespero quando subo de novo. É tão carente quanto o meu. Balanço os quadris para ele, e Niall está tão envolvido quanto eu. Posso sentir o contorno duro através do jeans. Meu coração dispara quando coloco os lábios de volta no canto de sua boca, porque parece que estou em um precipício. Eu poderia me virar e ir embora agora mesmo e, de alguma forma, resgatar algum tipo de sentido de toda essa situação.

Mas não faço isso. Eu não poderia ir embora nem mesmo se tentasse. Estou tão cheia dele que dói. Posso senti-lo, sentir o cheiro suave de sabonete emanando de sua pele, e ouvir sua respiração áspera, enquanto ele tenta conseguir alguma medida de controle. Está tomando conta de mim e quero demais aquilo tudo.

– Niall?

– Sim?

– Me beije.

Ele leva menos de um segundo para capturar meus lábios, puxando minha cabeça para ele até que estejamos grudados um no outro. Solto um gemido baixinho assim que ele desliza a língua de encontro à minha e provoca um calor pelo meu corpo. Niall alterna entre beijar com força e beijar delicadamente, leves pinceladas seguidas por mordidas ásperas. Acompanho seu ímpeto, enredando os dedos por seu cabelo, arfando em sua boca quando ele se esfrega em mim.

Cada pensamento é suplantado pela necessidade ardente que ele cria em mim, o desespero de tocar, de provar, de sentir. Nós nos beijamos tão forte que mal paramos para respirar, preferindo asfixia à separação, movendo os lábios como se fôssemos um.

Suas mãos entram por baixo da minha camiseta, e sinto as palmas quentes nas minhas costas. A sensação de pele contra pele faz meu coração saltitar. Ele desliza os dedos sob o sutiã e abre a mão espalmada entre minhas escápulas.

– Eu queria fazer isso desde que a vi pela primeira vez. – Ele se afasta por tempo suficiente para respirar. Depois esfrega o rosto levemente no meu pescoço, e morde a pele de leve. – Cristo, seu gosto é tão bom quanto me lembro.

Embora ele não tenha essa intenção, as palavras são como um balde de água gelada no meu rosto. Eu me afasto, o elástico do sutiã bate nas minhas costas quando as mãos dele saem de onde estavam. Toco meus lábios. Parecem inchados, necessitados.

– Não podemos fazer isso. – Ainda estou sem fôlego e meus sentidos estão alertas. – Não posso fazer isso. Sou casada, isso é errado. – Eu deveria ter pensado antes de pressionar meus lábios contra os dele, eu sei. Não há dúvida de que meu juízo de valor está fora do prumo. – Eu tenho que ir.

Niall recua e passa a mão pelo cabelo preto e grosso, tentando desfazer o dano que meus dedos fizeram momentos antes.

– Mas e o jantar? – Ele faz um gesto para nossos pratos, para a comida que está esfriando e endurecendo em uma pilha reforçada pelo glutamato do shoyu.

– Não estou com fome – digo. – Me desculpe, Niall, eu não deveria ter feito isso. – Lágrimas brotam dos meus olhos. Autoaversão substitui a carência de antes, e pego o casaco e a bolsa às pressas.

– Espere. – Ele tenta pegar meu braço, mas me afasto. Um toque e estou perdida. Sua presença substitui qualquer autocontrole que eu possa juntar. – Eu levo você para casa.

– Está tudo bem, eu pego um táxi. Afinal, você estava bebendo. – Aponto para a taça. Está quase cheia, esquecida no calor do desejo. – Obrigada pela bebida, e, hum, fique à vontade para terminar de comer.

Praticamente saio correndo porta afora, tomando providências às pressas, embora saiba que ele poderia me alcançar facilmente se quisesse. Ele não o faz, mas ainda assim eu corro, como se pudesse deixar tudo para trás. A vergonha, o constrangimento, meu péssimo juízo da situação. Mas aquilo de que mais quero escapar ainda está comigo.

Não dá para fugir de mim mesma.

14

Passo a manhã de domingo mudando todas as minhas coisas do nosso quarto para o quarto de hóspedes, pensando que uma ruptura completa vai ser mais gentil, mais fácil. Um paliativo até que eu possa encontrar um lugar pelo qual possa pagar. À tarde, trago tudo de volta, pendurando roupas novamente e enchendo gavetas como antes. De alguma forma, consigo gastar o dia inteiro em uma mentira e quando recoloco o último item no armário, o sol já está baixo no horizonte, tingindo as ruas de rosa ao se pôr.

A indecisão conseguiu me distrair do meu celular, que está sobre o criado-mudo num silêncio zangado. Além disso, digo a mim mesma, tive o equivalente a um treino de duas horas de academia, levando tudo isso de um lado para o outro. Eu poderia me contentar com uma sessão de treinamento cardiorrespiratório.

A noite se arrasta. Faço uma omelete, me sirvo uma taça de vinho e fico assistindo, sem enxergar realmente, ao *Antiques Roadshow*, tentando me impedir de pensar. Mais tarde, tomo um banho e outra taça de vinho. Antes que me dê conta, metade da garrafa se foi.

No entanto, ainda me sinto enjoada. Apreensiva.

Embora com um dia de atraso, eu definitivamente ainda tenho tristezas para afogar. O que diabos eu estava pensando? Passei de uma mulher confusa fazendo terapia a uma adúltera. Porque é assim que vejo, independentemente de termos ou não transado. Nós nos beijamos e nos tocamos e eu queria mais. O calor entre minhas coxas quando ele devorou minha boca foi prova suficiente.

Às dez horas, subo na cama e puxo as cobertas sobre a cabeça, bloqueando os pensamentos, as memórias e minha decepção comigo mesma. Tudo o que realmente acontece é uma tela em branco para as memórias. Penso no que senti com os lábios de Niall nos meus, o volume rígido da calça jeans quando ele se apertou contra mim.

Me beije na boca, Beth, por favor.

Quase posso ouvi-lo dizer as palavras. O desespero atado em sua voz está refletido dentro de mim. Esses últimos meses ficam se repetindo na minha mente. A frieza de Simon, minha ansiedade. A forma como Niall estava presente para me dar apoio.

Por favor, não o faça sofrer tudo de novo.

Será que sequer vale a pena salvar meu casamento com Simon? É como se a paixão que senti ontem à noite tivesse despertado algo em mim. Algo que pensei poder viver sem.

Agora não sei mais.

Acordo com braços quentes em volta do meu corpo e com um rosto aninhado na parte de trás do meu pescoço. Por um breve momento, acho que é Niall. Então estendo os braços e sinto cabelos macios, sedosos, mais finos do que os dele, mas mais curtos no pescoço. Recuo, perguntando por que estou reagindo tão violentamente ao abraço do meu marido.

Porque não é ele, me diz uma vozinha na minha cabeça.

– Acordei você? – A voz de Simon é suave. – Me desculpe, querida. – Uísque exala de seu hálito.

– Que horas são? – Estou desorientada, não só de acordar, mas por causa da maneira como ele está me abraçando. Nós mal nos falamos por semanas, muito menos nos tocarmos. Parece errado.

– Acabou de dar meia-noite. – Ele ainda está aninhado. Seus lábios deslizam pelo meu pescoço quando ele fala. – Voltei há mais ou menos uma hora, o trânsito estava bem leve. – Outro beijo, desta vez me pressionado a coluna. – Senti sua falta.

É difícil não estremecer. Devo fingir que voltei a dormir? Seria crível? Eu não estava pronta para esse súbito ataque, de afeto. Estava esperando a frieza habitual. Até mesmo tinha esperanças dela. Com a frieza eu poderia ter lidado.

Sua mão sobe, entra embaixo da minha regata, numa paródia grotesca das carícias de Niall. Mordo o lábio e tento não chorar. Quando ele alcança meus seios, me sinto tremer; porém, ainda assim, não digo nada. Talvez essa seja a penitência, uma maneira de pagar por todas as minhas transgressões.

Simon deve sentir minha coluna endurecer, pois pressiona o rosto no meu cabelo, murmurando baixinho:

– Me desculpe por ser um imbecil. Sei que esses últimos meses não foram fáceis, mas vou tentar mais. Podemos fazer uma consulta com aquela terapeuta de quem você andou falando. – Ele apalpa meus seios. – Deus, senti falta disso. Senti sua falta.

– Não podemos ir à terapeuta. Ela não vai trabalhar com a gente enquanto casal.

Sua mão direita desliza para baixo, roçando minha barriga, pressionando entre minhas coxas. Viro a cabeça no travesseiro, tentando esconder a repulsa. Isso era o que eu queria, não era? Que ele falasse comigo novamente, que pudéssemos trabalhar em nosso casamento. Eu deveria estar me virando e me lançando nos braços dele, enchendo seu rosto de beijos, como fiz com Niall, ontem à noite.

Niall. É errado até pensar nele enquanto meu marido enfia a mão dentro do cós do meu short. Traça um dedo pela minha coxa e preciso de um grande esforço para não pressioná-las uma na outra.

– Você está bem?

Respiro fundo.

– Só estou cansada.

– Pobrezinha. – Simon puxa a mão para fora do meu short e passa por cima da minha cintura para me virar. Fico de frente para ele, olhando em seus olhos cor de chocolate. Ele afasta uma mecha de cabelo do meu rosto, e sua ternura me faz querer chorar. Quando aperta o nariz contra o meu, tenho que fechar os olhos para bloquear tudo.

– Me beije – ele sussurra.

Fico paralisada. Ouvir as palavras de Niall saírem da boca de Simon parece ser algum tipo de piada cruel.

– Eu não posso.

Não posso beijar Niall porque sou casada com Simon. Não posso beijar Simon porque eu estou apaixonada por Niall.

Paixão, não amor. Isso é o que é.

Simon me solta, rolando de costas, derrotado. Arremessando um braço sobre o rosto, ele respira fundo.

– Está bem – diz lentamente. – Eu entendo. Precisamos ir com calma. Mas passar esse fim de semana fora me deu muito tempo para pensar e odeio a forma como andei tratando você. Vou recompensá-la por isso, prometo. – Ele pega minha mão na sua, entrelaça os dedos. E, embora eu volte a cair no sono, não descanso nem me sinto revigorada.

– Você está atrasada. – Lara levanta os olhos de cima de seu almoço: um sanduíche de presunto embrulhado em papel alumínio e metade de uma xícara de café morno. Suspeito que o último tenha ficado zanzando ali pela maior parte da manhã, pois manchas marrons pegajosas estão secas nas bordas da caneca. Ela enfia o resto do sanduíche na boca, mas ainda consegue falar. – Era para você estar aqui ao meio-dia.

– Só estou alguns minutos atrasada. – Afasto-me da chuva de migalhas que voam para fora de sua boca. – E, aliás, você está nojenta.

– Apenas sem tempo. – Ela amassa o papel alumínio numa bolinha e joga na lixeira. – Tenho um paciente à uma hora e, pela sua cara, vamos precisar de mais de 55 minutos para resolver todos os seus problemas.

– Não há tempo suficiente no mundo para isso – murmuro, então desabo de modo dramático na poltrona de couro ao lado da mesa dela. – Você não deveria me aconselhar sem uma mesa entre nós?

– Pare de pegar no meu pé. – Ela toma um gole do café e, em seguida, faz uma careta. – E, de qualquer maneira, isso não é uma sessão de aconselhamento. É almoço. É quando você começa a me fazer sentir melhor comigo mesma, me falando como sua vida rica e privilegiada é uma porcaria.

Dou risada, não consigo evitar. Ela tem esse dom de ver o que há de ridículo em tudo.

– Se você mencionar os problemas do primeiro mundo, vou lhe dar um tabefe – alerto.

– Ei, eu ganho a vida com os problemas do primeiro mundo, nunca os desrespeitei. – Ela se inclina para frente, apoiando os cotovelos sobre a mesa e juntando as mãos. – Então, me conte tudo sobre ele. Espero que haja detalhes sexuais sórdidos envolvidos. Senti falta disso desde que cheguei aqui.

– Detalhes sórdidos também incluem se recusar a transar com o marido?

– Não, isso é o que gostamos de chamar de casamento.

– Certo, ótimo, você resolveu todos os meus problemas. – Sorrio alegremente. – Agora vamos trabalhar pela paz mundial.

– Então o rei gelo descongelou? – Ela ignora minha brincadeira.

– Ele chegou em casa no domingo, tomou umas bebidas e depois tentou vir para cima de mim. Acho que você poderia chamar de um degelo.

– Ele mencionou o tratamento de silêncio?

– Não, só tentou me beijar. E eu beijei Niall Joseph na noite anterior – deixo escapar, totalmente espontânea.

Lara ficou pasma.

– O quê? – Ela se aproxima de mim, os olhos arregalados. – Você fez o quê?

– Eu o beijei, ou ele me beijou. – Meu coração está acelerado. Não sei se é a memória ou a confissão. – Nós dois nos beijamos.

– Quando, onde? Ai, meu Deus, você contou ao Simon?

– Você está me julgando – sibilo. – Seu rosto já mudou todo e não era para ficar assim. Se esqueceu do seu treinamento?

– Não sou sua conselheira. Sou sua amiga e vou julgar, se eu quiser – ela retruca. – Mas, de qualquer forma, não estou julgando você. Estou surpresa, talvez chocada, mas não estou julgando. – Ela se arruma no assento. – Ele veio jantar com a gente ontem à noite e não mencionou nada.

– Ele foi jantar na sua casa? – pergunto. – Sem mim? – É difícil não me sentir ofendida. É como se meus dois melhores amigos tivessem passado o dia fora e tivessem se esquecido de me convidar.

– Desculpe, não recebi o memorando de que vocês dois tivessem trocado uns amassos e que agora deveriam ser tratados como um casal inseparável. É isso que vocês são agora?

Nego com a cabeça.

– Corri para fora do apartamento dele e não nos falamos desde então. – Me sinto corar com a lembrança e enterro o rosto nas mãos. – O que vou fazer?

Ela vai afastando dedo por dedo meu, até que eu esteja olhando para ela. Não aponto que ela saiu de trás da mesa e que agora não restam barreiras entre a gente. Não era a hora.

– Como você se sente sobre ele?

– Qual ele?

– Niall. A última coisa que ouvi era que ele era apenas uma relíquia irritante do seu passado. Alguém que você preferiria esquecer. Como isso tudo mudou?

– Nos tornamos amigos – sussurro. – Ele me esperou do lado de fora da delegacia, depois da prisão de Cameron, e me levou para tomarmos alguma coisa. E depois me convidou para jantar com ele e a mãe dele...

– A mãe?! – Ela explode. – Você jantou com a mãe dele? Cristo, isso é sério.

– Cale a boca! Nós éramos só amigos naquele dia. Ainda somos, eu acho, embora eu não o veja desde sábado à noite. – Enrugo a testa. – Talvez a gente não seja mais.

O pensamento me deprime. Porque eu gosto de Niall. Realmente gosto dele. Como pessoa, e não apenas como um cara atraente que faz meu pulso acelerar.

– Então, como você passou de um jantar com a mãe dele para um sanduíche de língua? Você não fez isso na frente dela, não é? Porque seria extremamente constrangedor.

– Não. Ele me convidou para ir lá no sábado à noite.

– Duas noites seguidas – ela interrompe.

– E?

– Estou só dizendo. Ele convida você para conhecer a mãe numa noite. Na seguinte convida você para uns amassos. Não acha que foi tudo um pouco... demais?

– Não – lamento. – Eu não acho nada. Esse é o problema. Eu deveria ter pensado, então talvez eu não estivesse nessa confusão.

– Fofa, isso não tem que ser uma confusão; não, a menos que você deixe ser. Só precisa decidir o que você quer fazer. Se é Simon ou Niall que você quer.

Ela faz isso parecer muito fácil. Mas as coisas que parecem simples na superfície, por baixo, acabam sendo as mais complicadas. No fim das contas, não sei o que diabos eu quero. A falta de segurança está me deixando enjoada.

Na quinta-feira à tarde, estou vibrando ao redor da sala de aula como uma borboleta demente, pegando coisas, colocando-as no lugar errado e surtando, em geral. Um olhar no relógio me diz que acabou de dar duas horas. Só mais meia hora até eu ver Niall novamente. Pela primeira vez desde sábado. Não estou pronta para isso. Não cheguei a nenhuma solução; nenhuma decisão foi tomada de repente. Como poderia, quando eu nem sequer entendo sobre o que estou decidindo?

Estou olhando fixamente para o armário de materiais, quando ouço a porta da sala de aula ser aberta. O rangido prolongado me faz virar a cabeça com antecipação nervosa. Mas a pessoa em pé na porta não é Niall. Em vez disso, Lara entra, com o celular na mão. Ela fica olhando para a tela por um instante antes de olhar para mim.

– Hum, acabei de receber uma mensagem de texto do Niall. Ele não vem hoje.

– O quê? – Meu estômago afunda. De repente, estou desesperada para vê-lo.

– Pelo que ele disse, teve uma emergência. – Ela arregala os olhos para a última palavra. – Aparentemente, envia suas desculpas.

Aparentemente. Que diabos isso significa? Dou de ombros, tentando ignorar a sensação de esmagamento no meu peito que se parece demais com decepção.

– Legal da parte dele pelo menos me avisar – resmungo. Tenho cerca de uma hora para pensar em alguma maneira de entreter um grupo de crianças desordeiras. E não gosto das probabilidades.

– Talvez ele esteja doente – diz Lara. – Talvez uma onda súbita de náusea tenha acabado de engoli-lo e o deixando acorrentado a uma prisão de porcelana.

– Ele provavelmente vai ficar doente se me vir, isso sim.

– Isso tudo poderia ser apenas uma coincidência. – Ela não parece convencida. – Não significa que ele está evitando você.

– Se ele não está me evitando, por que mandou mensagem para você? Ele tem meu número, poderia ter usado.

Eu deveria estar aliviada. O momento que estive temendo durante toda a semana foi subitamente adiado. É como ir fazer uma prova importante e descobrir que o professor faltou porque está doente, mas não deixou a folha de perguntas em lugar nenhum.

Mas não estou aliviada. Parece irônico que Simon, de repente, comece a falar comigo ao mesmo tempo que Niall decidiu me ignorar. E errado que eu esteja desesperada para que fosse o contrário. O que isso diz sobre o meu casamento? Quando eu iria preferir conversar com o homem do meu passado em vez de meu marido?

Ainda estou digerindo isso tudo quando chegam as crianças. Allegra é a primeira: olhos brilhantes e bochechas rosadas de entusiasmo, porque teve permissão para visitar a mãe no sábado. Os outros seguem logo atrás. Cameron Gibbs é o último a entrar. Ergue o boné Snapback e me faz um aceno de cabeça.

– E aíííí?

– É bom ver você, Cameron. – Tento manter a voz uniforme, deixando-a sem qualquer coisa que ele possa interpretar mal. Considero meus esforços bem-sucedidos quando ele apenas dá de ombros e caminha para o fundo da sala. Uma das poucas coisas sábias que meu pai me ensinou, quando eu era jovem o suficiente para ele se interessar, foi comemorar as pequenas vitórias. Então, por dentro eu fiz uma festinha.

No final, eles todos decidem fazer cartões de melhoras para Niall. Não posso deixar de achar engraçado. O que eu não daria para ser uma mosca na parede quando ele receber quinze cartões feitos à mão para uma doença que ele nem tem. Definitivamente vou fazer esses cartões chegarem até ele. Não apenas porque estou me sentindo passivo-agressiva no momento, embora meu estado de nervos seja motivo suficiente. A razão verdadeira é que eu quero que ele volte. Sinto falta dele. Quero vê-lo.

Estou começando a perceber o que realmente quero.

Nove anos antes

– Me deixe ver. – Tento passar por baixo do braço esticado de Niall para dar a volta em seu corpo, mas ele é rápido demais. Agarrando o ombro da minha camiseta, ele me impede de progredir.

– Espere. Não está terminado.

Mudo de rumo e acaricio o pescoço dele com meu rosto. Se rapidez não funcionar, talvez funcione a sedução.

– Por favor, por favor – sussurro em sua garganta. – Me deixe ver meu quadro.

Estamos fazendo isso há seis noites. A cada uma, ele vai ao meu quarto, nós fumamos um baseado ou tomamos um E. Depois transamos e fazemos uma viagem furtiva sob o luar até o prédio de artes. Ele pinta noite adentro, olhando para mim e depois para a tela, misturando cores freneticamente como se fossem desaparecer.

No começo, eu gostava de como ele me olhava, com os olhos estreitos, a boca ligeiramente aberta. Mas então ele começou a prestar mais atenção na tela do que em mim. Algumas vezes, eu até mesmo pegava no sono. Quando acordava, eu o via debruçado sobre a mesa, olhando diretamente para o meu corpo nu, e isso me causava arrepios na espinha. Percebi que ele estava me estudando com um pouco de atenção demais, como os alunos que não conseguiam se soltar. Por um momento, eu me sentia como um objeto.

– Você vai poder ver depois da semana de provas – ele murmura, segurando minha nuca. – Até lá vai estar pronto.

Semana de provas. As palavras são suficientes para acabar com o humor. Estudar, revisar, resolver provas para treinar. Todas as coisas que deixei de fazer nas últimas semanas. Meu rosto deve demonstrar decepção, porque no minuto seguinte ele está me segurando nos braços, me beijando com força e prometendo que vou poder ver em breve.

Correspondo ao beijo, mas, pela primeira vez, fico tímida e só consigo pensar que não vou conseguir passar. Vou ter de ir para casa e explicar à minha mãe e ao meu pai por que consegui acabar magistralmente com minha vida no espaço de algumas semanas.

A empolgação de ver a pintura já não é nem metade do que era antes.

Hoje

15

– Por que você acha que tem de escolher? – Louise pergunta.
Deixo a cabeça cair para trás na cadeira e passo os olhos pelo consultório. Como sempre, está perfeitamente arrumado.

Já se passaram três semanas desde que beijei Niall. O alívio que sinto por finalmente expressar minhas dúvidas é palpável.

– Isso é o que a gente faz, não é? Quando está dividida entre dois amantes? Não posso simplesmente ficar com dois homens, não dá.

– É interessante que você chame Niall de "amante" ainda que só o tenha beijado uma vez. Por que você pensa assim?

– Não sei. – Enrugo a testa e esfrego os olhos. – Acho que ele queria mais. – Ou era eu que queria? Estou apenas projetando as emoções em Niall? E se tudo o que ele queria era um caso rápido e descomplicado?

Ele com certeza teria escolhido a mulher errada para isso.

– Acha que a história que vocês tiveram juntos tem alguma coisa a ver com isso?

Contei tudo à Louise. Coloquei para fora todos os meus segredos como uma oferenda disfuncional. Compartilhei com ela assuntos que nunca tinha contado a alma nenhuma, nem mesmo à

Lara. Ela ouve, sorri e mostra solidariedade. Sua aceitação me dá uma paz que eu não tinha antes.

– Talvez eu esteja colocando mais ênfase nisso do que deveria. Mas a maneira como ele olhou para mim quando fui embora, naquela noite, e o fato de não voltar à clínica por três semanas... – Deixei a voz morrer. Nas últimas duas quintas, Niall enviou um substituto. Michael é legal o suficiente. Bom com as crianças.

Mas ele não é nenhum Niall.

– Certo, então vamos supor que ele queira algo mais. Ainda não é uma escolha simples entre dois homens. Você consegue pensar numa terceira opção, talvez?

– Ficar com os dois? – Enrugo o nariz.

Louise começa a rir. É a primeira vez que eu a vejo ultrapassar um sorriso. Será que faz parte da sua formação tentar não demonstrar emoções violentas? Talvez só haja espaço para uma risada na sala de terapia.

– Não, eu não ia sugerir que você escolhesse poliamor, embora não descarte. Esse tipo de arranjo não é algo que a pessoa pode fazer inconsequentemente.

– Então o quê?

Ela não diz nada, outro truque. Louise usa silêncio da forma como um carpinteiro usa uma serra. Como se, aproveitando a deixa, eu apressadamente tentasse quebrá-lo.

– Escolher nenhum dos dois?

– Escolher você – ela corrige. – Concentre-se em si mesma. Descubra o que realmente quer. Ame-se, tanto quanto os outros amam.

Encaro-a como se ela estivesse falando uma língua estrangeira.

– Isso soa egoísta.

– Estudos mostram que os relacionamentos são mais propensos a ter sucesso se ambos os parceiros tiverem autoestima elevada. Não é egoísta cuidar de si mesma. Pense nisso como partir de bases fortes. Portanto, a pergunta que você tem de fazer a si mesma é: *o que eu quero?*.

Fico sentada em silêncio atordoado. Acho realmente que ninguém nunca me perguntou isso antes.

É estranho como a vida continua mesmo que esteja caindo aos pedaços. Às vezes me pergunto como minha avó lidou com os tempos de guerra. Separada do marido por seis anos, sem saber se ele estava vivo ou morto, mas ainda assim teve de varrer o chão, comprar os mantimentos e limpar os banheiros. Imagino que tenha comido bolo com amigas – quando tinha os cupons de racionamento – e que pensasse sobre as coisas mais mundanas. De alguma forma, os seres humanos têm a capacidade de sobreviver, não importa o que está jogado sobre eles.

Vendo Daisy levar lentamente o copo aos lábios, mãos trêmulas como as de um velho, fico maravilhada que mesmo ela tenha um instinto de sobrevivência que a obriga a seguir em frente. Poucas semanas depois de beijar Niall, meu próprio instinto de sobrevivência é uma questão diferente. Eu o sufoco com preocupações com outras pessoas. Afogo-o com lágrimas alheias.

– Como ela estava? – pergunta Daisy. Está puxando a pele ao redor da unha do polegar. Uma pequena gota de sangue reluz ao sol antes que ela a limpe, uma manchinha cor de rubi escorrendo pelo polegar.

– Ela sente sua falta. – Acho que Daisy precisa ouvir isso. – Ela quer voltar para casa, para você. A Grace comentou se isso está nos planos? – Sei que Daisy se encontra com a assistente social todas as semanas.

Daisy dá de ombros.

– Ela não diz. Estamos com visitas supervisionadas apenas no momento. Até que eu possa provar que estou sóbria e que Darren não vai voltar, eles não vão deixá-la vir morar comigo. – Sua voz é abafada pelo barulho de um motor de moto. Nós duas estamos esperando que passe.

– Ele não vai voltar, vai? – Tento engolir a bile que vem subindo. A memória do corpo de Daisy sem vida passa por minha mente como um lampejo.

– Ele disse que não. – Sua voz diminui e se torna um sussurro. – Quando eles o deixaram... sabe.

Acontece que não foi Darren que a espancou, não que isso importe, na realidade. Praticamente foi ele que a jogou nas mãos dos companheiros. Foi ele que ficou lá olhando-os acabar com ela e a deixar com um fio de vida. Darren envenena tudo o que toca, e não culpo a assistente social de Allegra por querer mantê-lo longe dela.

– Por que você volta para ele toda vez? – Dentre todas as pessoas, não deveria ser eu a fazer essa pergunta. É como perguntar a um viciado por que ele usa drogas.

Ou por que eu não consigo manter Niall Joseph fora da minha mente.

– Eu o amo. – A resposta é tão simples que me faz querer chorar. Porque isso não é amor. É doentio e perverso e me deixa de coração partido. Daisy foi tão negligenciada quando criança que qualquer atenção significa amor no conceito dela.

– Mas o que dizer de Allegra? E se ele algum dia deixar que a machuquem como ele machucou você?

Seu rosto se retorce diante da pergunta, seus lábios se transformam numa linha fina.

– Você está me dizendo que eu não amo minha filha? – Uma mecha de seu cabelo loiro sujo cai nos olhos quando ela se inclina para frente. – Não se atreva a dizer isso, porra.

Recuo às pressas.

– Claro que não. Eu não quis dizer isso.

– É fácil pra cacete você me julgar, não é? Com seu marido rico, sua casa encantadora e nenhuma preocupação na vida. Talvez Darren estivesse certo sobre você.

Meu coração dispara. Nunca sou boa com enfrentamento.

– O que você quer dizer?

– Ele acha que sou o seu rascunho. Seu projeto. Ele acha que você não dá a mínima para mim e Allegra, que você só fica perto de nós para se sentir melhor.

Suas palavras são um tapa na cara. Sinto a injustiça delas como se fosse uma coisa física.

– Isso não é verdade. Eu amo você e Allegra. – Quero dizer mais, mas minha voz enrosca na garganta, arranha a pele.

– Então por que você me julga? Só porque tem a maldita vida perfeita. Você nunca passou necessidade.

– Eu não queria passar essa impressão. Não posso suportar nem a ideia de Darren algum dia ferir vocês duas. Você merece coisa melhor.

– Se você acha que eu algum dia vou deixar qualquer pessoa machucar meu bebê, você não sabe de porra nenhuma. Não posso acreditar que sequer tenha dito isso. – Ela puxa um cigarro e o desliza entre os lábios secos. – Se eu ficar sabendo que você disse qualquer coisa para os assistentes sociais, vou acabar com você.

Não acho que queira intimidar. É apenas o jeito dela – o jeito como ela tem de ser – para conseguir sobreviver. A vida lhe ensinou que ou se luta ou se foge, e ela escolheu seguir seu caminho com violência nos momentos ruins. Parte de mim está feliz que ela esteja saindo dessa com os punhos erguidos, que ela não vai deixar que as coisas a derrubem. Contudo, quando sou eu na linha de tiro, é assustador.

A porta da cafeteria se abre com uma pancada, e a garçonete sai com a nossa comida. Um bolinho para Daisy e uma torrada para mim. Daisy tira as passas antes de espalhar manteiga no bolo, empilhando-as no canto de seu prato branco, até que pareçam um monte de moscas mortas. Passo uma camada fina de manteiga sobre minha torrada, embora não tenha apetite. O som da faca sobre o pão crocante é melhor do que o silêncio.

– Eu não quis me intrometer entre você e Allegra – digo, terminando o restinho do chá morno. – Eu sei o quanto ela quer voltar para casa.

Daisy parece amolecer, embora eu não tenha certeza se são minhas palavras ou a comida em seu estômago que a suaviza.

– Quero que ela volte para casa. Não vou fazer nada que ponha isso em risco. – Quando olho para Daisy, ela está me observando com olhos lacrimejantes, e sinto os meus também começarem a arder. Odeio que nada nunca venha fácil para elas. Era para ser tão simples; Allegra quer estar em casa e Daisy quer que ela volte. Mas depois há as drogas e um namorado idiota e tudo fica confuso. Como diabos a vida pode ser tão complicada?

– Então me ajude – Daisy pede. – Me ajude a trazer meu bebê para casa.

– Como?

– Diga à Grace que agora estou melhor. Diga que sou uma mãe adequada. Só quero ela de volta. Ela odeia ficar lá no abrigo.

– Eu sei. – Meus dedos flexionam-se instintivamente com a lembrança da mão temerosa de Allegra segurando a minha. – Quero que ela saia de lá tanto quanto você. Mas você vai ter de convencê-los de que está sóbria e que vai continuar assim.

– Eu estou. – A resposta de Daisy é veemente. – Eu não arriscaria Allegra por causa de um barato.

Tento não pensar em todas as ocasiões em que ela fez exatamente isso. As vezes em que Allegra encontrou a mãe gelada no chão, ou as noites em que Daisy desaparecia por horas, deixando a menina de 8 anos sozinha no escuro. A história nos ensina que a vida segue um padrão, que as coisas se repetem de novo e de novo. No entanto, a natureza humana nos faz ter esperanças de que isso não é verdade. Que dessa vez vai ser diferente.

– Você precisa provar que Darren não vai voltar mais. – Quase vacilo dizendo o nome dele, esperando que ela brigue comigo novamente.

– Bom, ele não me quer de volta – diz ela.

Percebo que ela não está negando que ainda tenha sentimentos por ele, ou que vá sair correndo se ele estalar os dedos. Ela está presumindo que ele não vai voltar. Pelo que sei de Darren, é uma suposição perigosa de se fazer. Tento engolir o gosto ácido do medo dentro da minha boca, o amargor ardendo na minha língua. Só consigo pensar em Allegra e no quanto sua vida é difícil, mesmo que sua idade não tenha ainda atingido a casa da dezena. Quando me vejo prometendo à Daisy que vou ajudar, é na súplica da filha que estou pensando.

Minhas promessas parecem fracas, mesmo para meus próprios ouvidos. Mas o rosto de Daisy se ilumina como se eu tivesse acabado de lhe oferecer o mundo. O mal-estar no ar é só meu e, mesmo que eu tente enterrá-lo, ele ainda perdura.

16

Na semana seguinte, cruzo a cidade em direção ao prédio de gesso branco que abriga o consultório do nosso terapeuta matrimonial. Estou na metade da Harley Street quando meu telefone vibra, mas está lá no fundo da bolsa. Até eu conseguir vasculhar entre guardanapos e folhetos, a pessoa já desligou.

Não reconheço o número, embora não impeça que meu coração bata um pouco mais rápido quando disco para o correio de voz, perguntando-me se Niall decidiu finalmente entrar em contato comigo.

Mas a voz é feminina. Profunda e suave. Ela me diz que meu marido está atrasado, que ele não vai poder comparecer ao horário marcado hoje. Nenhum pedido de desculpas, nenhuma satisfação, e, por algum motivo, isso me incomoda. Parece a gota d'água. Não dá para nadar contra a maré quando a pessoa nem sequer está batendo as pernas. Nós dois estamos à deriva, agarrados aos escombros do nosso casamento, quando talvez devêssemos apenas desistir. Deixar a corrente nos levar, mesmo que ela nos separe.

No mês passado, Simon conseguiu comparecer a exatamente uma sessão de terapia. Ele perdeu a primeira devido a um caso de última hora no fórum. Suas desculpas soaram banais, até mesmo para mim, e comecei a me perguntar o quanto ele estava comprometido com todo o processo. Mesmo em casa ele anda quieto, enfiado no escritório, debruçado sobre documentos e depoimentos, apenas emergindo para um café ou um copo de uísque. Se por um lado conseguiu ir à segunda sessão, ficou em absoluto silêncio na terceira. Até mesmo contemplativo. Ele ouviu o que eu tinha a dizer, mas não acrescentou.

É quase como se ele estivesse deliberadamente se retirando. Como se desistisse antes mesmo de começar. Isso também me intriga. Porque sinto como se fosse a única fazendo todo o esforço, embora seja ele quem tenha sugerido a intervenção.

Se Simon estivesse apaixonado por mim, não teria mais tempo para nós? E, se eu estivesse apaixonada por ele, não me importaria mais?

Porque ainda adormeço todas as noites com a voz de Niall em minha mente. Com a memória de seus lábios nos meus. Se houvesse alguma coisa que valesse a pena salvar, eu seria capaz de deixá-lo de fora. De esquecê-lo.

Me beije, Beth.

O fato é que estou obcecada por ele mais do que nunca. Seu silêncio não fez nada mais do que me deixar inventar tudo na minha mente, até que eu nem saiba mais como deveria me sentir.

Uma coisa que sei é que eu estou de saco cheio de toda a situação. O silêncio de Simon, a terapia. Nosso casamento.

O pensamento é libertador. Um suspiro de alívio. Me permite pensar no que tenho tentado evitar. A única coisa que eu tenho é medo demais para articular.

Porque, lá no fundo, não tenho certeza se quero salvar nosso casamento.

O pensamento flutua na minha cabeça há semanas. Cada vez que tento ignorá-lo, ele volta mais forte. Como uma criança que não se deixa esquecer. Bate no meu cérebro, mostra a língua para mim. Me lembra de que o "felizes para sempre" não é uma opção aqui.

Pelo jeito como ele não se preocupou em aparecer mais uma vez à nossa sessão de terapia, estou começando a pensar que talvez Simon também não queira salvar esse casamento.

Espero por três horas, sentada no nosso sofá de couro marrom, mal olhando para a revista que está aberta nas minhas pernas. Três xícaras de café me mantiveram acordada, o gosto amargo persiste na minha boca, junto a uma dor de cabeça que pulsa na base do meu crânio.

São quase 23h quando ouço a chave dele girar na porta. Há uma pausa antes de a madeira bater no gesso.

– Oi. – Ele coloca a cabeça pela abertura da porta da sala de estar. – Não esperava que você estivesse acordada.

Tenho ido para a cama cedo. Principalmente para poder fingir estar dormindo quando ele entra debaixo das cobertas, mas também porque estou atolada nos preparativos do evento beneficente anual da clínica. As duas coisas me esgotam.

– Fiquei acordada esperando você.

Ele estremece.

– Você está muito zangada? Porque eu posso explicar...

– Não estou nem um pouco zangada. – Apesar dos meus sentimentos no começo da noite, estou mais calma do que venho me sentindo há algum tempo.

Simon entra, e seus sapatos sociais fazem barulho sobre o assoalho de madeira. Quando ele se senta, se inclina para frente e aperta as mãos uma na outra.

– Você não vai me perguntar onde eu estava?

– Não importa.

Ele continua como se eu não tivesse dito nada.

– Eu estava com a Elise.

– Está tudo bem? – A filha de Simon e eu podemos não ser amigas do peito, mas, ainda assim, eu me importo.

– Na verdade, não. Parece que o contador dela fez confusão com a declaração dos impostos, o que a fez cair na malha fina. Nós vamos ter de conseguir alguém para verificar os livros.

– Lamento ouvir isso – murmuro. – Eu espero que ela não esteja muito aborrecida.

Ele dá de ombros.

– Vamos resolver o problema. Ela ainda vai querer uma mesa no evento beneficente.

Isso é bom. Faltando apenas quatro semanas, seria um transtorno ter de encontrar outro doador para ficar com a mesa.

– Eu queria falar com você sobre uma coisa – digo. Meu coração começa a acelerar; pensar em fazer é completamente diferente de executar. Lágrimas brotam nos meus olhos antes que eu possa sequer dizer as palavras.

– Acho que a terapia matrimonial não está funcionando.

O choque congela o rosto de Simon. Ele leva alguns instantes para se recompor o suficiente e responder.

– Você disse que não estava zangada...

– Eu não estou. – Inclino-me para frente, tentando diminuir a distância entre nós. – Não estou dizendo isso por raiva, ou porque estou sendo uma bruxa. Não estou dizendo porque quero machucá-lo ou perturbá-lo.

– Então o que é, Beth? Você sabe como estou ocupado. Estou fazendo o meu melhor aqui para manter as coisas no lugar. O que mais você quer? – Pela primeira vez, há alguma vivacidade em seu tom de voz.

– Eu só acho que, se o nosso casamento fosse sua prioridade, então você apareceria nas sessões.

– Eu tenho um emprego. Uma filha. Você quer que eu os ignore? Que apenas cuide da pequena Beth e finja que nada mais importa?

Deixo a cabeça cair nas mãos.

– Não, não é isso que quero dizer. É claro que essas coisas são importantes, mas não estamos avançando aqui. Só estávamos caminhando para trás. – Quando levanto os olhos, ele está me olhando com raiva. Tento não me acovardar.

– Então me diga o que fazer. O que vai fazer você feliz?

Abro a boca, mas as palavras não saem. Em vez disso, estou me lembrando da sugestão de Louise. Que eu deveria escolher a mim, trabalhar na minha própria autoestima. Não me lembro da última vez em que alguém me perguntou o que me faria feliz.

O que faria?

Tento me imaginar ainda neste casamento. Acordar com Simon todos os dias. Escolher uma vida de contentamento, de companheirismo, deixá-lo tomar conta de mim do jeito como ele cuida dos clientes e da filha. E não há nada de errado com essa vida – é uma que eu esperava quando estava no fundo do poço.

Mas vai me fazer feliz?

– Não sei. – Parece uma confissão. – Não sei o que vai me fazer feliz.

– Então, talvez seja melhor descobrir – Simon sugere. – Eu a amo, você sabe disso. Você é a melhor coisa que me aconteceu nos últimos anos. Mas não posso lutar por você se não sei contra o que estou lutando. Podemos ir a todos os terapeutas do mundo, mas até que você decida o que diabos você quer, nós estamos apenas jogando palavras ao vento.

17

Quando Niall não aparece para a aula pela quinta semana consecutiva, sinto a paciência começar a se esvair. Durante o último mês, eu não fiz nada a não ser analisar o que eu deveria estar sentindo, o que eu deveria estar fazendo, e ele apenas parece ter desaparecido. É como se tivesse ateado fogo na situação e fugido para não ver a explosão.

Porém, mais do que isso, *sinto falta dele*. Quando olho pela classe, sinto o estômago afundar, mesmo que as crianças pareçam felizes o suficiente que Michael esteja lhes dando atenção. Por mais gentil que seja o substituto, ele não é Niall, e eu estou começando a perceber que Niall é a única coisa faltando na minha vida.

O que vai fazer você feliz?

Estou presa a essa questão há mais de uma semana. Penso nas palavras de Simon a cada noite quando fecho os olhos, tentando enxergar um caminho. E a cada vez meus pensamentos se dirigem a Niall, àquele beijo, à maneira como ele me tocou até meu corpo parecer estar pegando fogo.

Ele me fez sentir viva. Algo que eu não sei se senti durante muito tempo.

Durante as sessões com Louise, nós discutimos minhas escolhas. Ela destacou que nunca realmente superei a morte de Digby ou minha participação nela. Que eu estava com medo de me permitir sentir vulnerável novamente. E talvez a escolha de me casar com Simon tenha sido minha maneira de me proteger da dor, de me isolar do mundo. Mas, envolvida em sua proteção, consegui viver como se estivesse entorpecida por tempo demais.

E agora estou exposta pela primeira vez desde sempre. Permitindo-me sentir emoções que eu tinha esquecido.

Paixão. Medo. Vulnerabilidade.

– Vai doer no começo – ela me diz. – Como quando você arranca a casca de uma ferida fresca. Pode arder, pode se infectar, mas em algum momento vai cicatrizar.

– E se eu preferir me sentir dormente?

– Essa escolha é sua. Mas, se você realmente se sente assim, o que está fazendo aqui? Por que não está apenas voltando para sua antiga vida, para seu casamento? O fato de você continuar vindo à terapia me diz que há algo com que você não está feliz.

Ela está certa. Ela sempre está. Louise parece ter essa capacidade de fazer com que eu me veja com mais clareza. Cortar o papo-furado e dizer as coisas como elas são.

Ainda estou pensando sobre isso quando Michael limpa o último frasco de tinta e se despede. E eu me lembro das outras coisas que Louise sugeriu: que eu deveria decidir o que eu quero e não depender que alguém tome decisões por mim.

Mas o que vai me fazer feliz? Não ficar do jeito que estou. Porque, no momento, isso está me fazendo sentir péssima. E quando eu descartar essa possibilidade, sei que a única opção é a de mudar as coisas: ou transformar meu casamento ou sair dele.

Nós tentamos consertá-lo. Nós dois. Durante as últimas cinco semanas já conversamos sobre melhorar as coisas, mas tudo o que fizemos foi conversar. Nenhum de nós realmente fez alguma diferença. As coisas ainda estão do jeito que estavam.

Eu não quero mais isso.

Estou cansada de lutar por algo que nem acho mais que desejo.

Nem parece que há uma decisão a ser tomada.

Faz uma hora que estamos conversando. Andando em círculos, percorrendo o perímetro doloroso do nosso casamento. Simon está sentado em sua poltrona de costume, corpo inclinado para frente, com o cotovelo apoiado sobre as coxas. Notei que Martin, nosso terapeuta, ficou quieto. Ele não diz nada, apenas nos observa com olhos interessados.

– Eu não estou feliz – digo a Simon. – Nenhum de nós está. E parece que fizemos tudo o que poderíamos para fazer isso funcionar. O que mais há para se fazer?

Ele não diz nada por um momento. Apenas olha para mim. Seu rosto parece esgotado, velho, e tenho a sensação aguda da nossa diferença de idade.

– Cristo. – Ele esfrega o rosto com as palmas abertas. – Eu não sei. Só parece que você está desistindo cedo demais. Antes eu a fazia feliz. Eu sei que fazia.

Confirmo com a cabeça, tentando não deixar meus olhos se encherem de lágrimas.

– Você fazia.

– Então me deixe fazer de novo. Pare de brigar comigo o tempo todo. Pare de me questionar. Só me deixe cuidar de você do jeito que eu quero.

Não funciona assim. Do jeito que ele fala parece que sou algum tipo de animalzinho de estimação esperando para ser penteado e arrumado. Não alguém com seus próprios sentimentos, emoções. Suas próprias necessidades.

– Não é o que eu quero.

– E quanto ao que eu quero?

– Eu não acho que você me quer assim. – Meu riso é melancólico. Nós dois sabemos que ele estava à procura de companheirismo e amor, não de uma mulher confusa e claramente infeliz. Sinto uma onda de tristeza por não poder ser quem ele quer que eu seja. Linda, simpática. A esposa-troféu.

– Então o que vamos fazer?

Respiro fundo, tentando juntar um pouco de coragem. Podemos ficar nessa lenga-lenga o dia todo – Deus sabe que é o que fizemos –, mas vai chegar uma hora em que algum de nós vai ter de dizer. Abro a boca e hesito no mesmo instante, meu coração cheio, minha garganta doendo. Porque assim que pronuncio as palavras, sei que nada mais vai ser o mesmo.

Contudo, mesmo assim, preciso dizer.

– Acho que devemos nos separar.

Lentamente ele se levanta, anda e se ajoelha diante de mim. Lágrimas se derramam sobre minhas bochechas. Ele deita a cabeça no meu colo, como se em súplica, e me vejo acariciando seu cabelo fino enquanto ele respira sobre minhas coxas. Ficamos assim por alguns minutos, lágrimas encharcando minha calça jeans, minhas próprias lágrimas ainda escorrendo pelo meu rosto. Então, ele olha para cima, com os olhos vermelhos, seu cabelo despenteado por minhas carícias.

– Fique – ele sussurra, segurando minhas duas mãos. – Fique comigo.

Procuro por Martin, mas ele saiu da sala. Estamos sozinhos. Parece que sempre estivemos.

– Não posso.

– Sim, você pode. Vou me esforçar mais, nós dois vamos. Vamos fazer isso funcionar. – Há um toque determinado em seus lábios. Ele é um vencedor na vida, sempre foi. Lutar está na natureza dele.

– Nós tentamos, Simon, e nenhum de nós está feliz. Vamos ficar melhor separados.

– E como é que você vai arcar com os gastos de viver sem mim? – ele questiona. – Sua renda da clínica não vai levá-la muito longe.

– A questão não é dinheiro. – Sei que não vou poder encontrar muita coisa. Uma quitinete no máximo, ou um quarto encardido em um apartamento compartilhado. – Quer mesmo que eu fique com você por causa do seu dinheiro?

Seu riso é duro e sem humor.

– Quero.

Estendo a mão e envolvo o rosto dele nas mãos. Sua pele é fria e úmida.

– Isso não é verdade. Você não iria querer que eu fosse uma caçadora de fortunas mais do que eu iria querer que você fosse meu papaizinho. Isso não é jeito de ter um relacionamento. A gente se casou porque se amava, porque queria ficar junto. – Minha voz falha. – Porque funcionávamos juntos.

– Ainda podemos funcionar. Dê algum tempo, podemos encontrar outro terapeuta, podemos ir duas vezes por semana, se for preciso. Apenas me diga o que fazer e eu vou fazer.

– Quantas vezes vamos tentar? – pergunto. – Me fale, quando foi a última vez que você se sentiu realmente feliz?

Ele para por um instante, o suficiente para limpar os olhos com um lenço muito branco.

– Não sei.

– Eu também não, e isso não está certo. Você merece ser feliz, nós dois merecemos. – Inclino o corpo para frente até que nossa testa se toque. É um gesto íntimo, mas não sensual. Como é possível quando nossos olhos estão tão turvos pelas lágrimas?

– Sei que nós dois vamos nos sentir mais felizes dentro de algum tempo.

Nove anos antes

Cinquenta e dois por cento. Não é repetência, mas foi por um pouquinho de nada. Leio o número de novo e me pergunto se eu deveria ficar satisfeita ou chocada. Parte de mim está radiante por eu ter passado, apesar dos meus piores temores. Não vou ter de repetir um ano, nem ficar de recuperação no verão. Não vou ter de rastejar na frente dos meus pais, passando o chapéu para suplicar que eles paguem um quarto ano de faculdade.

Mas *cinquenta e dois por cento.* Apenas três pontos a menos e eu estaria em um mundo de problemas. Deve ser um alerta, um lembrete de por que estou aqui. Uma segunda chance para fazer as coisas direito.

Quando entro no ateliê, Niall não está. Em vez disso, encontro Digby debruçado sobre algum tipo de monstruosidade de argila, com o rosto contorcido de concentração.

– Niall está por aí? – pergunto.

Digby levanta os olhos.

– Faz algum tempo que não o vejo.

– Queria saber onde ele está.

– Eu não sei. – Ele volta os olhos para sua argila e começa a moldar o que parece ser um braço. – Ele disse algo sobre ir buscar uns materiais.

Tento esconder a decepção, mas ele percebe. Passei muito tempo com Digby desde que fumamos viúva branca juntos na casa dele. Ele me leva para tomar café e me escuta falar sobre Niall por horas. Às vezes até se junta à conversa.

Estou começando a suspeitar que ele tem uma queda pelo Niall tanto quanto eu. Por alguma razão, não me faz sentir ciúmes. Ter alguém que saiba exatamente como me sinto é reconfortante. Como se eu não estivesse ficando totalmente louca.

– Você vai à festa mais tarde? – ele pergunta. Vai acontecer uma grande rave em um dos salões mais suntuosos. DJS e pista de dança. Um monte de drogas. Estou ansiosa por isso há semanas.

– Vou, não perderia por nada no mundo. – Vou desfrutar do hedonismo enquanto eu puder. Só resta uma semana antes de eu ter de ir para casa, passar as férias de verão. Voltar para mamãe e papai, para o céu encoberto de Essex. Voltar a fingir que sou uma boa menina.

Estou morrendo de medo.

– Você me reserva uma dança? – Ele me mostra um olhar fofo, para combinar com o pedido. Vou sentir falta de suas expressões engraçadas durante o verão.

– Claro. Macarena eu só danço com você.

Mas não dançamos juntos naquela noite.

Nem nunca mais.

Hoje

18

Simon e eu conversamos sobre como mudar minhas coisas para o quarto de hóspedes. Não digo que já tentei uma vez. Desta, eu vou até o fim. Conversamos mais nos últimos dias do que nos últimos meses. Com o espectro do nosso casamento moribundo finalmente tendo levado o golpe de misericórdia, somos capazes de encontrar algum meio-termo.

Isso me dá esperança de que possamos, em algum momento, descobrir o santo graal dos casais separados: a amizade. Não posso imaginar uma vida onde Simon não existe mais. Espero não precisar.

Na segunda-feira, nos separamos amigavelmente. Ele vai para o escritório, e pego um táxi para o edifício de concreto cinza que abriga o departamento de serviço social. Daisy espera por mim do lado de fora, fumando freneticamente uma bituca de cigarro. Sua saia preta é um pouco curta demais, e o suéter é um pouco apertado demais. Só espero que percebam o esforço que ela fez para parecer limpa e respeitável.

Ela me vê e joga o cigarro no chão, apagando-o sob a sola da bota preta. Indico com a cabeça o cinzeiro de metal afixado na parede, e ela rapidamente pega e joga lá dentro.

– Você está pronta? – pergunto. Faltam dez minutos para o horário que marcamos com Grace O'Dell, mas não faz mal chegar um pouco antes. Daisy afirma com a cabeça freneticamente antes de mudar de ideia e dizer que não.

– Vomitei minhas entranhas hoje de manhã – ela confidencia. – E se eles nunca a deixarem voltar para casa?

Passo o braço em volta dela e caminhamos para o prédio.

Nós nos identificamos na recepção, o segurança nos dá crachás temporários que penduramos no pescoço. Há uma fileira de cadeiras de um lado da sala e ele indica para aguardarmos lá. Daisy caminha até um bebedouro com água gelada, e seus lábios se curvam para cima quando ela coloca um pouco de água em um copo de papel.

– Nunca vi um desses ao vivo antes. É irado.

Ela drena o copo e se serve de um segundo, antes de finalmente se aproximar e se sentar ao meu lado. Suas pernas balançam constantemente, seus olhos percorrem a sala com nervosismo, e coloco a mão em seu ombro para acalmá-la.

– Está tudo bem.

Embora ela acene com a cabeça, a expressão de medo permanece.

– Eu só a quero de volta.

– Eu sei.

Daisy fica cada vez mais nervosa, à medida que os minutos vão se passando. Seus movimentos se tornam maníacos e suas perguntas ficam sem fôlego. Quando Grace finalmente aparece na porta de segurança, não sei dizer qual de nós duas ficou mais aliviada.

– Desculpem o atraso, está uma confusão só aqui no escritório esta manhã. Minha última reunião durou meia hora além do previsto. – Ela nos mostra um sorriso contrito. – Ainda assim, estamos todos aqui agora. Podem me seguir, por favor?

Antes mesmo de se levantar, Daisy me lança um olhar nervoso.

– Aonde estamos indo?

– Apenas a uma sala de reuniões. Alguns colegas meus estão lá, e as anotações do seu caso também. Nada para se alarmar.

A garantia não faz nada para acalmar Daisy. Seu nervosismo é palpável. Quase posso senti-lo vibrando no ar. Procuro sua mão enquanto caminhamos pela porta de segurança, apertando seus dedos frios apenas para mostrar que estou aqui.

– Por favor, sentem-se. – Grace aponta para duas cadeiras vazias.

A sala é pequena, cerca de três metros quadrados; mal cabem uma mesa e cinco cadeiras. Nós nos esprememos para passar por duas pessoas já sentadas – colegas de Grace, imagino – e pegamos nossos dois lugares vagos na extremidade. Assim que se senta, Daisy começa a se balançar sobre as duas pernas traseiras da cadeira. O movimento provoca um chiado nos pés de borracha sobre o chão de ladrilhos. Seguro o espaldar de sua cadeira para deter o movimento, mas em seguida puxo a mão depressa.

Ela não é criança, então por que eu estou tratando-a como uma?

– Certo, acho que estamos prontos para começar. – Grace remexe em alguns papéis enquanto fala. – Como vai você, Daisy?

– Quero minha filha de volta.

Sem se abalar, Grace mostra um sorriso.

– Bem, é sobre isso que vamos discutir aqui hoje. Talvez possamos começar com algumas apresentações?

Descobrimos que o homem sentado em frente à Daisy é um funcionário do abrigo onde Allegra está hospedada, e a mulher mais velha é uma representante do conselho. Grace começa descrevendo as principais questões relacionadas ao caso de Allegra e explica sobre a internação de Daisy no hospital.

Ouvir as especificidades da boca de outra pessoa é angustiante. Sinto-me sufocar quando eles descrevem as ocasiões específicas em que Allegra foi negligenciada, deixada em casa e ignorada em geral. Se eu mesma não conhecesse Daisy, olharia para ela e chegaria à conclusão de que é uma péssima mãe. Mas ela não é. Quando Daisy destina toda sua atenção à Allegra pode ser uma mãe incrível. É sua inconsistência que preocupa tanto. Por essa razão apenas, estou feliz que ela esteja no radar dos serviços sociais.

Enquanto Grace se refere a alguns relatórios, Daisy começa a se balançar na cadeira de novo. Ela olha pela janela, seus olhos vidrados como se não estivesse realmente ali. Tento prestar atenção extra, sabendo que eu provavelmente vou ter de explicar tudo de novo quando sair.

– E você cortou todas as relações com seu ex-namorado?

Tenho que cutucar Daisy, que olha duas vezes.

– O quê?

– Você cortou qualquer vínculo com… – a oficial do conselho vasculha suas anotações – o Sr. Darren Tebbit?

– Nós terminamos.

A mulher acena com a cabeça e faz algumas anotações em seu bloco. Vejo sua esferográfica fazer voltas e curvas pela página, e tento entender o que ela está escrevendo. Capto algumas palavras, mas nada que me diz como a reunião está indo.

Enquanto Grace detalha todas as interações que Allegra teve com os serviços sociais, a raiva inunda minhas veias. Há situações sobre as quais tenho conhecimento; a ocasião em que Daisy desapareceu com Darren por uma semana inteira, a overdose que a deixou inconsciente na calçada fora do seu apartamento. Mas há um milhão de outros pequenos incidentes que também não conheço. Visitas ao pronto-socorro para um dedo quebrado e lacerações, relatórios da escola sobre hematomas nos braços de Allegra. Todos eles ocorreram durante os períodos em que Darren passou com Daisy.

A miríade de indicadores se destaca de forma tão robusta que já não fico mais preocupada se Allegra não voltar para casa.

Estou mais preocupada que ela *volte.*

Em seguida, o representante do abrigo nos dá um resumo de suas descobertas. Ele confirma o que já sabemos, que Allegra é uma menina muito reservada. Ela encontrou extrema dificuldade em se adaptar lá. Quando ele explica que os pontos altos de sua semana têm sido nossos passeios aos sábados, sinto lágrimas nos olhos.

Graças a Deus nunca dei ouvidos a Simon.

Quando enfim chegamos à conclusão, Daisy ainda está olhando pela janela; é como se ela não estivesse realmente conosco. Grace tem de dizer seu nome três vezes para fazê-la virar a cabeça bruscamente.

– Chegamos a uma série de recomendações que acreditamos ser o melhor para a segurança da sua filha – explica Grace. – Para os próximos dois fins de semana, nós vamos recomendar direitos de visita. Você vai poder buscar Allegra às 17h na sexta-feira e devolvê-la ao abrigo no domingo às 16h.

Finalmente, Daisy presta atenção.

– Só nos fins de semana?

– Nas duas primeiras semanas. Depois disso, se as visitas forem bem, vamos devolver a custódia total de Allegra.

– Vou tê-la de volta? – Um sorriso radiante irrompe nos lábios de Daisy. – Sério?

– Ela vai permanecer no Registro de Risco por um período de seis meses, e então faremos uma revisão do caso. – Grace começa a delinear o plano de ação multiagências que eles desenvolveram, que inclui uma fiscalização rigorosa, visitas domiciliares e a exigência de que Daisy frequente a clínica semanalmente. Por sua vez, Daisy apenas balança a cabeça, concordando com tudo sem realmente prestar atenção.

– Você ouviu isso, Beth? – ela pergunta. – Vou ter meu bebê de volta.

Balanço a cabeça para ela, quase sem poder olhá-la nos olhos.

– Eu ouvi.

Grace começa a passar alguns papéis para Daisy olhar e, embora eu me apoie na mesa, não consigo me concentrar neles. Ainda estou pensando nas lacerações, nos hematomas e no dedo quebrado. Como não percebi nada disso? Tenho visto Allegra regularmente durante os dois últimos anos e nunca notei um único arranhão.

Que tipo de amiga isso faz de mim? Sou adulta, eu deveria saber, eu poderia tê-la protegido. Uma sensação de náusea se aloja na boca do meu estômago, aninhada como se estivesse aqui para ficar, e começo a pensar em todas as vezes que defendi Daisy. Expliquei que, embora ela fosse dependente química, é uma boa mãe porque ama realmente a filha.

Mas que tipo de mãe permite que o namorado maltrate a filha? Não me importo que seja um arranhão ou uma fratura, *Darren machucou Allegra.*

Quando Grace encerra a reunião, Daisy e eu caminhamos de volta para o lobby, devolvendo nossos crachás temporários. Estou atordoada quando finalmente saio no ar da brilhante manhã. Minha mente está repleta de hematomas e hospitais. Não posso olhar para Daisy quando nos despedimos. Em vez disso, fico remexendo na bolsa como se tivesse perdido alguma coisa e mostro um sorriso apertado em resposta aos agradecimentos dela. Observo-a se dirigir à estação de metrô, socando o ar como se fosse uma vitória.

Chamo um táxi com o humor bem mais sombrio, tentando segurar as lágrimas que estão lutando para se derramar. Quando deslizo no banco detrás, faço uma promessa silenciosa à Allegra de que não importa o que aconteça, não importa o que eu acabe tendo de fazer, Darren Tebbit nunca, jamais, vai tocá-la novamente.

E estou falando sério.

19

Há mais uma coisa que preciso fazer. Mesmo no meio de todo o resto, só consigo pensar em Niall Joseph. Durante quase seis semanas, não ouvi nenhuma notícia dele, exceto uma desculpa ocasional via Michael. Está começando a parecer que ele é uma invenção da minha cabeça.

Cristo, como sinto falta dele.

O que vai fazer você feliz, Beth?

Quero fazer as pazes com Niall. Odeio a maneira como deixamos as coisas tão tensas no ar. Se vou mesmo retomar o controle da minha vida, como Louise me incitou a fazer, não quero me arrepender de nada.

E me arrependo de tê-lo feito sofrer. Muito mesmo.

No final, envio uma mensagem de texto. Simples, mas eficiente. Algumas palavras para ver se ele morde a isca, se pretende falar comigo novamente.

Sei que você não está doente.

Claro, ele não responde. Não sei se eu esperava mesmo que ele respondesse. Só queria que ele soubesse que eu não sou idiota, que eu estou pensando nele. Ele precisa saber que eu não vou desistir tão facilmente.

No dia seguinte, envio outra mensagem. Dessa vez, um pouco mais forte. Uma pergunta em vez de uma declaração.

Por que você não fala comigo?

Outro dia de silêncio. No entanto, não me ofendo com a falta de resposta. Na verdade, estou começando a esperar por isso, enviar as mensagens, falar que ainda estou por perto. No terceiro dia, tento uma abordagem direta.

Estou com saudades.

Me arrependo assim que envio. É um pouco sincero demais. Decido que vai ser minha última tentativa, a última coisa que eu quero é parecer uma perseguidora. Mas, em seguida, alguns minutos mais tarde, meu telefone começa a tocar. E estou tremendo quando levanto o aparelho. Ver o nome dele no visor faz meu estômago apertar com náuseas de ansiedade.

– Alô? – sussurro. O silêncio que se segue me faz pensar que ele não me ouviu. Assim que estou prestes a repetir a palavra, Niall começa a falar:

– Beth, você está aí?

Limpo a garganta.

– Estou aqui.

– Deus do céu, por que não pode me deixar em paz? Foi você que amarelou, foi você que me repeliu. Quer me torturar, é isso? – Ele fala de maneira pausada naturalmente, mas parece mais forte do que o normal. Tento não vacilar diante de sua veemência.

– Me desculpe, Niall, eu… – Era isso o que eu queria? Me sentir culpada e infeliz de uma só vez? Meu pai um dia me disse que eu sou meu pior inimigo, e estou começando a acreditar que ele estava certo. – Não tive a intenção de fazê-lo sofrer. Achei que a gente era amigo.

– Você definitivamente parecia amigável. – O sarcasmo escorre de suas palavras. – O que você quer de mim, Beth?

– Eu quero que a gente volte para o que era antes. Sinto sua falta na clínica e as crianças também. Nós queremos você de volta.

Há silêncio do outro lado. Espero por uma resposta, todo meu corpo está tenso.

– Niall, você me ouviu?

– Ouvi. – Sua voz é baixa, e tenho que me concentrar para ouvir. – Só não entendo por que você está me dizendo isso agora.

– Porque sinto sua falta. – As palavras surgem da minha boca como se estivessem correndo para serem ouvidas. – As crianças também estão sentindo sua falta. A aula de Arte não é a mesma sem você.

– O que você quer que eu diga? Que vou estar de volta amanhã, fingindo que nada aconteceu? Que nós podemos rir, brincar e tirar sarro um do outro como se aquele beijo fosse só minha imaginação?

É isso o que realmente quero? Esquecer aquele beijo lindo, sensual, incrível? Apagar as palavras que a mãe dele sussurrou para mim? Me esquecer de tudo, exceto da nossa amizade?

– Cameron Gibbs fez um cartão para você. *Cameron Gibbs, droga.* O mesmo garoto que rouba galerias de arte e enfrenta policiais realmente pintou um cartão para lhe dizer que sentiu sua falta. Isso não quer dizer nada?

– Claro que sim – ele responde. Sua voz é densa. – Você não acha que sinto falta deles também?

E de mim?

– Então, volte. Prometo não fazer mais nada para o deixar aborrecido. Não quero fazer você se sentir mal...

– Você acha que isso é culpa sua?

– Não é? Fui eu que o beijei e depois fugi. Eu é que sou casada. Claro que a culpa é minha.

– Você não sabe de nada. No instante em que eu a vi na porta, eu soube que ia beijar você. Não me importei se você era casada, na verdade, e ainda não dou a mínima. Eu só conseguia pensar em como você estava e como eu sabia que seria a sensação de ter você nos meus braços.

Prendo a respiração enquanto ele fala. Quase consigo sentir a firmeza de seus bíceps nas laterais do meu corpo. Lembro-me de como ele me olhou antes de pressionar os lábios contra os meus. Como se eu fosse a oitava maravilha.

– Eu também o beijei. – Minha voz é pequena. Entre nós dois, sou eu que tenho mais culpa. – Eu não deveria...

– Jesus, Beth, você não entende? Eu queria que você me beijasse também. Ainda quero. É por isso que não posso vê-la de novo.

– Você poderia fazer isso? – pergunto. – Poderia ir embora e esquecer que alguma coisa aconteceu?

– Eu fui embora. Não sou o tipo de cara que corre atrás de mulher casada. Não vejo emoção nenhuma em perseguir algo que não é meu. – Ele suspira profundamente. – Não vou ser a pessoa que vai arruinar tudo para você.

– Você é gentil demais. – Minha voz falha.

– Eu sei.

A pressão no meu peito vai aumentando.

– Não foi você que arruinou tudo, fui eu.

– Você é muito dura consigo mesma. – Seu tom amolece. – Assume a culpa quando não é necessário. Às vezes a vida é uma porcaria, não é culpa de ninguém, simplesmente acontece. Eu parti para cima de uma mulher casada; não é culpa sua. Você ficar com Simon também não é culpa sua. Por mais que me mate dizer isso.

Não tento corrigi-lo. Não quero que ele pense que eu só estou ligando para ele porque me separei de Simon. Isso é o mais distante possível da verdade. Estou ligando porque quero ser feliz. Porque quero meu amigo de volta. Mesmo se isso for tudo o que pudermos ser.

– Por favor, pense em voltar para a aula, mesmo que apenas por causa das crianças. Posso até pedir a Cameron que faça outro cartão para você.

Pela primeira vez, o riso soa quase genuíno.

– Vou pensar no assunto.

Nós dois ficamos em silêncio por um momento. Não porque não há nada a dizer, pelo menos não da minha parte. É porque há tudo para ser dito, mas sei que não posso fazê-lo. Não posso dizer o quanto minha vida está mudando. Há algumas coisas que a gente só pode dizer a outra pessoa cara a cara, quando é possível ver a reação, compreender as emoções do interlocutor. Então eu me forço a manter o equilíbrio, quando só o que quero é colocar tudo para fora.

– Acho que é melhor eu desligar – digo, tentando manter a voz estável. – Talvez a gente possa se ver em breve?

– Talvez. – Sua voz é baixa. – Eu também sinto muita falta daqueles meninos.

E de mim, quero perguntar novamente. *Você sente falta de mim?* Claro que não pergunto. Mordo a língua e tento respirar, lembrando-me de que é apenas um começo.

– Está bem, então, vou ficar de dedos cruzados.

– Pode ficar. – Uma pausa. – E você? Você está bem?

Quando respondo, percebo que estou sorrindo.

– Sabe de uma coisa, Niall? Acho de verdade que vou ficar.

20

Niall volta para a clínica na semana seguinte. Estou sentada na mesinha no canto da classe, fazendo planos para os lugares dos convidados no evento beneficente. Entre o bufê, leilões e entretenimento, não está me sobrando muito tempo para dormir. Talvez por isso eu não o note de imediato. Estou muito ocupada em resolver a situação dos O'Donahue e mudando-os para uma mesa vazia mais perto do palco.

– Oi. – Sua voz é baixa, mas há um ar de superioridade em seu andar quando ele entra na classe. Não parece ser a caminhada da vergonha.

– Você deveria ter ligado – digo. – Eu teria preparado um novilho gordo.

Ele olha para baixo e sorri mais.

– Sempre achei que você fosse uma novilha magra.

Ele me pega de surpresa, não pela súbita reaparição, mas também pelo tom leve de brincadeira. Sua resposta súbita é confusa, mas há algo sobre ela que acende uma pequena chama dentro de mim. Balanço a cabeça, olho para baixo para que ele não possa ver meu sorriso e, lentamente, escrevo o nome dos O'Donahue em sua nova mesa.

Aja normalmente, digo a mim mesma.

– Então, o que você estava planejando fazer hoje? – Ainda estou olhando para a mesa, mas meu sorriso não sumiu. Quando finalmente olho para ele, Niall está sentado sobre a mesa, olhando o papel.

– O que é isso? – diz, ignorando a pergunta.

– Planos para o evento beneficente da clínica. Estou tentando descobrir o melhor plano de lugares para os convidados. Os pobres Smithson já foram mudados de lugar três vezes.

Ele ri e puxa o papel em sua direção.

– Onde você me colocou?

– Você vai?

– Vou, a Elise me convidou. – Ele percebe minha sobrancelha levantada e rapidamente acrescenta: – Alguns de nós, da galeria, vamos. Ela também me pediu que doasse uma pintura para o leilão. Eu ia falar com você sobre isso.

– Sobre o quê? – Ainda estou chocada simplesmente por ele estar aqui, que dirá falar comigo.

– Sobre o tipo de pintura que eu deveria doar. Se há alguma coisa em particular que você está procurando.

– Eu não sei. Eu...

– Ei, eu tenho uma ideia, por que você não vem e dá uma olhada no ateliê? Posso lhe mostrar uns trabalhos que tenho feito e alguns dos meus desenhos antigos. Você pode me ajudar a escolher qual deles doar. – Ele me olha com expectativa.

– O quê? – Alguns dias atrás ele estava me dizendo que não poderia suportar me ver de novo. Agora, aqui está ele, sentado na minha mesa, um sorriso sexy brincando em seus lábios. Sei que deveria preferir o Niall convencido ao Niall devastado que vislumbrei antes, e prefiro. Porém, ainda não consigo descobrir o que causou tal transformação. – Não sei se tenho tempo.

Ele se inclina para frente até seu rosto ficar a centímetros do meu, tão perto que posso sentir sua respiração aquecendo meu rosto.

– Arranje tempo – ele sussurra, e é preciso todas as minhas forças para não estremecer. Ele não perdeu nada de sua potência nas poucas semanas em que fiquei sem vê-lo; se posso dizer alguma coisa, penso que ele está mais atraente do que nunca.

Penso sobre todas as coisas que eu ainda tenho de fazer: as visitas ao hotel onde vai acontecer o evento, reuniões com os músicos e organização da impressão de material. Mal terei um minuto livre para mim mesma nas próximas duas semanas.

Droga, vou arrumar tempo. Claro que vou.

– Está bem.

Só posso descrever seu sorriso resultante como "convencido". Tento ignorar o efeito que tem sobre mim. Tento esquecer a última vez em que estivemos juntos em um ateliê, quando ele me colocou de costas em uma mesa e envolveu minhas pernas em seus quadris. Reprimir essas memórias não é tão fácil assim.

Estou quase aliviada quando ele desce da mesa e caminha até a porta para pegar uma caixa de materiais. Eu me pego acompanhando-o com olhos arregalados, observando a forma como a parte de trás de sua calça jeans fica justa quando ele se abaixa, querendo que sua camiseta suba o bastante para eu ver sua pele.

– Pensei que a gente poderia estudar algumas obras do Klimt – ele diz em voz alta, mas quase absorvida pelo papelão. É o suficiente para eu me recompor e me lembrar de onde estamos.

– Eles vão adorar as cores – digo. – Mas não sei se os garotos vão gostar dos penteados.

Vinte minutos mais tarde, as crianças entram de uma vez. No início, a atenção delas é tomada pela súbita reaparição de Niall. As reações vão desde prazer até silêncio, dependendo da idade e do que eles entendem como uma percepção descolada. Cameron faz um aceno de cabeça, o que é praticamente o Oscar de reconhecimento dos garotos descolados, e me lembro de algo que tenho vontade de perguntar a ele desde a semana passada.

– Cameron – digo, quando chego à sua mesa. – Posso lhe pedir um favor?

Com um gesto dramático, ele levanta uma sobrancelha e pisca com o outro olho.

– É só pedir.

– Não esse tipo de favor, Cameron. – Suspiro. – Você mora no mesmo condomínio da Allegra, não mora?

Ele imediatamente parece suspeitar.

– Moro.

– Você acha que poderia ficar de olho nela? Me dizer se acontecer alguma coisa, ou se você vir algo estranho?

– Quer que eu fique espionando?

– Não – respondo, apesar de ser exatamente isso. – Só quero que você cuide dela e me diga se vir algum homem entrando no apartamento da mãe dela.

Ele aperta os olhos.

– Por que eu deveria fazer isso?

– Porque você está me devendo uma? – sugiro. – Porque estou preocupada com ela e quero saber se ela está bem?

Ele esfrega o queixo com o polegar e o indicador, como se estivesse pensando no meu pedido.

– O que eu ganho em troca?

– Ah, não sei, talvez a consciência de que você está fazendo algo de bom para alguém? Ou, se preferir, você pode pensar nisso como retribuição por eu ter ficado com você por horas numa delegacia de Londres, quando eu poderia estar num jantar.

– Oh, vai jogar na cara mesmo? Lamento ter arruinado sua noite, Vossa Majestade.

– Você está perdoado. Ou vai estar se fizer isso para mim.

Ele dá um suspiro exagerado.

– Tá bom, tá bom. Vou ser seu espião, já que você insiste. Posso chamar você de Srta. Moneypenny?

Eu tento não rir.

– Não.

Um beicinho simulado.

– Dirigir um Aston Martin?

– Nem pense nisso. – Começo a ir embora.

– Posso comer um monte de mulheres e participar de perseguições de lancha? – ele diz em voz alta, atrás de mim. Desta vez, escolho ignorá-lo, mas é quase impossível esconder o sorriso. Cameron pode ser um moleque insolente, mas não consigo deixar de gostar dele.

Quando a aula termina, as crianças saem umas por cima das outras, ruidosamente, gritando e se empurrando em um esforço de serem as primeiras a passar pela porta. Cameron me dá uma piscadela exagerada, e Allegra corre e joga os braços em volta da minha cintura.

– Você ficou sabendo? – pergunta ela, sem fôlego. – Vou ficar na casa da minha mãe neste fim de semana. Ela disse que vou morar com ela logo, logo. – Allegra olha para mim, rosto iluminado, olhos brilhantes. Sinto uma pontinha de vergonha pela forma como persuadi Cameron a ficar de olho nelas.

– Fiquei sabendo, você está animada? – Tento ecoar seu entusiasmo, mas soa falso para meus ouvidos cansados. Essa sensação incômoda no meu interior simplesmente não quer desaparecer.

– Mal posso esperar. Minha mãe diz que podemos decorar meu quarto e comprar uma colcha nova.

Está vendo?, digo a mim mesma. Nenhuma menção a Darren. Não sou insensível a ponto de abafar seu entusiasmo com minhas preocupações.

– Uau, e de que tipo você vai comprar?

Ela dá de ombros.

– Não sei, mas com certeza alguma coisa rosa. Eu amo rosa.

Sua afirmação do óbvio me faz sorrir. Estou prestes a responder quando sua assistente social coloca a cabeça na porta e olha para Allegra.

– Você está pronta? Tenho um táxi esperando lá fora.

– Desculpe. Fui eu que a segurei aqui. – Mostro um sorriso e pego um pedaço de papel da minha mesa, rabisco apressadamente o meu número de celular e entrego à Allegra. – Aqui, guarde este número com você para o caso de precisar de alguma coisa – digo, tentando manter a voz leve. – Você pode me ligar a qualquer hora e depois me contar qual colcha você escolheu.

Ela enfia o papel no bolso e sai correndo. Faço uma aposta comigo mesma de que vai acabar na máquina de lavar ao anoitecer, com a tinta escorrendo e se misturando na água enquanto gira e gira. Eu daria um celular a ela se pudesse, um com meu número na discagem rápida, mas seria um pouco estranho. Muito estranho. De qualquer maneira, eu não teria como fazer isso.

– Você está bem? – Niall para ao meu lado, com os braços cheios de latas de tinta. – Parece a quilômetros de distância.

Apenas uns quinze quilômetros, eu acho. Em um condomínio de concreto caindo aos pedaços, onde pessoas podem ser espancadas e quase morrer e seus vizinhos nem mesmo notarem. Onde as crianças exibem contusões como braçadeiras e ninguém nem pisca.

Respiro fundo.

– Estou bem. Só tenho coisas demais para fazer nas próximas semanas. Não sei como vou conseguir encaixar tudo.

– Posso ajudar com alguma coisa?

– Você é bom em planejamento de lugares?

– Uma merda? – Ele oferece. Tento não rir.

– Em lidar com gerentes de hotel, gente com frescura para comer, músicos, gráficas? – Começo a desfiar minha lista de desgraças. – Criar catálogos de leilões...

– Bom, com isso eu posso ajudar. Já trabalhei em exposições suficientes para saber catalogar.

Olho para ele diretamente nos olhos.

– Quem é você e o que você fez com Niall Joseph? Sabe aquele idiota malvado, mal-humorado, que não queria responder minhas mensagens?

– Estou tentando ser seu amigo – ele admite. – Eu disse que seria e fracassei absurdamente, então estou tentando uma segunda vez, *amiga*.

A forma como ele diz dispara pequenos impulsos de eletricidade que percorrem minha espinha de cima a baixo. Ficamos ali por um instante, olhando um para o outro. Me sinto idiota, porque não consigo pensar em nada para dizer em resposta. Assim, em vez disso, fico ali parecendo tonta e tentando não rir.

– Posso acompanhá-la até lá fora? – pergunta ele. Por um momento, penso em cavalheiros vitorianos cortejando senhoras acompanhadas por damas de companhia.

– Não… eu… hum… tenho que terminar aqui. Vou demorar pelo menos umas duas horas.

– Sem problemas. Vou terminar de limpar e depois vou deixar você em paz. Você está livre na segunda-feira para ir ao ateliê? Podemos escolher uma pintura e conversar sobre catálogos.

Sorrio antes de responder.

– Você acreditaria se eu dissesse que essa é a melhor oferta que recebi em semanas?

Depois de uma hora olhando para nomes no mapa de assentos, percebo que agora estou apenas olhando para o nada. Meus olhos estão ardendo e estou morrendo de fome, para não mencionar o fato de precisar de uma injeção de cafeína. Então sigo para a pequena cozinha no primeiro andar, na esperança de que alguém não tenha comido todos os biscoitos Bourbon antes de eu ter a chance de pegar alguns.

Não passo muito tempo na clínica fora dos horários estipulados. É diferente quando não há pacientes no edifício. Sem vida e estéril. Se minha vida fosse um filme de terror, esta seria a parte em que os zumbis invadem.

Quase rio quando encontro Lara na cozinha. Embora ela não seja uma morta-viva, está com a aparência péssima. Há sombras escuras debaixo de seus olhos, e seus lábios estão secos e rachados. Parece que ela não tomou líquido nenhum durante semanas.

– Ei, você está bem? Parece horrível. – Claro, eu lamento imediatamente a diarreia verbal.

Seu rosto se enruga.

– Estou grávida.

Por um momento, minha respiração enrosca na garganta.

– Parabéns! Ai, meu Deus, não posso acreditar. – Faço menção de abraçá-la, mas ela se inclina sobre a pia e vomita. Afasto seu cabelo do rosto enquanto espasmos reviram seu estômago. Mesmo que não saia nada, sinto náuseas de solidariedade.

– Pobrezinha – murmuro. – Há quanto tempo isso vem acontecendo?

– Uma semana – diz ela, entre espasmos. – É uma coisa horrível. Ninguém fala o quanto faz a gente passar mal.

– Mas você vai ter um bebê! Isso é maravilhoso. – Acaricio seu cabelo enquanto ela limpa a boca. Não há nem mesmo um traço de ciúme em mim a respeito de seu estado de gravidez. Apenas entusiasmo, ansiedade e um monte de compaixão. Ela parece mal de verdade.

– Eu sei. Eu deveria estar animada e correndo por aí, mas só me sinto péssima o tempo todo. Quem chamou isso de enjoo matinal era um idiota, ou um mentiroso.

– Você pode tomar alguma coisa para isso?

Ela nega com a cabeça.

– O médico diz que é normal. Na verdade, ele chegou ao ponto de dizer que é um bom sinal, porque estudos mostram que mulheres que sentem enjoo são menos propensas a sofrer aborto.

Tento não rir da expressão no rosto dela. Uma mistura de horror e raiva, com uma pitada de ansiedade.

– Se os homens menstruassem e tivessem bebês, imagine como o mundo seria subpovoado.

– Você não está errada. – Ela toma um gole de água, girando o pescoço como se para relaxar a tensão. – De qualquer forma, o que você está fazendo aqui tão tarde?

Enrugo o nariz.

– Coisas do evento.

– Ai, coitada de você. Faz a gente analisar o enjoo matinal de outro modo. – Ela quase sorri. – Ainda assim, pelo menos você sabe que vai acabar em algumas semanas.

– Acabo de receber uma oferta de ajuda.

– De quem?

– Niall. Ele parecia realmente… estranho, na verdade. Nada parecido com o cara que gritou comigo no telefone na semana passada. Ele foi atrevido, quase convencido. – Enrugo todo o rosto, tentando a descrição correta. – Parecia que ele estava flertando comigo.

Lara se distrai com a claraboia, olhando-a como se fosse algo incrível.

– Lara?

Ela olha para mim. Sua expressão é quase culpada.

– Alex pode ter contado a ele sobre você e Simon se separarem – ela confessa.

Oh.

Acho que essa poderia ser a explicação. O tom descontraído. A maneira como ele sorriu para mim e me chamou de *amiga*.

– Espero que ele não tenha tido a ideia errada – digo. Lara sabe que não estou procurando nada, nem ninguém; não agora, quando ainda estou sob o teto de Simon. Estamos tentando manter as coisas amigáveis. Partir para outra tão depressa seria errado.

Ela balança a cabeça, e noto um pouco de cor voltando ao seu rosto.

– Ele não iria tentar nada. Ele sabe que você está vulnerável, e não acho que Niall seja um idiota. Ele se sentiu muito culpado sobre beijá-la e depois lhe dar um gelo.

– Não quero que ele se sinta culpado. Eu só... – O que eu quero? Não sei mais. Tudo o que sei é que o retorno à nossa amizade fácil de hoje foi como encontrar um farol em meio a uma tempestade. Me ancora e me levanta ao mesmo tempo. Vê-lo me deixa mais feliz do que estive em semanas. Se pudermos ser amigos, estou plenamente disposta. – Não quero dar falsas esperanças a ele, eu acho.

– Você não está fazendo isso. Não vai fazer. – Ela parece muito certa... Adoro a crença que ela tem em mim. Eu só queria ter a mesma certeza.

Nove anos antes

O ar está denso com entusiasmo e hormônios, que se elevam dos corpos de trezentos estudantes dançando. Bêbados, chapados, em busca de diversão. Estamos quase desesperados em nossa necessidade de comemorar. De nos sentirmos jovens e livres. Queremos roubar a noite e torná-la nossa, porque, ao longo dos próximos dias, vamos arrumar nossas coisas e voltar para casa.

Então dançamos e bebemos e engolimos e fazemos tudo o que sabemos que não deveríamos.

Um palco improvisado foi montado no terreno. A música que pulsa dos enormes alto-falantes pretos tem uma vida própria. Serpenteando em torno de nossos corpos e encharcando nossa pele. Pulsando em nossas veias até que nos tornemos uma massa orgânica, suada. Pulando na grama macia, nosso cabelo balança, gritamos as palavras até nossa garganta protestar e nossos pulmões ameaçarem explodir.

Os braços de Niall estão firmes em volta da minha cintura, as palmas das mãos apoiadas na minha barriga. Estão suadas e quentes, mas eu não as afasto. Em vez disso, eu me inclino no corpo dele e o deixo me puxar com a multidão até sermos parte de uma enorme onda de corpos, indo e voltando com a música.

Vamos girando, e é tão bom que faz minha pele formigar. Nosso jeito de dançar e mexer é sensual; uma orgia sem o sexo. Gotas de suor encharcam meu cabelo antes de se derramarem pelo meu rosto. Eu as enxugo, ocupada demais em dançar para sequer me importar com minha aparência.

À minha esquerda, noto que Digby parou de pular com a música. Seu rosto está quase inchado, mas seus lábios estão pálidos e azulados. Embora ele não esteja mais dançando, seu corpo ainda está se mexendo, sendo empurrado para lá e para cá pela multidão como um objeto à deriva na maré.

– Você está bem? – Tenho de gritar duas vezes. Chego mais perto dele e toco seu braço. Está quente como fogo.

– Estou, só preciso fazer uma pausa. – Ele ainda está balançando. – Vou pegar alguma coisa para beber.

Abro a boca para me oferecer para ir com ele, mas a música muda e os braços de Niall apertam minha cintura. Viro-me e olho para ele. Niall está sorrindo para mim, e por um momento seu sorriso apaga os pensamentos do meu cérebro. Só consigo focar na boca. Pressiono os lábios contra os dele e fecho os olhos, sentindo o fogo se acender dentro da minha barriga.

Quando os abro novamente, Digby não está mais lá. Digo a mim mesma que ele vai ficar bem, que vai pegar uma bebida, vai voltar e todos nós vamos continuar dançando, celebrando as horas finais da nossa liberdade hedonista. Não faz sentido procurar por ele; Digby poderia estar em qualquer lugar, fazendo qualquer coisa, e ele vai voltar em poucos minutos.

Só que ele não volta.

Hoje

21

Passo a maior parte do fim de semana trabalhando. Em uma paródia estranha do que costumava ser o nosso casamento, Simon e eu nos sentamos à mesa da sala de jantar, olhando para nossos respectivos laptops, parando de vez em quando para fazer uma xícara de chá um para o outro. Ele me fala sobre seu caso atual – uma disputa de uma década sobre os limites de uma propriedade – e eu lhe ofereço histórias sobre encomendas de comida que tive de negociar. É tranquilo e leve, nada como a tensão dos últimos meses.

Em nenhum momento essa trégua me faz lamentar minha decisão. Se posso dizer alguma coisa, essa situação reforça que era o caminho certo. Renegociamos nossas posições, encontramos novas que nos deixam confortáveis na companhia um do outro. Se fôssemos adolescentes, eu diria que entramos na zona de amizade.

Na segunda-feira, luto contra a hora do rush matinal para me encontrar com Niall. Ele me surpreendeu ao sugerir que nos encontrássemos às 9h, fazendo uma oferta de café e bolos. Concordei prontamente, embora eu sempre achasse que ele fosse do tipo que dorme até tarde.

Seu ateliê fica em um armazém antigo, convertido em uma série de salas pequenas, mas utilizáveis, a maioria das quais povoadas por um pessoal artista. Há ceramistas e tecelões de cestos, pintores e escultores. Quando vejo a luz entrar pelas janelas altas vitorianas, percebo exatamente por que eles todos ficam agrupados ali; o brilho do sol é como uma demão de cal sobre os tijolos marrons do armazém. Ilumina, faz tudo parecer muito claro. Lindo.

Ando pela varanda do primeiro andar e chego a um pequeno sótão no canto do prédio que abriga Niall Joseph, o Artista. Embora eu esteja carregando uma bolsa enorme cheia de anotações e catálogos, a única coisa realmente pesada é essa sensação de desespero. A necessidade de vê-lo novamente puxa minha alma. Quanto mais me aproximo, mais meu coração começa a acelerar. Minha respiração fica rasa quando a porta dele entra no meu campo de visão. Tenho de me lembrar de que somos amigos, que esta é uma reunião de negócios. São 9h da manhã de uma segunda-feira, pelo amor de Deus, mas não consigo tirar esse sorriso bobo do rosto.

É o cheiro de café que me atinge primeiro. O aroma de grãos torrados escapa das frestas ao redor da porta metálica, sobrepujando o cheiro terroso de tinta e o odor marcante de terebintina, e me chama até que eu esteja batendo na porta dele.

– Oi. – Ele parece sem fôlego quando abre, mas é seu sorriso que rouba o meu. A luz inunda pela janela atrás dele, projetando um brilho vago atrás de seu corpo.

– Oi para você também. Estou sentindo cheiro de café?

Ele balança a cabeça.

– Não, isso é o aroma amargo dos meus sonhos perdidos.

Ele pega minha bolsa sem perguntar e eu o sigo até o minúsculo enclave, olhando ao redor para me familiarizar. Uma das paredes é repleta de prateleiras cheias de tintas e pincéis e tudo o mais que ele possa precisar. A oposta tem desenhos pendurados – em vários estágios de confecção: de leve rascunho a traços mais grossos a lápis. A terceira parede tem uma série de telas apoiadas umas sobre as outras, e são elas que chamam minha atenção. Lembro-me de como fiquei impressionada com as obras dele quando as vi pela primeira vez na galeria de Elise. As que estão aqui são tão incríveis quanto aquelas.

Quando olho para Niall, ele está de costas para mim, mexendo com a cafeteira.

– Como você prefere? – pergunta, sem olhar em volta.

– O ateliê?

– Não, Beth, como você prefere o café? – Ele se vira e olha para mim, com um divertimento que ilumina seus olhos.

– Bastante leite e dois cubos de açúcar, por favor.

Ele faz como pedi, resmungando algo sobre sacrilégio.

– O quê?

– Café não é sorvete. É para ser forte e amargo. – Ele me dá uma caneca, e seus dedos tocam os meus por um breve instante. – Aposto que você adora um bom café com leite.

– E eu aposto que você só bebe café expresso. – Tomo um gole; é quente e delicioso. – Você é um esnobe do café.

Quando ele ri, os cantos de seus olhos ficam vincados.

– Eu levo café muito a sério.

Eu percebo. Ele tem um canto no ateliê dedicado a isso. Um moedor, um pote com grãos, uma cafeteira e as canecas estão todos alinhados como um santuário à cafeína. Há algo muito característico de Niall ali. Gosto dessas pequenas nuances em sua personalidade, os pequenos insights sobre que tipo de homem ele é. Um bom homem, eu acho. Gentil e forte.

– Em que você está trabalhando? – Vou até a parede onde ele pendurou os esboços, estudando as linhas de seu lápis, querendo percorrê-las com os dedos. Quando ele para atrás de mim, seu braço roça meu ombro, e ouço sua respiração suave enquanto ele observa os desenhos comigo.

– Um banco em Dublin encomendou dez quadros para o novo escritório. Estou trabalhando em algumas propostas para eles.

– Que legal. – Viro-me e olho para ele, mas Niall apenas dá de ombros.

– O garoto local se deu bem. Conta uma boa história, explica por que eles estão gastando tanto dinheiro em coisas inúteis.

– Não é qualquer garoto local – aponto. – Eles escolheram você. Isso tem de significar alguma coisa.

Ele é modesto demais para responder. Termino o café e lavo a caneca na pia. Em seguida, sorrio para ele.

– Me mostra suas pinturas? – peço.

Ele começa a rir.

– O quê? Sem conversa fiada primeiro? Nenhuma discussão sobre técnicas ou seus artistas favoritos? Apenas um direto "põe pra fora"?

Inclino a cabeça de lado.

– Você quer preliminares artísticas? – Um pequeno alarme começa a ecoar no meu cérebro. Eu o ignoro e em vez disso me concentro na forma como os lábios dele se curvam.

– Um artista gosta de ser cortejado. Palavras bonitas, pequenos elogios...

Quero dar um passo adiante e envolver seu pescoço com meus dedos, puxar sua cabeça para baixo até que os lábios pressionem os meus. Quero que ele tire tudo de cima da mesa velha com um movimento simples de braço e me deite sobre ela até ambos ficarmos ofegantes.

É por isso que recuo um passo.

– Nesse caso, por favor, você poderia me mostrar seus quadros, porque você é um artista incrivelmente talentoso e quero muito vê-los? – Sarcasmo. Minha espada e meu escudo.

Ele percebe a mudança de tom e responde à altura.

– Eu só estava brincando. Sou como um homem que leva a foto dos filhos por aí. Basta tocar no assunto e começo a esfregar as fotos na sua cara, esperando que você me diga como são lindas as pinturas que faço. – Ele indica a parede oposta com a cabeça. – Vou mostrar no que ando trabalhando.

Ele me fala sobre a exposição que está planejando para dali a alguns meses, vagamente intitulada "Corpos de arte". Fico olhando para as pinturas que ele fez até agora, enquanto ele explica o conceito. Fico maravilhada com a forma como ele consegue escolher o tom certo de cor, como usa a textura certa para dar vida às suas pinturas. Ele me conta sobre o modelo que encontrou com queimaduras de terceiro grau, e o portador de psoríase cuja pele está praticamente saindo. Ele fala de densidade muscular e estrutura óssea, e me apego a cada palavra sua, como se fosse algum tipo de tiete de arte.

– Eu lhe mostrei isto? É o projeto do encarte de CD do Alex. – Ele pega uma tela pequena, quadrada e segura-a para eu ver. O fundo branco está coberto com pinceladas coloridas, cada uma se curva sobre a seguinte. Os tons se misturam para formar uma silhueta no centro. – É um pássaro – diz ele, sorrindo ironicamente. – O álbum se chama *Fear of Flying*, ou seja, medo de voar.

– Igual ao nome da banda? É bonito. – Na verdade, é lindo, mas sinto que já bajulei o suficiente. Como sempre, a maneira como ele sobrepõe as camadas de cores me faz querer tocá-las. Como se, ao senti-las, eu pudesse me conectar com Niall.

Gostaria de saber se o desejo de tocá-lo nunca vai desaparecer.

– Eles parecem ter gostado. Vão usar camisetas da turnê. – Seu olhar cruza com o meu. – Eu vou ser famoso.

Desta vez nós dois rimos.

Uma tela velha no canto, uma que não olhamos, chama minha atenção.

– O que é essa?

Ele guarda de novo a pintura que estava segurando e rapidamente responde:

– Nada.

Claro, sua resposta vaga me faz querer ver o quadro com mais detalhe. Dou um passo à frente e curvo os dedos em torno da moldura de madeira, tirando-a da parede. A primeira coisa que vejo é pele cor de creme, em seguida, um pescoço delgado, curvando-se em ombros delicados.

Um nu. Não sei por que me afeta. Talvez porque seja muito realista, e sei que ele precisou de uma modelo. Uma pontada de ciúme crava as garras no meu estômago assim que percebo que a imagem mostra praticamente tudo, exceto o rosto.

Niall quase corre para arrancá-la das minhas mãos. Suas bochechas ficaram tão vermelhas quanto as minhas.

– Eu posso explicar…

– Você não me deve nada.

Ele continua como se eu não tivesse dito uma palavra.

– Eu terminei naquele verão. Foi provavelmente a única coisa que me manteve são depois que Digby morreu. Fiz esboço após esboço de memória, e de alguma forma finalmente a imagem surgiu. – Ele ergue os olhos e parece envergonhado. – Eu nunca tinha mostrado a ninguém.

Levo um momento para registrar o que suas frases confusas querem dizer. Pego a tela suavemente de suas mãos e a observo. Sigo com os olhos a curva dos meus seios, a maciez das minhas coxas. Quero chorar, porque é lindo. A garota que eu era, antes de tudo dar errado, está capturada para sempre em óleo e tela. Pele sem mácula, sonhos intactos – estão todos ali para serem vistos.

– Você guardou. – Minha voz fica embargada, mas tento não chorar.

– Foi a única coisa que guardei. A única coisa boa daquele tempo. Aquelas últimas semanas passaram em branco. Tomamos droga demais e fizemos coisas loucas demais. Mas em algum lugar havia uma pequena semente de algo incrível.

Ele parece tão desolado que pego sua mão. Imediatamente, seus dedos envolvem os meus.

– É verdade – concordo.

Ficamos em silêncio por um instante. Estou consciente da maneira como ele está me segurando. Da maneira como ele está olhando para mim. A batida do meu coração é quase ensurdecedora.

– E agora? Ainda existe alguma coisa aqui? – ele pergunta.

Minha voz é um sussurro.

– Acho que sim.

Com cuidado, ele pega a tela e a coloca de volta no lugar. Em seguida, passa os dedos pelo meu rosto. Fico olhando para seus lábios, absorvendo a cor, a forma como eles tremem. Não consigo nem mesmo respirar, com tanto medo de que eu vá fazer alguma coisa, ou dizer alguma coisa, que estrague o momento. Em vez disso, fecho os olhos, sentindo o cheiro dele quando sua testa repousa na minha.

– Eu vou esperar o tempo que for preciso – ele me diz. – Vou estar aqui; você só tem que dizer as palavras.

Niall tem cheiro de café e hortelã. Os dois perfumes se misturam enquanto ele respira lentamente, dentro e fora. Abro os olhos e o encontro olhando diretamente para mim. Tenho que engolir em seco antes de encontrar forças para falar.

– Você vai esperar por mim? – pergunto. – Porque não estou pronta, não agora. Com a separação e... – Minha voz some.

Ele segura meu rosto nas mãos ásperas e beija minha testa suavemente. Seus lábios continuam ali quando ele começa a falar:

– O tempo que for preciso.

22

A manhã do evento beneficente chega com uma tempestade feroz. Sacode as janelas e me faz acordar em pânico, imaginando se o hotel tem guarda-chuvas suficientes ou se há algum lugar onde eu possa alugar. Às seis horas estou na cozinha, bebericando uma caneca de café e pesquisando na internet por coberturas que possamos montar na entrada da rua.

Estou ficando cada vez mais nervosa. Meu sangue-frio de uma semana atrás já ferveu, deixando para trás uma mistura de revolta e ansiedade que mata meu apetite. Sabiamente, Simon tem passado a maior parte de seu tempo no escritório, evitando a futura ex-mulher um tanto maluca que anda assombrando a casa.

Quando ele coloca a cabeça pela porta da cozinha a cada noite, anunciando que vai para a cama, prometo a ele em silêncio que, assim que esse evento estiver fora do caminho, vou ficar invisível. Ele já tem uma filha de vinte e poucos anos. Se eu não colocar algum espaço entre nós, corro perigo de me tornar a segunda.

Na maior parte do tempo ele tem sido ótimo. Cortês quando pergunta como estão as coisas, doce quando pergunta se ainda devemos ir juntos – ao que respondo, *claro, sim*. Ele pagou pela mesa, afinal de contas, e seus amigos é que vão ocupar os lugares. Não quero constrangê-lo, deixando uma cadeira vazia ao lado dele. Sei que estou fazendo parecer mais fácil do que realmente é – afinal, não é muito confortável compartilhar a casa com alguém de quem queremos nos separar –, mas, depois da dor que passamos, esta fase parece quase fácil em comparação.

Quando ele se levanta no sábado, já cuidei da cobertura para a chuva, já falei com o pessoal do bufê , já estou de banho tomado e vestida, pronta para ir ao hotel. Meu vestido está pendurado na porta em um saco para transporte de roupa, porque não vou ter tempo de voltar e me trocar. Vejo-o lentamente servir-se de café, uma *Times* enrolada na outra mão. Ele se vira e sorri para mim.

– Você está bem? Eu a ouvi virar de um lado para o outro na cama na noite passada.

Por alguma razão, isso me faz corar. Sua atenção parece quase íntima demais.

– Atrapalhei seu sono? Desculpe...

– De modo algum. Só quero ter certeza de que está tudo bem.

– Me pergunte às sete da noite. Se eu ainda estiver viva, claro.

Desta vez, ele sorri.

– Você quer que eu chegue cedo?

– Não, está tudo bem. Você não vai querer me ver arrancar os cabelos. Basta chegar lá depois das sete e prometo não arrancar sua cabeça com uma bocada.

Simon vem até mim e bagunça meu cabelo. É um gesto simples, mas me vejo com vontade de me afastar para trás, como se seu toque fosse inadequado. Não sei se ele percebe o desconforto no meu rosto, mas se afasta, volta para o café e para as palavras cruzadas.

Fico ali por muito tempo, enquanto ele preenche os quadradinhos com sua letra elegante. Quando ele toma um gole da xícara, uma sensação de nostalgia toma conta de mim. Tudo está mudando. Não vou ficar aqui por muitas outras manhãs de sábado. Não vou vê-lo resolver palavras cruzadas ou se encolher quando coloco creme demais no meu café. Ele vai estar aqui, eu vou estar em outro lugar, e a vida ainda vai continuar. O pensamento me deixa melancólica.

– Acho que é melhor eu ir.

O dia é passado em meio a um caos organizado. Consigo contar errado o número de convidados, colocar dois itens de leilão diferentes em lugar trocado e perder as estribeiras com o chef executivo quando ele me diz que não há frango suficiente para todo mundo. Cada vez que consigo resolver uma minicrise, a próxima arreganha os dentes e ri da minha inépcia. Quando vou a um quarto para tomar banho e trocar de roupa, a única coisa de que tenho certeza é que tudo que poderia dar errado deu errado.

Lara chega poucos minutos depois de eu sair do chuveiro, e o cabeleireiro, meia hora depois. Nos oferecem champanhe, mas nenhuma de nós aceita – Lara porque não pode, e eu porque não me atrevo.

– Quando você começa a procurar casa para morar?

– Procurar quarto – corrijo, porque isso é tudo pelo que posso pagar. – Semana que vem. Eu disse que ia fazer isso assim que o evento passasse.

– E você ainda está bem com essa ideia? Deve ser difícil sair daquela casa linda.

Nós dois sabemos que ela não está falando de tijolos e argamassa.

– Não é fácil – admito. – Mas é o certo. Não posso ficar num lugar só porque é o mais fácil de se fazer.

Uma hora mais tarde, os convidados começam a chegar ao hotel. Estou vibrando com a ansiedade enquanto os vejo guardar os casacos na chapelaria e socializar na área do bar, onde os garçons oferecem taças de espumante. Ando de grupo em grupo, apertando mãos, sorrindo sempre que necessário, embora meu riso estridente pareça fora de tom até mesmo para mim. A essa altura eu deveria estar relaxada, mas parece que não há fim à vista para meus nervos em frangalhos. Quando um garçom passa de novo por mim, pego uma taça de champanhe e viro de uma vez, desejando poder fazer alguma coisa para deter o tremor nas minhas mãos.

Simon chega com alguns velhos amigos. Embora sorriam para mim, percebo que ele já lhes contou a nossa situação. Vejo nos olhos deles quando falam comigo, o jeito como os olhares baixam do meu rosto para meu vestido, como se estivessem me julgando por usar as roupas que ele me comprou.

Somente quando Elise entra percebo a verdadeira fonte da minha ansiedade. A posição de Niall ao lado dela, vestindo um smoking preto e gravata. Quando cruzamos olhares, minha boca de repente seca, e tenho de tomar mais uma taça de champanhe. Viro o rosto, tentando não olhar para a postura que Niall mantém, ou o que o traje faz com sua aparência. Mas, mesmo quando não estou olhando, ainda sinto seu olhar.

– Está tudo magnífico, querida – Simon sussurra no meu ouvido. Sua mão pressiona minhas costas como se fosse meu dono. A esta altura já não sei se estou enxergando coisas onde não há ou se ele está querendo mostrar alguma coisa. Meu discernimento parece fora de prumo.

– Obrigada – murmuro. – Tudo deu certo no final, graças a Deus.

Por que eu não pensei nisso antes? O fato de que eu ia ficar no mesmo salão com esses dois homens. Embora os dois possam ser classificados como *ex*, meu envolvimento com eles não parece tão distante assim. Só parece estranho e cruel. Para eles, para mim, para todos. Não admira que eu estivesse tão ansiosa; meu subconsciente deve ter tido um dia daqueles.

É quase um alívio quando a presidenta da instituição da clínica chega e me puxa de lado para discutir seu discurso. Volto para o modo de trabalho e discuto a programação da noite, com destaque para nossos maiores doadores, e conversamos sobre o catálogo de leilão. A noite fica ainda melhor quando me deparo com Alex, apoiado no bar. Ele está exibindo um smoking ajustado azul-escuro com uma gravata fininha. Seu cabelo está penteado para trás com gel, suas tatuagens espreitam do colarinho e dos punhos da camisa.

Lara está à esquerda, conversando com um dos nossos doadores mais prestigiados. Ela acena para mim, depois se vira e dá uma risada estridente. Estamos todos em nosso melhor comportamento esta noite.

– Oi, linda. – Alex me puxa para um abraço, que retribuo com entusiasmo.

– Você está incrível. – Puxo de leve sua lapela de cetim. – Onde você encontrou isso?

– Era do meu tio. Sou o único sobrinho magro o suficiente para entrar nessa roupa.

– Então não engorde – digo a ele. – Esta aqui tem que ficar com você.

– Aliás, como você está? Lara me disse sobre você e Simon.

Ela move a boca em volta de um "desculpe" e depois se afasta. Escondo um sorriso. Às vezes ela é muito intrometida.

– Indo. – Me oferecem outra taça de champanhe, mas recuso ao garçom com a cabeça. Já estou zonza. – Melhor agora que concordamos em nos separar.

Claro que ambos escolhemos esse exato momento para olhar em direção a Simon, que ainda está com seu grupo de amigos. Ele está olhando para nós, e por algum motivo a falta de expressão em seu rosto me faz querer tremer.

– Quando você vai sair de casa? – pergunta Alex.

Quase posso ver as orelhas de Lara balançarem.

– Ainda não tive chance de encontrar nenhum lugar. Andei muito ocupada com a organização do evento. Vou começar a procurar na segunda-feira.

– Ah.

– O quê?

Alex dá de ombros.

– Não sei. Só passa uma mensagem estranha para o cara. *Vou me separar de você, mas ainda estou morando com você.*

Lara chuta a canela dele com o sapato vermelho-vivo.

– Simon não está achando ruim. Ele sabe por que estou demorando. Só vamos esperar que eu não demore uma eternidade para encontrar algum lugar. Vou sair da aba dele em breve.

– Claro que ele não está achando ruim. – Alex ri. – Se ele não quer que você saia.

Um arrepio gelado percorre minha coluna.

– O que você quer dizer?

Lara desiste de sua conversa e se junta a nós.

– Sim, o que você quer *dizer*?

– Por todo o dinheiro que ele tenha, Simon ainda é homem e nós somos criaturas bem simples. Você quer sair, saia. Quer ficar, fique.

– Você acha que ele está feliz porque ainda estou vivendo com ele? – O pensamento não tinha me ocorrido.

– É claro que não está – diz Lara.

– Só estou dizendo que, se ele quer que você fique, então um pássaro na mão é melhor do que dois voando. Talvez ele tenha uma falsa sensação de esperança. – Alex dá de ombros e bebe a cerveja.

– Ai, Deus, você acha que eu estou dando falsas esperanças? – De repente, me sinto enjoada.

– Alex, pelo amor de Deus. – Lara bufa. Ela parece tão ansiosa quanto eu. – Agora não, por favor.

Alex percebe meu rosto pálido e esfrega gentilmente meu braço.

– Não estou dizendo que você está dando falsas esperanças. Só estou dizendo que ele não parece um homem que está pronto para se desapegar. Quanto antes você sair de casa, mais rápido vocês dois vão poder seguir em frente. – Ele me dá um pequeno sorriso. – Sabe, o sofá lá em casa está sempre à disposição. Senti falta de ver sua carranca logo cedo.

– Aposto que ela não sentiu falta da sua – Lara brinca. Eu sorrio, tentando não me sentir tão desanimada.

São em momentos assim que sei o quanto Alex e Lara têm sido bons amigos para mim. Eles têm o menor dos apartamentos em Londres, um bebê a caminho, e ainda estão me oferecendo um teto.

– Não vamos precisar chegar a esse ponto – digo. – Tenho certeza de que vou encontrar um lugar logo, logo.

Quando nos sentamos para jantar, ainda estou pensando sobre o comentário de Alex. Tudo o que Simon faz é motivo de análise, desde a forma como ele puxa a cadeira antes de eu me sentar, até sua atenção constante com a garrafa de vinho. Ele sempre foi um cavalheiro – do tipo que se levanta quando uma dama se levanta –, mas há uma linha tênue entre bondade e flerte. Ele está começando a cruzar essa linha.

– Mais vinho, querida? – Ele roça o dedo na minha mão.

– Não, obrigada. – Quando olho para a mesa de Elise, vejo Niall me encarando. Seus olhos se estreitam quando Simon se inclina para frente e sussurra no meu ouvido.

– Relaxe, está tudo indo muito bem.

Após recolherem o jantar, Millicent Clancy-Jones se levanta para fazer seu discurso. Eu mal ouço e nem sequer percebo que ela está me agradecendo até eu ver todo mundo olhando para mim, batendo palmas freneticamente. Envergonhada, faço um pequeno aceno e mostro um sorriso tenso antes de olhar para o guardanapo sobre meu colo. Esta noite está começando a parecer um pesadelo.

O leilão é o próximo item da lista, e permaneço sentada, permitindo-me relaxar um pouco. Apenas mais algumas horas e vamos poder baixar as portas por mais um ano, considerar o evento um sucesso e levar adiante o programa de extensão da clínica. Todo mundo vai para casa feliz, sentindo que doou para uma boa causa, e posso começar a procurar outro lugar para morar.

Por um instante, fico pensando sobre onde vou estar no ano que vem. Não sentada à mesa de Simon, suponho. Será que vai ser estranho ser apenas eu de novo? Fiquei acostumada a ser parte de "Beth e Simon". No entanto, o desconhecido também proporciona um lampejo de emoção. É esse sentimento que tento abraçar quando penso em tudo o que me aguarda: sair de casa, dividir os bens, ter de me acostumar com um novo espaço.

Era isso que eu queria, eu me lembro.

Mais tarde, estou na pista de dança com Simon, minha mão presa na dele, enquanto sou conduzida pelo espaço. Há estranheza em nosso contato. Estou evitando apoiar minha bochecha em seu ombro, não deixando nosso tronco se tocar. Isso me lembra da maneira como as crianças aprendem dança de salão, segurando uma à outra com a distância de um braço. Quando Simon tenta me puxar para perto, quase caio em cima dele.

– Desculpe. – Rio para esconder meu constrangimento. Posso sentir a mão pressionando minhas costas, me puxando ainda para mais perto.

Ele ri também.

– Meu dia de sorte.

Lembro-me novamente das palavras de Alex.

– Estou planejando começar a procurar um quarto para morar na segunda-feira – digo. – Prometo que em breve vou sair da casa.

– Eu gostaria que você me deixasse pelo menos ajudá-la a conseguir um apartamento. Não posso suportar a ideia de você dividir uma casa com estranhos.

– Não tem problema. Acho que prefiro dividir. – Já tivemos essa discussão antes. Ele quer comprar um lugar para eu morar, oferecer como parte de qualquer acordo. Mas, se formos por esse caminho, ele nunca vai se desapegar. Não é justo para nenhum de nós. Quero dar esse primeiro passo sozinha e deixar que os advogados cuidem do resto. Qualquer outra coisa pareceria pessoal demais.

Assim que a banda termina a música, diminuímos nosso passo. Olho para cima, esperando que Simon me solte. Em vez disso, ele aperta a mão sobre a minha, e uma expressão séria toma seu rosto.

– Me dê outra chance. – Há esperança em suas palavras. Meu estômago afunda e sinto vontade de chorar de novo. Magoar Simon é a última coisa que eu desejo.

Esforço-me para encontrar as palavras certas.

– Eu não posso...

– A gente era feliz, não era? Até os últimos meses a gente se dava tão bem. Podemos recomeçar. Vou ligar para o terapeuta, marcar uma sessão.

Não quero dizer a ele que é tarde demais, porque vai parecer que esperamos tempo demais para salvar isso aqui, e não quero pensar que algum dia foi possível salvar. Nossa relação sempre ia acabar entrando em colapso; viemos de origens muito diferentes. Eu nunca vou poder ser a pessoa que ele precisa que eu seja.

– Simon, não vai funcionar. Sinto muito, mas vou me mudar. Eu preciso. – É ainda mais difícil do que da primeira vez. Porque desta ele percebe que estou sendo sincera.

Seu rosto se torce de dor.

– Eu amo você.

Fico em silêncio, porque qualquer coisa que eu diga só vai machucá-lo mais. Ele recua, se afasta de mim e lança um triste olhar final, antes de se virar e ir embora. Fico vendo suas costas se afastarem, e meu coração se parte uma vez mais.

A noite está quase no fim quando finalmente tenho uma chance de falar com Niall. Terminei de contar as doações e fechar tudo com o gerente do hotel, e agora estou dando uma volta final. Agradecendo aos doadores e dizendo a eles que parece que juntamos uma quantia recorde. Encontro Niall sentado em um canto escuro com Alex e Lara. Vê-los é como passar um cobertor confortável nas minhas bochechas.

– Oiê! – Lara se levanta e me abraça. – Que escolha incrível de menu. E ainda consegui manter quase tudo no estômago.

– Um grande elogio, hein? Vou ter que dizer ao chef. – Abraço-a também com força e dou graças a Deus por ainda ter alguns amigos. Não sei o que eu faria sem ela.

– Você foi bem, garota. – Alex me puxa para ele e me abraça tão forte que acabo guinchando como um rato. Quando ele me solta, eu me viro e vejo Niall em pé diante de mim. Levo um instante para recuperar o fôlego.

– Oi. – Há um espaço entre nós que estou morrendo de vontade de eliminar. – Muito obrigada pela pintura. Fiquei contente de ver como ela fechou com um valor tão alto.

Ele sorri.

– Eu também. É realmente por uma boa causa. – Quando olho para baixo, percebo Niall abrir e fechar os dedos. – Você fez um ótimo trabalho.

– Me conte mais. Posso ouvir a bajulação durante a noite toda.

– Você quer que eu diga o quanto você está bonita? Ou que não consegui tirar os olhos de você a noite toda? – Sua voz é baixa, mas olho em volta de um jeito ansioso mesmo assim. Felizmente, Alex e Lara voltaram para a mesa. – Ou eu posso lhe dizer o quanto machucou todas as vezes que eu a vi com ele, mesmo que eu saiba o quanto isso é errado.

Sinto a necessidade de tranquilizá-lo, mesmo que não haja nada entre nós. Ainda não.

– Estávamos aqui apenas como amigos. Nada mais.

– Eu sei. Mas não significa que eu tenha que gostar.

Olhamos um para o outro em silêncio, e há algo em seus olhos que tanto tranquiliza quanto me anima. Eu poderia me perder em sua intensidade.

– Acho que é melhor eu ir. – Pareço quase arrependida. Não há nada que eu queira fazer mais do que me sentar com ele, rir e conversar com Alex e Lara. – Preciso terminar de agradecer aos convidados.

– Está bem – ele diz lentamente. – Mas vejo você na quinta-feira, né?

– Claro.

– E na quinta-feira seguinte?

Eu rio.

– Com certeza. – Gosto da ideia de que vou vê-lo regularmente. Temos uma razão para interagir fora de toda essa loucura que aconteceu.

O impulso de ser ainda mais louca toma conta de mim.

– Niall?

– Sim?

– Você sabe que disse que esperaria por mim?

Ele parece sério.

– Sei.

– Bem, eu queria dizer... dizer o quanto agradeço. Não pretendo fazer você esperar demais, se é que você me entende.

Ele abre um sorriso tão grande que faz meu coração doer. Também me dá vontade de beijá-lo – o que, no momento, não é uma coisa boa.

– Só espero que eu seja digna. Da espera, quero dizer.

Seu sorriso não vacila quando ele pega minha mão na sua. Ele a aperta firme.

– Você é.

Nove anos antes

Ele está morto. Só consigo pensar nisso enquanto estou sentada na sala de interrogatório da polícia. É a única coisa na minha mente durante meu depoimento ao investigador da universidade. Quando um repórter tenta me pegar no caminho de volta aos salões dos dormitórios, só consigo ver a cara vermelha e os lábios finos de Digby me dizendo de novo e de novo o quanto estava com calor, como estava se sentindo mal.

Sentada no colchão sem lençóis, no meu quarto – entre as caixas que enchi e as malas que fiz alguns dias antes –, cubro o rosto com as mãos e sinto as lágrimas molharem minhas palmas.

Mas tudo isso é um mero prelúdio para quando meu pai chega. Ele está vestido com seu melhor terno e uma gravata que ele reserva para casamentos e batizados. Percebo, pelo jeito como ele puxa o colarinho, que está muito apertado no pescoço, e que o tecido está raspando na garganta. Sua inquietação constante é uma distração ao meu lado, enquanto ele ouve as perguntas do representante de ética. Seus olhos lacrimejantes se viram para mim toda vez que ele espera minha resposta.

– A investigação vai continuar no verão – explica o representante. – Também vamos precisar esperar qualquer investigação policial antes de que seja tomada uma decisão final. O que posso dizer é que, no caso do uso de drogas, a universidade normalmente permite aos estudantes retomar os estudos se estiverem comprometidos em fazer uma disciplina de terapia.

Claro, tudo isso acontece antes de os pais de Digby se envolverem e revirarem os meios de comunicação até provocarem um frenesi. Durante todo o verão, manchetes sobre "Hedonismo" e "Tumulto estudantil" gritam dos tabloides, marcando a vergonha da nossa família em tinta borrada de jornal. Choro tanto que meus olhos ficam permanentemente inchados, com a pele ao redor deles vermelha e brilhante. Lágrimas rolam pelo meu rosto quando penso em Digby.

E no jeito como ignorei Niall da última vez em que o vi.

Embora eu tenha negado conhecê-lo, sou eu que me sinto crucificada.

Em agosto, a universidade já está farta de ser demonizada. Tomam a decisão de me expulsar, e imagino que fazem o mesmo com Niall. A notícia vem na forma de uma carta datilografada e dobrada dentro de um pequeno envelope marrom, que foi empurrado para dentro da nossa caixa de correio, às 8h33. No espaço de poucos meses, fui de uma menina de ouro acadêmico ao vício em drogas e a uma graduação incompleta. Meus pais mal conseguem olhar para mim.

Sinto falta dele, sinto falta dele, sinto falta dele. O pensamento aperta meu peito, aperta até que eu mal consiga respirar. Quando fecho os olhos, é a voz dele que ouço.

Apenas sussurros ao vento.

A única coisa que me tira da cama é o fato de não suportar ficar sozinha com meus pensamentos. Se eu pudesse fugir de mim mesma, eu o faria. Quero pairar acima das árvores, longe do meu corpo, com a mente vazia, exceto pela sensação de liberdade. Pela primeira vez, entendo por que as pessoas se cortam. O desejo de me livrar de um pouco de mim mesma, de deixar sangrar para fora de mim, é tão avassalador que mal posso ignorar. Só o medo dos meus pais me pegarem em flagrante me impede de tentar.

Setembro chega, e ainda estou enjaulada como um animal. Presa em uma rotina de dormir, comer e chorar. Com a visita ocasional de um grupo local que me rotula como pecadora e me incita a me entregar ao Senhor. Deslizo pelos meus dias como se estivesse numa overdose de calmantes. As emoções estão abafadas pela depressão que pesa sobre meus ombros como um xale de ferro.

Não choro mais. Não sinto nada. Mal sei se existo.

As árvores em nosso quintal se tornam douradas e alaranjadas, curvando-se e secando antes que as folhas caiam ao chão. O ar se torna frio, cobre os para-brisas e calçadas com a geada reluzente e brilhante como diamantes sob o sol do outono.

As estações passam, mas continuo imóvel. Uma estátua entre o borrão de mudança. Meus pais voltam à rotina normal: trabalho e tarefas domésticas, noites no clube. Sábados gastos no verde ou no campo de golfe. À medida que os meses passam, ganho um pouco mais de liberdade: a capacidade de entrar na internet, de fazer visitas à biblioteca para emprestar livros pelos quais não posso pagar. Devagar, bem devagar, começo a tomar consciência de que não posso continuar assim. Se não fizer a mudança, ninguém vai fazer. Tudo depende de mim.

Talvez sempre dependesse.

Hoje

23

Duas semanas depois, eu me mudo para um apartamento compartilhado, carregando meus pertences por escadas sem-fim até chegar a um pequeno quarto com vista para um pátio interno. Incluindo latas de lixo, bicicletas abandonadas e um gato residente, o lugar tinha todos os elementos para garantir uma noite em claro. No entanto, não são tampas de lixeira batendo ou gatos guinchando que me deixam acordada, mas um colchão estranho e a falta de calor de um outro corpo. Para não mencionar o processo de pensamento hiperativo que simplesmente não cala a boca. Fico deitada no escuro e faço planos, determinada que seja apenas um recurso improvisado. Não posso viver como uma eterna estudante.

A semana seguinte é gasta em todas as coisas ruins nas quais a gente nunca pensa antes de se mudar: alterar meu endereço em tudo e mais um pouco, fechar contratos de prestação de serviço e encontrar forças para telefonar aos meus pais e dar a notícia. Quando finalmente consigo, acabo tendo que me inclinar na janela para conseguir sinal.

– Bethany, que ótimo que você ligou. – Minha mãe está com aquele tom "temos visita" na voz. Está exagerando o entusiasmo. – Como vai, querida?

Quase posso imaginar o que ela está vestindo: alguma variação nos conjuntos de blazer e saia que ela sempre escolhe quando dá um jantar. Deve ter passado no cabeleireiro à tarde para lavar e secar, possivelmente, enquanto os bifes ficaram marinando na geladeira. Sobremesas foram compradas na delicatéssen local, porque no momento em que os convidados chegarem a ela, não vão notar que não foram feitas em casa. Mesmo que notem, vão estar muito alegres depois do vinho de sabugueiro do meu pai para se importarem.

– Estou bem. Escuta, mãe...

– E Simon, como está Simon? – Ela sempre foi fã dele.

– É por isso que estou ligando.

– Ele está bem? O que aconteceu? – Um toque de alarme envolve suas palavras.

– Não é nada disso. Decidimos nos separar. Eu queria passar meu novo endereço a vocês. – *Sabe, para o caso de vocês quererem me fazer uma visita*, adiciono em silêncio. *Chance enorme.*

Um silêncio longo e pesado, seguido de um suspiro profundo.

– Ai, Bethany. O que você fez?

Se eu viver até os 80 anos, ainda vou me sentir como essa criança pequena que nunca correspondeu às expectativas dos pais. Largo o corpo na cama e esfrego o rosto com a palma da mão. Por que tudo tem de ser culpa minha? Nenhuma menção do papel de Simon em nada disso.

– Foi uma decisão mútua. Nós dois concordamos que era melhor assim.

Há uma pausa por um instante, como se ela estivesse tentando absorver minhas palavras.

– Imagino que você vai querer voltar para casa como a filha pródiga – diz ela, irritada. – Vou ter que mexer com todos os meus cadernos. Acabamos de nos livrar da sua cama.

– Não quero voltar para casa – suspiro. – Você não precisa mexer com nada. Encontrei um lugar temporário para morar e estou procurando algo permanente. – Esfrego a cabeça, tentando acalmar a dor aguda e latejante por trás da minha testa.

– Bem, tenho certeza de que você e Simon vão resolver o problema. – Ela baixa a voz. – Basta usar uma saia curta e apelar aos instintos básicos dele. Isso é o que sempre faço com seu pai...

– Mãe! – Não sei o que é mais terrível. O fato de que ela está tentando dar uma de cafetina para cima da própria filha, ou a súbita visão que tenho dela dançando em volta do meu pai. – De qualquer forma, é melhor eu deixar você voltar para os convidados. Tenha uma noite agradável.

– Como você... ah, sim. Mas precisamos falar sobre você e Simon...

Desligo antes que ela possa compartilhar mais sabedoria. Meu dever está feito; ela não vai ligar para a casa de Simon e levar um grande choque. Mentalmente, risco essa tarefa da minha lista com um floreio, respirando fundo para me acalmar.

Ganho vida sempre que estou perto de Niall. Como um daqueles vídeos *stop motion* em que a gente vê uma flor desabrochando numa cena acelerada. Aberta e brilhante como se ele fosse o sol da primavera. Mesmo quando as crianças correm para a sala de aula com sua tagarelice animada e seus passos barulhentos, ainda sinto a força que me atrai para Niall.

Ele está na frente da classe, falando sobre a noite estrelada de Van Gogh. Há intensidade em seus olhos quando ele menciona o amarelado das estrelas e o azul-escuro do céu. Ele convida as crianças a sair e olhar para o céu esta noite, e se lembrar que é o mesmo céu que Vincent viu tantos anos atrás. Olho ao redor da sala, espantada com a forma como as crianças estão atentas a cada palavra dele.

Todas, exceto uma.

Cameron Gibbs cruza o olhar comigo e fica me olhando, depois dá uma piscadela exagerada. Demora um minuto para eu me dar conta de que ele quer me dizer alguma coisa. Ainda mais tempo para entender que ele quer falar comigo em particular. Sinto o pulso acelerar assim que percebo que ele só pode ter uma coisa a me dizer, depois do favor que lhe pedi.

Niall ainda está explicando como Van Gogh pintava quando estava internado no asilo psiquiátrico – um fato que faz as crianças mal piscarem – e percebo que só há uma coisa a fazer.

– Cameron, você pode me ajudar a pegar algumas coisas no armário de materiais? – pergunto.

Niall interrompe o discurso e olha para mim.

– Eu posso ajudar.

Em qualquer outro momento, eu teria aceitado a oferta logo de cara, porém, estou ansiosa para ouvir o que Cameron tem a dizer.

– Não tem problema, pode continuar. Só vai levar um minuto.

Quando chegamos ao armário, deixo a porta aberta para que não levantar suspeitas. Significa que temos de falar em voz baixa, mas vale a pena apenas para descobrir qual é a notícia. Há uma expressão de satisfação no rosto de Cameron, como se ele soubesse que tem todas as cartas.

– O que foi?

– Descobri algumas coisas.

O que pensei que fosse presunção, na verdade é orgulho. Derrete um pouco meu coração.

– Sobre Allegra? O que aconteceu?

– Eu vi aquele cara zanzando por lá. Aquele com o cabelo penteado pra trás e jaqueta de couro. O rosto que parece feito de papel machê.

Meu estômago despenca. Parece ser Darren. Ele deve ter tido problema com acne quando era jovem, porque seu rosto é crivado de pequenas crateras.

– Onde você o viu? – Meu tom é urgente. Preciso saber se Allegra está em perigo. – Você sabe se ele entrou no apartamento?

Cameron enruga o nariz e pensa.

– Não, eu vi o cara perto do parque. Vendendo as coisas dele, fumando com os amigos. – Seu rosto se ilumina como se ele tivesse acabado de pensar em uma ideia brilhante. – Eu poderia ficar seguindo ele da próxima vez, como um daqueles detetives. Sou liso, sigo de fininho, ele não vai nem perceber.

O medo me arrepia até o âmago.

– Não! – sussurro quase gritando, meus olhos arregalados. – Ele é perigoso. Se ele pensar que você estava procurando por ele, ele vai ficar louco da vida. – Como fui idiota, envolvendo uma criança em algo tão tolo. Sinto náusea com o pensamento de Cameron ser ferido por Darren. – Não chegue perto dele.

Ele olha para mim como se eu fosse louca.

– Eu não ia deixar que ele me visse.

– Cam – estendo a mão e aperto seu ombro –, muito obrigada por cuidar da Allegra. Você é um bom menino, mas não preciso que você continue vigiando. Está ótimo.

– Tem certeza? Eu não me importo. – Ele quase parece decepcionado. Meu peito se aperta ainda mais quando percebo que ele acha que isso é um jogo. Algo para fazer quando ele fica entediado de jogar bola com os amigos. Se digo a ele o quanto Darren pode ser perigoso, ele vai ver a coisa toda como um desafio.

– Imagina, acho que você já me pagou duas vezes. Não quero acabar te devendo. – Faço uma expressão de horror de mentirinha, esperando que ele não possa enxergar atrás dela.

– Acho que não. – Cameron dá de ombros. – Faz do seu jeito, então. Contanto que a gente fique quite?

– Estamos quites. – Aceno com a cabeça. – Definitivamente.

Eu o dispenso com algumas caixas velhas de revistas que precisam ser recicladas, orientando-o para o a lixeira grande nos fundos da clínica. Quando volto para a frente da sala, Niall me chama a atenção e inclina a cabeça.

– Tudo bem? – ele diz, movendo a boca, sem som.

Embora esteja muito longe de estar tudo bem, mostro um breve sorriso antes de concordar. Ainda não estou pronta para compartilhar isso; não até que eu pense nas implicações. Meus olhos gravitam na direção de Allegra, que está dando batidinhas com tinta dourada no papel preto que Niall lhes entregou, criando sua própria versão de *Noite estrelada*. As mangas estão arregaçadas, o suficiente para eu ver seus braços pálidos e sem marcas vermelhas ou hematomas. Verifico o resto da pele exposta: face, pescoço e pernas magras, mas não há nada para me preocupar.

Ela parece uma menina de 8 anos normal. Tão normal quanto sempre vai poder ser.

Claro, pode haver todos os tipos de horrores escondidos debaixo das roupas, ou pior ainda, sob a pele. Ando até ela e fico atrás, admirando seu trabalho. Allegra se vira e sorri para mim.

– Gostou?

– Está lindo. Aposto que sua mãe vai adorar. Ela pendura suas pinturas na cozinha? – Tento imaginar o apartamento sombrio, esperando que a bagunça lá dentro há muito tenha sido limpa.

– Talvez. – Seu rosto se ilumina como se eu tivesse sugerido algo para mudar o mundo. – Vou perguntar pra ela. A gente poderia prender na parede.

– Ou colocar no seu quarto novo? – sugiro.

Sua expressão fica sombria.

– A gente ainda não pintou. Minha mãe diz que vai pintar logo, logo.

– Imagino que você tenha ficado muito ocupada com a decoração. É bom estar em casa?

Allegra confirma com a cabeça.

– Minha mãe me deixa ficar acordada até tarde e assistir TV.

Engulo em seco.

– E você falou com seus amigos? Imagino que eles ficaram contentes em te ver.

– Falei, é legal brincar no parque com eles.

O parque fica numa das extremidades do condomínio. É o mesmo lugar onde Darren tem rondado, passando droga para crianças.

– Você vai sempre ao parque?

Ela encolhe os ombros.

– Se o tempo está bom. Caso contrário, vamos na casa da Shona e jogamos Xbox.

– E sua mãe? Ela vê muito os amigos dela?

Um olhar inexpressivo. Allegra se vira e acrescenta mais um pouco de tinta nas suas estrelas.

– Não sei. – Eu me repreendo por ser tão óbvia. Ela deve pensar que sou louca, disparando tantas perguntas.

– Bem, talvez todos nós possamos sair e fazer alguma coisa legal em breve. Ir ao cinema ou algo assim?

Allegra para de pintar novamente e olha para cima com um sorriso.

– Eu ia gostar – diz ela.

Eu também. Não digo, mas ela sabe. Já estou pensando em como posso trazer à tona o assunto de Darren e Daisy, sem deixar Allegra na defensiva. A última vez em que a vi foi do lado de fora do prédio da assistência social, comemorando o retorno da filha. Será que ela realmente desistiria de tudo, colocaria tudo em perigo por causa de um canalha como ele?

Durante o resto da tarde, deixo Niall assumir a liderança, enquanto fico sentada à mesa e tento pensar nas coisas. Minha mente parece cheia de algodão-doce: mole e pegajosa. Encontrar clareza é quase impossível. De vez em quando, Niall olha para mim, e acho que deve haver alguma coisa na minha expressão que o preocupa.

Mais de uma vez, seu olhar se transforma e se torna tão intenso que parece ver através de mim.

Não tenho a menor ideia do que fazer. Meu primeiro instinto é correr para o condomínio, pegar Darren Tebbit pelo colarinho e enchê-lo de porrada. Mas isso nunca vai acontecer. Vou acabar largada no fundo de uma vala em algum lugar. Eu poderia fazer uma visita à Grace, a assistente social, e contar a ela sobre os avistamentos. Mas assim que ela começar a me questionar e descobrir que estou confiando na palavra de um garoto de 13 anos, que já foi preso recentemente, ela vai acabar rindo e me colocando para fora da sala dela. Se falar que eu, na verdade, pedi a esse menino para ficar de olho em um criminoso – e ainda não consigo acreditar que fiz isso –, ela provavelmente iria surtar. Não importa o que eu faça, não posso enxergar uma boa solução para tudo isso.

– Um tostão por eles?

– Eu não quero te depenar. Meus pensamentos não valem tanto assim.

Niall levanta as sobrancelhas.

– Você andou a quilômetros de distância durante toda a tarde. Perdeu uma encenação horrível e divertida do corte na orelha de Van Gogh.

Meu riso soa fora de tom até mesmo para mim.

– As crianças adoram um pouco de sangue. Talvez devêssemos tornar um pré-requisito que todos os artistas cortem fora uma parte do corpo. – Olho-o nos olhos. – Exceto a presente companhia, é claro.

Ele sorri, mas não chega a atingir os olhos. Niall está muito ocupado me observando com preocupação.

– Cameron Gibbs te contou alguma coisa?

Niall é mais perspicaz do que eu achava. Maldito seja.

– Não foi nada disso. Ele não estava enchendo o saco, nem nada. Apenas pedi a ele para ficar de olho na Allegra e ele estava relatando o que viu.

Niall parece mais confuso do que nunca.

– Ficar de olho nela? Por quê?

A tentação de despejar tudo é esmagadora. Estou desesperada para compartilhar essa informação com alguém. Mas acho que metade é confidencial, e a outra metade passa uma impressão terrível a meu respeito.

– Nem sei por onde começar. – Quando olho para cima, Allegra está vindo até nós, segurando a pintura para eu ver. A ação silencia efetivamente qualquer conversa que possamos ter a respeito dela, mas não sinto o alívio que esperava. Em vez disso, sinto uma pontada de arrependimento. Quero ouvir o que Niall tem a dizer, porque sua opinião é importante para mim.

Então, quando ele vira e balbucia "depois", eu me vejo concordando com um movimento de cabeça.

24

Uma hora mais tarde, a sala de aula está vazia das crianças. As paredes pintadas de branco não mais ecoam a conversa animada, embora o chão salpicado de tinta seja prova de que elas estavam aqui. Dividimos a tarefa da limpeza, como de costume. Niall pendura as pinturas estreladas no varal de secagem que amarramos no teto, doze folhas de papel, balançando na brisa suave. Parecemos ter caído de novo no velho ritmo de lavar, empilhar e fazer um ou outro comentário. É como se nós dois soubéssemos o que vamos falar mais tarde. Por enquanto, podemos apenas não dizer nada.

Embora seja difícil não fazermos nem dizermos *nada* quando meu coração salta cada vez que Niall passa roçando de leve por mim. A segunda vez que ele faz isso, eu me pergunto se é de propósito. Ele é muito bom em ser furtivo. Quando penso em comentar, ele está do outro lado da sala, e estou abrindo e fechando a boca como um peixe demente.

Os sentimentos que tenho por Niall são confusos. Uma mistura de nostalgia e desejo, talvez, mas também há algo mais. Um anseio de estar com ele, de saber o que ele pensa sobre cada assunto. Quero conhecê-lo de novo.

Quero que ele me conheça. *A verdadeira eu*. A que estou tentando suprimir desde a morte de Digby. A que eu pensei ter deixado para trás. Acontece que ela estava aqui o tempo todo, esperando que eu a reencontrasse.

E acho que gosto dela.

– Terminamos?

Niall sorri para mim. Há uma mancha de tinta preta ao longo de sua mandíbula e, sem pensar, estico a mão para limpá-la. Como uma resposta reflexa, a mão dele circunda meu pulso, mantendo meus dedos apoiados em seu rosto.

Nenhum de nós respira.

– Você está com tinta aqui – digo, finalmente. – No rosto. Tinta preta. – Estou falando coisas sem sentido? Nem sei mais.

Ele relaxa os dedos em volta do meu pulso e move a mão para cobrir a minha.

– Estou? – Nem uma vez ele afasta os olhos de mim.

Minha palma pressiona com mais força a pele áspera. Sua barba está começando a aparecer na pele. Arranha, mas, de alguma forma, gosto da sensação. E enquanto fico aqui, meus pensamentos se dirigem de volta para aquela noite no apartamento dele, recordando a sensação do maxilar no meu pescoço, no meu peito, na minha bochecha. Queimava de uma forma muito sensual.

Relutante, puxo a mão e a deixo apoiada no quadril.

– Acho que é hora de voltar para o meu quarto glamoroso.

– Você está gostando de lá? – Embora sua voz seja uniforme, seus olhos ainda estão dilatados. Gosto da maneira como eu o afeto.

– Foi um pouco estranho no começo, me acostumar a viver em apenas um cômodo. É bom ter um lugar que eu possa chamar de meu, apesar de tudo.

– O que você faz à noite? Divide a tarefa de cozinhar com os colegas de apartamento?

Eu rio, pensando nas embalagens para viagem espalhadas pela nossa pequena cozinha.

– Não, quase não os vejo, para ser sincera. Acho que eles preferem kebabs à nouvelle cuisine.

– Você não fica assistindo televisão com eles?

– Não temos sala de estar. – Foi estranho no começo, perceber que não havia espaço comum. Acho que o proprietário queria espremer cada centavo que podia de seu imóvel. O que costumava ser a sala de estar é agora um terceiro quarto – Só os vejo quando estou preparando uma xícara de chá. Não é tão ruim.

Ele enruga o nariz.

– O que o Simon acha? Ele não quer pagar por algo melhor para você?

– Não quero que ele pague. Não foi por escolha dele que me mudei. Não quero parecer que estou explorando.

Seria muito errado. Tudo o que Simon tem, ele possuía antes de nos casarmos. Se eu tentar pegar a metade, só estaria comprovando o que todo mundo disse, e não quero que Simon pense jamais que me casei com ele por nada além das razões certas. Mesmo no nosso ponto mais baixo, a última coisa que pensei foi levar dele o que ele tinha. O dinheiro é dele, não meu. Eu gostaria que continuasse assim.

Não que Simon concorde. Quando disse a ele para onde ia me mudar, ele praticamente teve um ataque. Mas não posso considerar a gentil oferta que ele me fez de um apartamento.

– Parece injusto que ele tenha tudo e você esteja vivendo em um quarto sujo. Você sabe que a oferta do meu quarto vazio continua em pé.

Ele é tão doce que tenho vontade de abraçá-lo. Seria tão fácil me mudar para o apartamento dele. Entrar em um relacionamento. Talvez nunca sair. Mas se for para Niall e eu algum dia acabarmos juntos, não vai ser por falta de opção. Desta vez, quero que qualquer relacionamento esteja em pé de igualdade.

– Não tem problema. É apenas um lugar para eu ficar enquanto resolvo tudo. Eles não fazem muito barulho, não têm festas loucas. Só ficam na deles.

Diane e Peter. Ainda demorei alguns dias para me lembrar de seus nomes. Essas são as pessoas com quem estou dividindo um banheiro.

– Bem, sempre que precisar escapar, você sabe onde estou. – Ele não diz mais nada, apenas se aproxima e pega o paletó de um gancho no fundo da sala. – Quer uma carona para casa?

Tento não rir. Meu apartamento fica localizado no lado exatamente oposto ao dele, e Niall sabe disso. Estou prestes a recusar quando uma ideia me vem à mente.

– Na verdade, você tem tempo o bastante para fazer um desvio? Queria verificar uma coisa.

O carro dele ainda fede como uma lagoa morna. Não parece ter sido limpo desde a última vez em que estive aqui, e me vejo chutando uma garrafa de Coca-Cola vazia, querendo saber se é a mesma que ficou no assoalho do carro por todo esse tempo. Ele entra pelo lado do motorista e estende as longas pernas para pisar na embreagem. Tento não ver os músculos de sua coxa repuxarem o jeans.

– Então, onde estamos indo?

– Você conhece o Whitegate Estate?

Ele se vira e me olha nos olhos.

– Só por reputação. – Sua voz é baixa. – Por que você quer ir lá?

Respiro fundo e deixo a cabeça cair para trás no encosto de cabeça.

– Allegra MacArthur mora lá com a mãe.

– Certo…

– Quero verificar se ela está bem. – Olho-o de novo, e ele está esperando pacientemente que eu explique melhor. Por um momento, fico parada e tento descobrir as palavras certas – A mãe dela tem um namorado vai-e-volta e acho que ele pode já ter machucado Allegra antes. Quero ir lá e ver se ele anda rondando.

– Ele foi embora?

Outra respiração profunda.

– Depois que mandou a Daisy para o hospital com ferimentos múltiplos. Agora me disseram que ele pode estar de volta.

– Por que não chamar alguém? A polícia ou o serviço social?

É uma boa pergunta, mas não uma que eu esteja particularmente satisfeita em responder.

– Porque fiz uma coisa idiota – admito. – Pedi a Cameron Gibbs para ficar de olho nela e me contar se Darren aparecesse.

– Darren é o namorado? – Niall esclarece. Ele desiste de tentar ligar o carro e se vira para mim. – O que bate nelas?

– É. Sei que é idiota, mas não posso chamar o serviço social apenas para dizer que Darren anda rondando o condomínio. É apenas uma coisa que me disseram; eles ririam de mim. Se eu pudesse ver com meus próprios olhos, pelo menos eu teria algo para dizer.

– E se ele não estiver lá?

– Então posso ir para casa sabendo que Allegra está a salvo.

Ele estende a mão e passa o dedo ao longo da minha bochecha. A intimidade do gesto é quase dolorosa. Sinto queimar a linha que ele traça no meu rosto.

– Certo, vamos. Mas se você sair do carro, vou com você.

Demora um tempo para chegarmos lá. A hora do rush impede nosso progresso a cada poucos quarteirões, e ficamos parados por longas filas, enquanto motos e entregadores passam por nós num tiro, costurando em meio aos veículos. Nenhum de nós diz muito: eu porque estou muito ocupada em me preocupar com Allegra, e Niall em se concentrar na rua.

Chega um momento em que ele se inclina para frente e liga o rádio, e o DJ da hora apresenta o programa com pedidos dos ouvintes. Começa a tocar The Fray, e nossos olhos se encontram.

Essa canção estava nas paradas do ano em que Digby morreu. Conforme a bela melodia preenche o interior do carro, me pergunto se Niall a ouviu tanto quanto eu.

– Odeio essa música. – Ele desliga o rádio. "How to Save a Life" desaparece.

– Tocava em tudo quanto era lugar naquele verão... eu não conseguia escapar. E cada vez que eu ouvia, parecia que estava sendo julgada.

– Não era você que merecia julgamento. Você não fez nada de errado.

O silêncio é tão pesado que chega a doer. Posso sentir sua dor se dissolver na minha.

– A gente era praticamente criança, Niall. Não foi culpa sua.

– Eu dei a ele a bala. De quem foi a culpa?

Paramos de novo em frente a alguns semáforos temporários. Alguém buzina.

– Você também me deu uma e ainda estou viva – digo com firmeza. – Foi uma daquelas coisas. A culpa não está nas suas costas.

– Também não está nas suas. Quando você vai perceber isso?

Fecho os olhos e consigo imaginar Digby fechando a mão em torno do comprimido quando Niall lhe entrega. Nós três engolimos pílulas brancas minúsculas. Procurando êxtase e encontrando apenas a morte.

– Eu deveria ter dado ouvidos. Quando ele disse que estava passando mal.

Os dedos de Niall tamborilam no volante em um ritmo silencioso.

– O coitado nunca teve chance. Ele foi diagnosticado com um defeito cardíaco congênito na autópsia. Você sabia disso?

Neguei com a cabeça, sentindo a náusea crescer no estômago do jeito que sempre faz quando penso nele. Naqueles dias.

– Eu li nos jornais. Saiu no inquérito.

Isso faria sentido. Parei de ler qualquer coisa depois dos dois primeiros dias. Ver a mídia impressa me difamando era mais do que eu poderia suportar.

– Ele ainda não teria morrido se não fosse pelo E.

– Verdade. Mas nenhum de nós sabia o que iria acontecer, nem ele. – Niall inclina a cabeça para o lado, e olha para mim com uma expressão curiosa no rosto. – Você ainda pensa muito sobre isso?

– Penso – respondo. – Por um longo tempo, não consegui pensar em mais nada. Levei uma eternidade para me perdoar por não ir junto com ele naquela noite.

A voz de Niall é fraca.

– Ele teria morrido de qualquer maneira. Você sabe disso, não sabe? Não foi culpa nossa.

– Mas ele não teria morrido sozinho. – Essa é a pior parte. Saber que ele estava sofrendo sem que ninguém cuidasse dele.

– Verdade. – Os carros à nossa frente começam a andar e Niall os segue, avançando pela pista com o Fiesta. – Mas é o que é. Você entende o que quero dizer? Em algum momento, você tem de aceitar que isso aconteceu e tentar seguir em frente. É o que venho tentando fazer.

– Eu sei. – Ele está certo. Eu sei que está.

– É por isso que você trabalha na clínica? Para expiar a morte dele?

Mostro um pequeno sorriso.

– No começo, eu acho. Agora trabalho lá porque amo as crianças. Elas são as vítimas nisso tudo, e os potenciais viciados do amanhã. Se eu puder fazer a diferença, tudo vale a pena.

– Você faz a diferença. Posso te garantir.

Quando paramos em Whitegate Estate meu coração acelera. As ruas estão vazias, exceto pelas pilhas de lixo cobrindo as calçadas e um carro queimado e abandonado, estacionado de qualquer jeito na beira da rua. Levo Niall em direção ao parque, grata por seu carro ser dilapidado o suficiente para não chamar atenção.

Paramos perto do parquinho, onde um grupo de crianças está pendurando num gira-gira, com os cabelos jogando na brisa. Os balanços foram requisitados pelos adolescentes que os usam como bancos. Alguns fumam cigarros semiusados enquanto tentam parecer dolorosamente descolados.

Em alguns instantes, capto a visão de Allegra agachada debaixo do escorregador, brincando de alguma coisa com uma menina – cabelos quase brancos, lindinha, aparentando ter mais ou menos a mesma idade.

– Você está bem? – Niall pergunta. Não sei se é de preocupação genuína pelo meu bem-estar, ou apenas algo para cortar o silêncio. De qualquer maneira, respondo:

– Sim, só estou procurando Darren. Cameron disse que estava andando por aqui no outro dia.

– Só tem crianças aqui agora.

– É. – Pergunto-me se Darren faz uma pausa quando os jovens chegam. Não consigo acreditar que ele faça, afinal os adolescentes são, provavelmente, seus melhores clientes. Ainda não consigo me livrar daquele gosto desagradável na boca. Se eu fosse vidente, diria que eu podia sentir. Mas há algo muito esquisito nisso tudo.

– Quer sair? Dar uma olhada?

Viro a cabeça e olho para as torres que cercam o espaço verde. Em pé como sentinelas, são idênticas em design, todas construídas com o mesmo concreto sem graça. Algo sobre elas me faz tremer.

– Podemos ir até aquele prédio? – Aponto para o bloco onde Daisy vive, tentando não pensar sobre a última vez em que vim aqui. Parece que foi uma vida atrás – Quero ir lá ver a Daisy.

Até eu estou surpresa com minhas palavras. Elas saem antes de eu realmente ter uma chance de pensar, mas assim que saem, tenho certeza de que é a coisa certa. Subir e vê-la, talvez falar que Allegra esqueceu de alguma coisa. Garantir que Darren não está de volta.

– Tem certeza? Ela não vai achar ruim se você aparecer na casa dela sem aviso prévio? – Niall dá partida no carro mesmo assim.

– Não vou demorar. Só vou entrar e sair.

Quando subimos as escadas até o quarto andar, tenho uma sensação de déjà-vu. Meu coração dispara com uma mistura de esforço e ansiedade, e eu me vejo agarrando a mão de Niall em busca de segurança. Quando ele para e observa um pedaço de grafite primorosamente desenhado na escada, posso recuperar um pouco o fôlego, admirar seu rosto.

– Você gosta de grafite? – pergunto.

– São os murais do nosso tempo. Realismo social em forma de arte. Acho fascinantes.

Entendo o que ele quer dizer.

– Você já fez algum?

Ele ri.

– Todo mundo já não fez?

Balanço a cabeça e solto um risinho.

– Eu não. Sou uma boa menina, lembra?

Sua voz é baixa. Grave.

– Lembro.

Saímos para a passarela familiar que leva ao apartamento de Daisy. Nada mudou nos meses desde que estive aqui. Ainda há vidro quebrado no chão. O apartamento 403 ainda tem janelas fechadas com tábuas. Há um movimento nas cortinas amareladas quando passo pelo 408, e suponho que um vizinho intrometido está espiando.

– Você se importa de esperar aqui? – pergunto a Niall antes de virar a esquina para o corredor de Daisy. – Não quero aparecer sem avisar e ainda mais com um estranho. Não vai demorar muito, prometo.

Ele balança a cabeça, mas pega minha mão antes que eu possa sair.

– Se tiver alguma coisa errada, você grita, está bem? Vou entrar lá num tiro. – Ele baixa a testa até encostá-la na minha. – Se cuida. É uma ordem.

Concordo com a cabeça e mexo a dele junto com a minha.

– Você é um fofo. – Porque, Deus, ele é. Muito fofo.

– Eu sei – ele sorri e me faz querer abraçá-lo. Enlaço os braços no pescoço dele e o puxo num abraço apertado. Um segundo depois, ele me puxa para mais perto e apoia as mãos nas minhas costas. Sinto as palmas mornas através da camiseta. É onde quero ficar. Segura nos braços dele, aquecida, aconchegada e muito, muito contente.

Mas não posso, não até ver por mim mesma que Darren Tebbit não fez uma reaparição repentina.

Assim que me separo dele, Niall se afasta e se inclina contra uma parede. Caminho até a porta de Daisy e dou uma batidinha, mas tento não pensar na última vez que fiz isso.

Demora menos de um minuto para atender. Ela abre a porta com tudo, levando um cigarro aos lábios secos. Franzindo a testa quando percebe quem é.

– O que você está fazendo aqui?

– Eu só queria saber como você estava. Não tive chance de falar com você.

Daisy dá um passo ao lado e entro. Um alívio me envolve quando percebo que ela está aqui sozinha.

– Tenho telefone, sabia? – ela resmunga. – Eu estava preparando o jantar.

– Então não vou demorar muito. Está tudo bem? Allegra está se adaptando bem?

– Ela está ótima. – Os olhos de Daisy se estreitam. – Você não acabou de vê-la? Ela estava na aula, não estava?

Merda. Porra.

– Hum, estava, a gente não teve oportunidade de conversar.

O micro-ondas apita e nós duas o ignoramos.

– Por que você está aqui? De verdade.

Há momentos em que desejo que Daisy fosse estúpida e que eu não fosse tão burra. Ela sabe que não moro nem perto deste condomínio. Não existe motivo algum para eu estar aqui. Deve ser óbvio que vim ver como ela estava.

– Ouvi que Darren voltou.

Ela apaga o cigarro em um cinzeiro verde-pálido e depois vira o rosto para me encarar.

– Então você pensou em dar uma corridinha aqui e ser a Srta. Vadia Intrometida, não é? Ver como andam as pessoas pobres? Quer rir da nossa cara?

– Eu queria ter certeza de que ele não tem incomodado. Não depois de tudo pelo que você passou. – Estou mentindo e ela sabe. Percebo pela forma como o lábio dela se curva para baixo. Ela cruza os braços firmemente sobre o peito.

– Bem, ele não está aqui, está?

– Estou vendo. – Tento dizer isso em tom leve, mas acabo passando por tola. – Então está tudo bem?

Estou olhando para a porta, já desejando ir embora. Por que diabos resolvi vir aqui? Parecia tão simples: dar uma passada, dizer um "oi", depois sair, sabendo que Darren não estava em lugar nenhum por perto de Daisy ou Allegra. Agora tudo o que fiz foi colocar Daisy em perigo novamente, e sei que o tiro vai sair pela culatra de alguma forma.

– Vou chamar Allegra para jantar, então você precisa ir embora. – Daisy pega o telefone.

É quando eu vejo. Pendurada casualmente no espaldar de uma cadeira. Uma jaqueta de couro preto – grande demais para ser de Daisy. Muito desleixada para pertencer a qualquer pessoa que não um homem. Vou em direção a ela, faço menção de tocá-la, mas recuo o braço num tranco. Minha coluna estrala com a súbita mudança de direção.

– Vai embora daqui. – A voz de Daisy é baixa. Um aviso. Ela solta meu ombro e dou um passo para trás.

– É de Darren?

– Não é da porra da sua conta. Agora saia daqui. – Seu rosto está torcido de raiva. Ela dá um passo em minha direção e consigo sentir a ameaça.

– É da minha conta, *sim*. Ele voltou? Ele não deveria estar perto de Allegra. Não depois do que fez da última vez. – Minha respiração vem mais rápido, com uma descarga de adrenalina. – Não posso acreditar que você o deixou voltar.

– Ele não voltou, agora suma daqui e não volte. – Ela me empurra e eu tropeço. Me agarro ao batente da porta para me apoiar – Não quero você perto da Allegra, sua vadia intrometida. Fique longe de nós duas.

Ela está tão irritada que quase consigo sentir. A sala vibra com sua fúria. Seguro firme na maçaneta da porta e puxo com tudo. A porta se abre e bate na parede.

– É isso mesmo, dá no pé. E não volta! – Daisy grita atrás de mim. – Se eu ficar sabendo que você esteve perto dela, vou atrás de você.

Um grande estrondo me diz que ela fechou a porta, mas meu coração ainda está disparado quando chego a Niall. Respirando rápido, corro diretamente para seus braços, precisando do conforto mais do que nunca. Minha mente está cheia de pensamentos sobre Darren e Allegra, e o que devo fazer para tentar resolver essa confusão toda.

De alguma forma, saber que Niall está aqui faz tudo parecer melhor. Quando andamos em direção à escada ele desliza a mão em cima da minha e aperta com força, sem nunca me soltar.

Só quando estamos no meio da escada sinto que posso respirar novamente.

25

Nenhum de nós fala enquanto Niall dirige pelas ruas esburacadas do conjunto habitacional. O carro salta cada vez que ele passa por um buraco grande demais para evitar. No entanto, o silêncio não parece opressivo. Estou ocupada demais em pensamentos e acho que ele também está. Mal notamos os arredores enquanto seguimos rumo à zona nordeste da cidade. O borrão dos restaurantes de frango para viagem, de kebab, são apenas um pontinho no meu radar.

Quando estamos a algumas ruas de distância do meu apartamento, finalmente encontro minha voz.

– Como você sabe onde eu moro?

Niall faz uma pequena manobra perfeita e estaciona o Fiesta no mais apertado dos espaços. Ou ele é excelente em fazer baliza ou não dá a mínima se bater o carro.

– O Alex me disse.

Alex está me devendo muitas explicações. A maior parte delas é boa.

Niall desce, apertando-se entre o para-choque e o carro da frente. Quando chegamos ao meu prédio, percebo que estou hesitando.

Nunca convidei ninguém para subir antes, a menos que se conte Alex e Lara, quando me ajudaram a levar minhas coisas. É estranho, percebo, porque nunca tive meu próprio apartamento – até agora –, nunca tive a liberdade de convidar alguém para entrar sem perguntar antes. Pela primeira vez, estou no comando. O pensamento não me assusta como eu pensava. Em vez disso, me anima.

Mostro a cozinha a Niall quando passamos por ela. Subimos as escadas para o meu quarto, nos apertando entre a poltrona e a cama, e logo ele está em pé no meio do tapete. Vejo seu rosto quando ele verifica o entorno, observando as sobrancelhas franzidas, e a forma como o canto de seu lábio puxa para baixo. Sinto um aperto no estômago.

– Então é isso. *Mi casa.* Pequena e elegante, mas toda minha. – Pareço minha mãe falando, misturando os idiomas. É só quando ele olha para minha cama não muito bem arrumada que percebo onde estamos.

Niall Joseph está no meu quarto.

Ai. Meu. Deus.

A última vez que estivemos em um quarto juntos, eu tinha 19 anos, inebriada com a paixão, meio zonza por ele ter me notado. Agora... não sei. Me sinto uma jogadora inexperiente em uma mesa de altas apostas. Calma na superfície, mas embaixo há coisa demais acontecendo. Não sei bem por onde começar.

– Xícara de chá?

Ele balança a cabeça e se senta na poltrona. Um segundo depois, Niall se mexe, põe a mão debaixo da almofada e tira uma escova de cabelo. Tento não rir quando ele ergue as sobrancelhas.

– Ainda não desfiz as malas direito. Aliás, você não pode falar nada; já viu como é dentro do seu carro?

Ele tem a boa vontade de rir.

– Eu não estava comentando sobre suas opções de armazenamento, só me surpreendeu quando senti os dentes espetando minha bunda.

É claro que meus olhos vão automaticamente para *lá*. Eles não conseguem evitar. Quando olho, noto que Niall está sorrindo, e há algo sobre isso que me dá calor.

– Peço desculpas pelo desconforto. – Não é verdade. Palavra nenhuma. Espero que ele esteja tão desconfortável quanto eu.

– Já tive momentos piores.

Meu telefone vibra. Pego-o e vejo o nome da minha mãe aparecer na tela. Fazendo uma careta, pressiono um botão e envio a chamada para o correio de voz. Para grande diversão de Niall.

– Minha mãe – digo, como se explicasse tudo. – Acabei de contar a ela sobre a separação.

Ele lambe os lábios devagar e inclina a cabeça.

– Vocês duas não se dão bem?

– Eu a decepcionei. – Não há necessidade de dizer por quê. Os olhos dele suavizam com a compreensão.

– Alex me contou o que você passou na sua casa. Sinto muito.

Olho para cima.

– Com você foi mais fácil?

– Você conheceu minha mãe, não conheceu? – Ele sorri de um jeito perturbadoramente sexy. Rosto cheio de vincos, bochechas saltadas – Quando ela descobriu sobre as drogas, pensei que fosse me matar. Só que, mais tarde, ela foi muito legal, me ouviu falar sobre Digby e sobre você.

– Você falou de mim?

– O tempo todo. Ela deve ter ficado de saco cheio.

– Pensei que você fosse se esquecer de mim.

– Como eu poderia te esquecer? Passei a maior parte do tempo ou pintando você ou pensando em você.

– Mas você nunca me ligou.

– Nem você – ele diz simplesmente, sem malícia, mas recebo as palavras como um chute no estômago. Não há resposta, porque ele está certo. Eu estava muito presa ao meu próprio sofrimento para pensar em como lidar com qualquer outra coisa. Por que seria diferente para ele?

Ele olha para os meus lábios. Me sinto constrangida o bastante para desviar o olhar.

– O que você fez depois disso?

– Me mudei para a Califórnia e fiquei lá por alguns anos. Meu tio vive lá e conseguiu me matricular em um programa de Arte. A missão pessoal dele era me deixar limpo.

– Ele conseguiu? – Esta é a resposta que preciso saber. Se Niall ainda está usando alguma coisa, mesmo que seja o mínimo do mínimo, negócio desfeito. Após a devastação que testemunhei, não poderia lidar com mais essa.

Ele fica imóvel, o rosto mascarado com seriedade.

– Você está me perguntando se ainda uso drogas?

Um pequeno tremor serpenteia pela minha espinha.

– Estou.

Ele se levanta e caminha até onde estou empoleirada na beira da cama, e se ajoelha para ficar com o rosto na altura do meu. Esqueço-me de respirar por um momento, quando ele envolve minha mão na sua, elevando-a até envolver sua mandíbula.

– Não usei nada durante oito anos, Beth. Tive umas recaídas no começo, mas consegui. Cerveja e cigarro ocasional agora são meus piores hábitos.

Há uma intensidade nele que me atrai. Me inclino para frente até que estejamos a apenas centímetros de distância. Inspiro e sinto sua colônia e um leve traço de sabonete. Por que ele sempre cheira tão bem? Tenho pouco tempo para pensar nisso antes que ele esteja suprimindo a distância final entre nós e, no momento seguinte, sinto seus lábios quentes colados aos meus. Macios e insistentes. Ele me tira o fôlego.

Niall continua sem pressa, movendo-se lentamente, inclinando minha cabeça com as mãos. Entro no beijo, rendida ao calor dele e à necessidade que aperta meu peito. Percebo-me com vontade de rir e chorar ao mesmo tempo, mas me contento com enlaçar os braços em seu pescoço, puxando-o mais perto ainda, suspirando alto assim que sua língua desliza entre meus lábios. Luzes piscam atrás dos meus olhos fechados enquanto ele pressiona o corpo ao meu. Forte o suficiente para me fazer cair sobre a cama. Balanço no colchão até que ele me estabilize com as mãos. Pairando sobre mim, ele me envolve com os braços, olhando diretamente nos meus olhos.

– Vem aqui. – Coloco as mãos em seus ombros e tento puxá-lo para mais perto. Os músculos debaixo de sua camiseta flexionam, mas ele não se mexe um centímetro.

– Tudo bem? Quero dizer, beijar você?

Concordo com a cabeça rapidamente. Poderíamos ter conversado sobre esperar e estarmos prontos, mas agora que estou deitada debaixo dele, sinto que isso é certo.

– Mais do que tudo bem.

Ele me beija de novo. Desta vez passo as pernas ao redor dele, levantando os quadris até que possa senti-lo bem *ali*. Seu gemido vibra pelos meus lábios e em minha boca, então faço de novo: eu me mexo de encontro a ele até que nós dois estejamos envoltos em uma névoa de necessidade.

Não sei quanto tempo isso dura. Em um instante ele puxa meu suéter até o pescoço e acaricia minha barriga com os dedos, depois com os lábios, de leve, o suficiente para me deixar louca. Se eu tivesse 19 anos, estaria me mexendo para tirar a calça jeans e ele estaria arrancando minha calcinha sem pensar duas vezes. Em vez disso, ficamos com carícias, toques suaves e amassos mais duros. Sua coxa musculosa empurra entre as minhas e me aperto em torno dele, ainda o beijando forte e rápido. Preciso de mais. Eu poderia me afundar em sua pele e ainda assim não seria perto o suficiente.

Quando nos separamos, estamos sem fôlego, enchendo o quarto de suspiros altos. Niall rola de cima de mim e fica de costas, jogando o braço sobre a cabeça. Meus lábios estão doloridos, latejantes. Percorro-os com o dedo. Me surpreende como estão inchados e sensíveis.

Ele sorri ao me olhar nos olhos. É hesitante, quase envergonhado e quero rir em voz alta. É como se nove anos desaparecessem e fôssemos Niall e Beth dando uns amassos depois das aulas. Só que desta vez não há nada químico envolvido.

Por essa razão, o gosto é muito mais doce.

– Acho que é o que eles chamam de bolinar. – Niall abre mais o sorriso e me puxa na curva de seu braço. Eu me aconchego, sentindo-me quentinha e protegida. – Os irmãos sempre nos advertiram quanto a isso.

– Eles falavam sobre danação eterna? – pergunto, traçando sua mandíbula com o dedo.

– Falavam, mas se esqueceram de dizer que tudo valeria a pena.

Fecho os olhos e pressiono o rosto em seu peito, apreciando o calor que irradia através da camiseta. Parte de mim quer perguntar o que isso significa, o que é isso que existe entre nós, mas seguro a língua, com medo da resposta. De qualquer forma, estou muito cansada para falar. As emoções do dia estão pesando demais na minha alma. Por isso deixo que ele me abrace e percorra minha coluna com os dedos, pressione o rosto no meu cabelo, enquanto sussurra palavras que não consigo ouvir.

Só por essa noite, não me importo com nada.

Ele vai embora logo após a meia-noite e eu o beijo por todo o caminho até a porta, agarrando sua camisa quando ele volta para o abraço final. Nossos lábios se curvam em risos quando nos beijamos. Não quero que ele vá, mas ele não pode ficar. Não, a menos que nós dois estejamos prontos para a próxima fase, e não acho que estamos. Ainda não. Sabíamos que era hora de parar as carícias quando ele começou a passar mais tempo tentando se arrumar do que me tocando, e seu rosto assumiu uma camada de desconforto.

Porém, não significa que foi fácil.

– Eu te ligo. – Ele me beija de novo e corro os dedos pelos cabelos, puxando as mechas.

– Logo cedo, antes de você levantar.

– Está bem, menina mandona. – Outro toque dos lábios dele. – Vou levantar junto com o sol.

Há algo muito confortável sobre a nossa interação. É delicada e alegre, um forte contraste com a paixão aquecida de antes. Ele se inclina para um último beijo antes de sair, e fico à porta, observando-o descer as escadas. Quando ele vira no corredor, corro para a cozinha e o vejo andar em direção ao carro. Ele é apenas uma sombra na luz da rua, mas conheço aquele andar em qualquer circunstância. O mesmo passo quase arrogante de que me lembro quando éramos jovens.

Mal durmo à noite. Quando não estou pensando em Niall, estou preocupada com Allegra e rezando para ela estar segura. Deixei uma mensagem para Grace, dizendo que quero me encontrar com ela amanhã, sem saber o que mais posso fazer. Não posso ligar para a polícia e dizer que vi uma jaqueta suspeita dando sopa pela casa. Eles ririam de mim e desligariam o telefone para depois me prenderem por desperdiçar seu tempo. A única coisa a fazer é esperar até amanhã e rezar para que nada aconteça nesse meio-tempo.

Na manhã seguinte, meu telefone toca às 6h30 e converso com Niall. Sua voz está carregada de sono; ouvi-la me dá uma alegria boba. Ele me fala sobre seu dia – reuniões sobre exposições e encomendas de obras – e me pede para não chegar nem perto do condomínio sem ele.

Não é um ultimato ou uma exigência, apenas um apelo sincero. Quando vejo, estou concordando.

Já cheguei à clínica quando Grace liga. Ela está em uma visita domiciliar, mas se oferece para passar na clínica às 14h. Como é sexta-feira, não há nenhuma aula, e concordo prontamente, esperançosa por podermos finalmente resolver as coisas. Com algumas horas para eu matar e uma manhã tranquila pela frente, limpo o armário de arte, uma tarefa que normalmente evito nos melhores dos dias. Hoje, porém, é catártico. Jogar fora potes secos e pincéis que ficaram duros como pedra tiram minha mente dos problemas maiores.

Ainda estou aqui quando ouço uma batidinha na porta e viro a cabeça para ver Grace O'Dell.

– Ah, oi. – Aliso o cabelo para trás, sabendo que devo estar toda desarrumada. – Já está na hora?

– Cheguei mais cedo. Meu último compromisso foi desmarcado. Você tem tempo agora?

Há algo em seus modos – certa tensão – que me deixa em estado de alerta. Sinto minha testa se enrugar.

– Claro, quer conversar aqui?

– Sim, tanto faz.

Nós nos sentamos nas cadeiras alaranjadas de plástico. Estão cobertas com tinta seca, mas Grace não pareceu notar. Em seu trabalho ela viu muito pior.

– Quer começar? – ela pergunta.

Por um momento, pareço voltar para seis anos atrás. Outra sala, mas o mesmo tipo de sensação. Já entrei perdendo. Não sei por que tenho a impressão de que ela está me julgando antes de eu começar a dizer uma única palavra.

– Acho que Darren Tebbit está de volta.

– O que faz você pensar isso? – Suas palavras são abruptas, quase de desprezo.

– Vi a jaqueta dele no apartamento da Daisy. Quando perguntei sobre isso, ela ficou na defensiva, como se estivesse tentando esconder algo.

– Então você viu uma jaqueta. Algo mais?

Percebo como devo soar patética. Sem as informações de Cameron, sou apenas uma idiota paranoica, mas não posso dizer à Grace que ele está espionando.

– Não, mas sei que ele está de volta.

Grace ergue as sobrancelhas, mas continua olhando, como se eu fosse a megera nessa história.

– Eu vi Daisy hoje de manhã. Ela me disse que você foi bisbilhotar no apartamento dela, fazendo todos os tipos de acusações.

– Isso não é verdade – protesto. – Era ela quem estava gritando.

Grace levanta um dedo como se para me silenciar.

– Então fui para a escola de Allegra e perguntei a ela se Darren estava por perto. Ela me disse que não o vê há meses.

– Mas Daisy ficou muito na defensiva. Quando vi a jaqueta, ela praticamente me empurrou porta afora...

– Analise pelo ponto de vista dela. Ela está se esforçando para fazer dar certo, se doando inteira para fazer o que é certo para Allegra. Então você mete a colher e a faz se sentir julgada.

– Eu não meti a colher. Só queria ver se estava tudo bem.

– Por quê? – ela pergunta.

– O que você quer dizer?

– Por que as coisas não ficariam bem? É como se você estivesse esperando que ela falhasse e isso é inaceitável. Analisamos todos os riscos e demos a ela a chance de provar a si mesma. O disparo das suas acusações não está ajudando ninguém. Menos do que tudo, Allegra.

Lágrimas começam a encher meus olhos. Fecho as mãos apertado com a frustração. Não é o fato de ela não acreditar em mim que pega, é o conhecimento de que Allegra pode se machucar e não há nada que eu possa fazer para impedir.

– Você não vai fazer nada?

– Daisy me garantiu que ele não voltou. Essa jaqueta era algo que ele tinha deixado para trás; ela usava quando ia comprar alguma coisa na rua.

Estou ficando louca? Sinto que eu poderia estar. É como se eu estivesse vendo o mundo através de uma lente diferente, insistindo que o céu é azul quando todo mundo enxerga verde.

– Você acredita nela?

– Allegra ainda estaria lá se eu não acreditasse? – A resposta de Grace é curta e grossa. – Não há nenhum sinal de que ele tenha voltado. Daisy parece saudável e sóbria; não acho que ela esteja usando nada. O apartamento estava arrumado e cheio das coisas de Daisy e Allegra. Nada de Darren. – Ela quase me fulmina com o olhar. Devo parecer desvairada aos seus olhos. A menina que pede ajuda por nada. – Acho que você ter ido lá fez mais mal do que bem.

Encolho-me no mesmo instante, como se tivesse levado um tapa na cara.

– O que você quer dizer?

– Daisy acha que você não queria o bem dela desde que ouviu nossas suspeitas sobre Darren. Ela colocou na cabeça uma ideia de que você vai tirar Allegra dela. – Grace faz uma pausa. Tempo suficiente para eu absorver a informação. Um instante depois, ela solta a bomba: – Para o bem das duas, acho que você deve ficar longe delas.

Tento engolir o nó que está se formando na minha garganta.

– Ficar longe? – Faço eco às suas palavras. – Por quanto tempo?

Grace dá de ombros.

– Até Daisy se sentir confortável com você por perto. No momento, ela não é sua maior fã.

– Mas ainda vou ver Allegra aqui, não vou?

Grace se mexe no assento com desconforto.

– Não acho que seja apropriado.

– Não vou poder vê-la nunca? – A última palavra sai como um soluço. Tenho de cobrir a boca para impedir que se transforme em algo mais.

– É para o melhor. – A expressão de Grace suaviza quando ela vê como estou horrorizada. Inclinando-se para frente, ela estende o braço para dar um tapinha na minha mão livre. O gesto não faz nada para aliviar o nó no meu peito. Está ficando mais apertado agora que penso em não ver Allegra.

Tiro a mão que me cobre a boca.

– Não é justo – sussurro. – Eu amo essa menina.

– Você quebrou a primeira regra – Grace me diz. – Você se envolveu demais. Não consegue manter a distância necessária.

Suas palavras me fazem querer gritar. Não preciso de distância, de julgamento ou de qualquer outra coisa que ela pensa que está faltando em mim. Existe uma menininha que não pode se proteger de um maldito imbecil, e não estou nem sequer autorizada a ajudar. O pensamento de ele chegar perto o suficiente para machucá-la me faz querer vomitar.

– E se eu a vir mesmo assim? – pergunto, tentando agarrar alguma coisa, quando existe apenas ar.

– Então Daisy tem todo o direito de chamar a polícia. Ela é a mãe de Allegra, afinal de contas.

26

Passei a semana seguinte tentando não ser uma perseguidora, apesar da minha vontade de ir até Whitegate Estate e abordar todos os caras musculosos, com cara de fuinha que eu pudesse encontrar. Em vez disso, passo a noite no apartamento de Niall. Jantamos juntos, assistimos a qualquer coisa que esteja passando na TV, e, em seguida, de alguma forma, acabamos emaranhados nos braços um do outro, nos perdendo em beijos, enquanto nosso programa é esquecido.

Na quarta-feira à noite, nós nos beijamos e damos amassos por tanto tempo que, de repente, sinto Niall parar em cima de mim, coluna arqueada e boca apertada, enquanto faz sujeira na calça jeans. Rio tanto, que fico com a barriga doendo. Ele jura vingança, porque não o deixo esquecer.

Seu plano para me fazer revanche chega na sexta-feira à noite, na cama, enquanto estou montada em sua cintura, e nossos beijos fortes e rápidos. Ele move os lábios para baixo, arrastando-os suavemente sobre meu pescoço, e pressiona a perna em mim. Sua coxa musculosa cria atrito de uma forma incrivelmente sexy. Quando começo a gemer, ele me vira e me segura em seus braços. Eu tremo e ofego e minhas entranhas se transformam em líquido.

Ele me beija com força e posso senti-lo sorrir com a boca encostada em mim, satisfeito com a vitória.

Voltamos a ser adolescentes, e eu amo cada momento. Nossas noites são a única coisa que me motivam durante o dia. Quando vejo a mesa vazia de Allegra, onde ela deveria estar na aula de Arte, preciso me esforçar muito para não deixar o resto das crianças me verem chorar.

No sábado, me torno uma tamanha pilha de sentimentos – tanto bons como ruins – que Niall me arrasta para seu estúdio e me diz para sentar perto da janela, que tem vista para o Tâmisa. Ele esboça meu perfil enquanto tento não pensar muito. Olhando para as águas cinzentas agitadas, acompanho o progresso de uma flotilha de barcos navegando contra a corrente. Botes menores seguem no rastro dos cruzeiros de lazer. Pergunto-me se eles se sentem tão perdidos quanto eu, incapazes de fazer qualquer coisa além de esperar que as ondas parem de quebrar.

– Em que você está pensando? – Niall pergunta suavemente. Quando viro a cabeça, ele está olhando para mim por cima do bloco de desenho. Tenho uma sensação de déjà-vu tão forte que meu peito dói. A qualquer momento Digby poderia entrar por aquela porta e dizer para nos apressarmos.

– Eu estava olhando os barcos. Você tem uma vista fantástica.

– Eu sei.

Do jeito que ele sorri, sei que não está falando sobre o rio. Ele tem esse jeito de olhar para mim, com a cabeça inclinada para o lado, o canto da boca curvada. É uma expressão de intenções que acende um fogo dentro de mim. Cruzo os pés e tento não me contorcer, mas meu corpo tem outras ideias.

Meu desconforto se agrava quando ele coloca o bloco de desenho sobre a mesa e caminha. Colocando as mãos sobre meus quadris, ele me gira, até estar parado bem entre as minhas coxas. Quando ele se inclina para baixo, seus olhos são brilhantes e ferozes, como se pudessem ler cada pensamento sujo que está passando na minha cabeça.

– Você tem um quê com barcos?

– Como? Não! – Tento rir, mas ele está muito próximo e o impulso morre na minha garganta. Em vez disso, tento respirar.

– Então por que você está me olhando assim? – Ele passa um dedo pelo meu braço nu e eu estremeço.

– Assim como?

– Como se me quisesse dentro de você tanto quanto eu quero.

Meu Deus.

Suas palavras são suficientes para afastar todos os pensamentos da minha mente, como se só houvesse espaço suficiente para ele. Quando Niall se aproxima para pressionar a boca na minha, fecho os olhos e me derreto no corpo dele, agarrando a parte de trás de sua camisa como se ele fosse o único que pudesse me salvar. Beijo-o ativamente, nossos lábios se movem devagar, nossas línguas deslizam uma na outra como se não houvesse outra escolha.

Mas há uma escolha e eu a fiz. Eu o escolhi.

Ele passa os lábios no meu pescoço e coloco as pernas ao redor de sua cintura, enfiando os dedos pelos seus cabelos. Suas mãos me pegam por baixo, seus dedos cravam na minha bunda e me puxam para mais perto dele. Nossos corpos se movimentam juntos em um ritmo que parece mais natural do que a respiração. Arqueio as costas e agarro porções de sua camisa, desesperada para senti-lo perto.

Quando desço da janela, ele parece tão surpreso quanto eu. Ainda mais quando caio de joelhos e passo o dedo pela frente de sua calça jeans. Ele para de respirar. Quando o observo de onde estou, no chão, vejo seus olhos refletirem a luz solar quando ele olha para mim. Suas faces estão coradas, seus lábios entreabertos. Tento esconder o sorriso motivado por seu choque óbvio. Sem pressa, solto o cinto, abro o botão, puxo lentamente o zíper. Nem por um instante perco o contato visual. Niall está imóvel como uma estátua.

– Tem certeza? – Sua voz é baixa e pastosa.

Sorrio e concordo com a cabeça, pois existe algo muito perfeito em sua preocupação. Niall pode ser forte e determinado quando quer ser, mas aqui – neste lugar, elevando-se acima de mim – ele não tem medo de ser vulnerável. De se certificar de que está tudo bem.

Ele me faz sentir segura e eu amo esse fato a respeito dele.

Deus, amo tudo a respeito dele. Meu peito está cheio dessa certeza. Não estou pronta para dizer isso ainda, mas está presente em cada olhar meu, em cada toque em sua pele. Está na maneira como curvo os dedos em volta dele e tento não sorrir quando sua respiração se torna ofegante, curta e grave. Quando finalmente o tomo na boca, a certeza está na forma como olho para ele. Sei que ele consegue sentir.

Ele corre suavemente os dedos pelo meu cabelo, me olhando com olhos febris, e eu sinto a retribuição.

– Beth. – Sua voz é pouco mais que uma respiração.

Passo a língua, curvando-a na pontinha do membro, observo-o ficar de queixo caído, vejo sua cabeça pender para frente. Observo-o através dos meus cílios. Ele também me olha. Embora seus olhos estejam semicerrados, ainda consigo ver o calor que há neles.

Também sinto o gosto. Ele endurece na minha boca, os quadris balançam para frente de modo involuntário. Quando a respiração começa a diminuir, eu o sugo mais fundo, sentindo a pele nos meus lábios. Em seguida, ele para de se mexer e sua respiração falha. Ele tenta sair, tenta se afastar. Mas não quero que ele vá. Em vez disso, agarro suas coxas e sugo ainda mais fundo, deixando-o tomar conta de todos os meus sentidos. E quando ele goza, se derramando dentro da minha boca, sussurra meu nome outra vez.

Parece muito com amor.

Na semana seguinte, eu me encontro com Simon em um restaurante elegante nos arredores da Upper Street. Chego cedo – um sinal infalível do meu nervosismo – e peço uma pequena gim-tônica. Beberico enquanto espero por ele, sentada à mesa. Mesmo em uma noite de quinta-feira, os restaurantes parecem estar lotados. O salão está cheio de casais elegantes e de empresários, conversas suaves e copos tinindo. Me sinto perdida entre a classe abastada, como uma criança vestida em seu melhor traje de domingo. O vestido preto justo que estou usando parece desconfortável, restringindo meus movimentos, e fico puxando o decote para conseguir respirar.

Simon chega poucos minutos depois das 19h. Está com um visual "direto do escritório". Camisa levemente amassada e as mangas arregaçadas. Pela maneira como seu cabelo fino cai bagunçado, não acho que ele tenha se olhado no espelho antes de sair. Ainda assim, logo que me vê sentada à mesa, sua expressão suaviza e um sorriso verdadeiro se forma em seus lábios.

– Você está linda. – Ele pressiona um beijo na minha bochecha. – Como você está?

– Estou bem. E você? – Educada e comedida. É assim que os relacionamentos afetivos morrem. Uma palavra cuidadosa de cada vez.

– Vou levando. – Ele faz uma pausa e minha culpa abre asas, vibrando na minha barriga. – Me acostumando com as coisas.

Felizmente, o garçom escolhe esse momento para nos interromper e trazer os cardápios. Simon pede uísque – mais forte do que seus aperitivos normais – e pega a carta de vinhos, perguntando-me se prefiro branco ou tinto. Depois de fazermos os pedidos, ele tira os óculos de leitura, e noto as olheiras quase como hematomas.

– Você parece cansado.

Ele esfrega o rosto.

– Não tenho dormido bem. Não é a mesma coisa sem você lá. Fico preocupado com você.

A ave da culpa que tinha feito ninho no meu estômago levanta voo.

– Estou bem, de verdade. O quarto é bom e meus colegas de apartamento parecem amigáveis o suficiente.

Não digo a ele que não estou passando muito tempo lá. Não sou cruel e há uma grande diferença entre honestidade e esfregar as coisas na cara das pessoas. Ainda assim, devo a verdade, uma grande razão para eu estar aqui esta noite. As coisas estão ficando sérias entre Niall e eu, e não quero que Simon fique sabendo por nenhuma outra pessoa.

Quando o garçom traz o vinho, paramos de falar. Vejo Simon beber um gole do tinto, fazendo uma pausa para provar antes de aceitá-lo com um gesto de cabeça para o garçom. É dolorosamente familiar, como se fôssemos parte de uma peça que se repete noite após noite. O roteiro nos veria terminando de jantar e indo para casa, onde eu iria tirar a maquiagem e rastejar para a cama. Já Simon colocaria os óculos de leitura e pegaria o último livro do Lee Child. Em vez disso, estamos improvisando onde o roteiro exige ser seguido à risca. Não consigo evitar, mas acho que estou mais feliz com a nova situação do que ele.

– Como está a clínica? – Sua pergunta me pega de surpresa. Além do mais, não sei como respondê-la. Será que digo que essas últimas semanas têm sido difíceis, que tenho chorado mais, assustada com o destino de uma garotinha que não me pertence?

– Bem. Especialmente agora que o evento beneficente acabou. – Mostro um pequeno sorriso. – Pelo menos até eu precisar organizar o evento do ano que vem.

– Você fez um bom trabalho. Sempre faz.

O silêncio cai novamente, e fico me perguntando como as coisas se tornaram tão estranhas entre nós. Parte do problema sou eu. Estou escondendo alguma coisa e minha falta de franqueza está colorindo nossa conversa. Meu peito aperta quando chega o primeiro prato e percebo que preciso dizer algo rapidamente. Mas olho para ele – o homem com quem me casei, o que me salvou quando pensei que ninguém poderia me salvar – e parece cruel demais. Como se eu estivesse partindo seu coração outra vez.

Ele pousa a faca no prato, e olha diretamente para mim.

– Quando você vai voltar para casa?

– O quê? – Minhas sobrancelhas se unem.

– Você passou a mensagem. Entendi. Eu te negligenciei, deveria ter te dado mais atenção. Não há necessidade de protelar, agora você já pode voltar para casa.

O vinho no meu estômago se transforma em ferro. Essa não é a primeira vez que ele me pede para voltar para ele. Mas cada vez que digo que acabou, parece que a ficha não cai. Ele ainda está falando comigo como se eu fosse uma criança. A filha pródiga, esperando para voltar.

– Simon... – não sou boa nisso. Quantas vezes dá para partir o coração de alguém? O meu parece estar rachado em dois.

– Você sabe que posso cuidar de você. Funcionamos melhor juntos quando estou no controle das decisões. Pare de lutar contra mim.

Ele está falando sobre a Beth que deixei para trás. Não a quero de volta. Não sei se algum dia eu a quis. Gosto de ser eu. A pessoa que pode tomar minhas próprias decisões. Não quero mais ser a esposinha.

Às vezes, temos de ser cruéis para sermos gentis.

– Estou saindo com alguém. – Despejo no meu jeito atrapalhado de costume. – Queria te contar pessoalmente.

Assisto a suas emoções lhe encobrirem as feições. Confusão se transforma em choque.

– Saindo no sentido de "namorando"?

Confirmo com a cabeça.

– Ainda é cedo. Só pensei que você deveria saber.

Simon me olha em silêncio. Observo o chouriço e as vieiras esfriarem no meu prato. Qualquer apetite que eu tinha há muito foi roubado pelas minhas palavras.

– Eu o conheço? – ele pergunta.

Minhas mãos começam a tremer.

– Você já ouviu falar dele. É um artista. Niall Joseph.

Seus olhos se estreitam, ele deixa a cabeça pender para frente.

– Aquele com quem você trabalha agora? – Quando ele abre a boca para dizer mais, meu telefone toca, e me atrapalho na bolsa para encontrá-lo, envergonhada por estar submetendo todo o restaurante ao som de sinos tocando. Estou prestes a desligá-lo quando vejo o identificador de chamada. Minha mão paralisa no ar, o choque leva embora qualquer ímpeto.

É Daisy MacArthur.

– Preciso atender isso. – Olho para cima, mas Simon está fitando o prato. Talvez alguns minutos para que ele se recomponha sejam bons. – Volto já. – Minha cadeira se arrasta pelo piso de madeira polida quando me levanto e então caminho até a porta da frente. Aperto o botão de atender e coloco o celular no ouvido assim que saio para o ar frio da noite.

– Daisy, está tudo bem? – No silêncio que se segue, fico imaginando se ela me ligou por engano, ou se apenas está se preparando para me passar outro sermão. – Daisy, você está aí?

Para começar, o som é tão baixo que mal consigo ouvir. Aperto mais o aparelho na orelha, tentando abafar a cacofonia do tráfego e as conversas que reverberam pela rua. Então fica mais alto, e percebo que ela está chorando. Os soluços e as pequenas inspirações entrecortadas gelam meus ossos.

– Daisy?

– Não consigo acordar ela.

Paro de respirar. Não é Daisy, mas a voz de Allegra que estou ouvindo do outro lado da linha.

– Fico sacudindo, mas ela não abre os olhos.

– Allegra? O que aconteceu? Há quanto tempo ela está dormindo?

– Não sei... eu estava na casa da Shona... a mãe dela fez janta pra... nós. Quando voltei... encontrei minha mãe... no chão... desse jeito. – Entre o choro e os soluços, ela demora um pouco para conseguir pôr as palavras para fora. Meu estômago se aperta com medo.

– Ela está machucada? Tem algum hematoma? – Claro, meu primeiro pensamento é Darren. Se ele bateu nela de novo e Allegra viu...

– Ela vomitou e tem sangue no nariz. Você pode me ajudar a acordar ela? Por favor, me ajude.

Sinto que vou sufocar, mas preciso manter o controle.

– Estou indo aí. Nesse meio-tempo, preciso chamar uma ambulância, tá? – Por favor, Deus, permita que ela esteja bem.

– Não desliga. Estou com medo. – Ela começa a choramingar mais alto e isso parte meu coração. Como alguma criança pode passar por algo assim? Ver a mãe caída no chão? Isso vai contra toda a minha criação, tudo em que me ensinaram a acreditar. Não é a primeira vez para Allegra, não mesmo, mas é o tipo de coisa que abala emocionalmente. – Por favor, não me deixe.

– Não vou te deixar. Nunca. – De repente, paro de dar importância para o restaurante elegante e para qualquer senso de decoro que ele possa exigir. Corro de volta para dentro e agarro o braço de Simon, exigindo que ele disque para a emergência. O salão fica em silêncio, todo mundo ouvindo nossa conversa e minha explicação ininteligível. Até mesmo os garçons param onde estão. Momentos mais tarde, tenho dois celulares na mão, e estou retransmitindo instruções para Allegra enquanto ela ouve e chora.

Simon joga um maço de notas na mesa e me leva para fora. Acena para um táxi com uma das mãos e me segura com a outra. Quando o táxi preto estaciona, ele me abre a porta e, com cuidado, me ajuda a entrar. Sua expressão é uma mistura de horror e preocupação. Ele não diz nada no caminho, apenas estende a mão para enxugar as lágrimas que estão escorrendo pelo meu rosto enquanto continuo a falar com Allegra, dizendo-lhe que não vai demorar muito. E embora eu não fale, com cada resposta que ela dá às minhas perguntas, sei que Daisy está em apuros. O táxi não pode chegar lá rápido o suficiente.

27

Minha mente trabalha no dobro da velocidade durante o percurso veloz do táxi em meio às ruas escuras de Londres. Quase posso ouvir o zumbindo enquanto tento decifrar a distância entre nós e o conjunto habitacional, inclinando-me para verificar a quilometragem do táxi e estimar um tempo de chegada. Sussurro palavras tranquilizadoras pelo telefone, numa tentativa de manter Allegra sã, tentando não me abalar com sua respiração trêmula ecoando pelo celular. Uma vez que o choque inicial desvanece, me percebo cada vez mais calma. Capaz de regular a respiração o suficiente para desacelerar o coração disparado.

Allegra merece ter alguém que seja forte por ela. É um papel que começo a interpretar sem nem questionar. Incorporo o manto do cavaleiro branco de bom grado. Se alguém precisa de um campeão montado num corcel, é ela.

Quando o táxi para no condomínio, pulo fora, deixando um Simon chocado para trás. Ele está prestes a me seguir em direção ao prédio, quando coloco a mão em seu ombro e detenho seus movimentos.

Ele parece em estado de choque. Velho. Um lampejo de pena toma conta de mim.

– Você pode ficar no taxi e esperar pela ambulância? – pergunto. Não digo que ele vai ser um ponto fraco se me seguir até as escadas. – Quando chegarem aqui, diga que o apartamento fica no quarto andar, na segunda esquina. Vou deixar a porta aberta para eles.

Simon hesita e eu interpreto isso como submissão. Ele permanece sentado.

– Não deixe o táxi ir embora sem você, ok? Vou ficar com Allegra e te ligo quando chegarmos ao hospital. – Sinto como se estivesse falando com um idoso. Mas ele é um tamanho peixe fora d'água aqui que estou com medo de que ele seja um alvo. Até mesmo o motorista do táxi parece nervoso, e ouço o barulho das portas de carro se trancando assim que me afasto.

Estou quase no bloco quando Simon baixa a janela e grita:

– Você não pode ir até lá sozinha.

Não tenho tempo para acalmar seus temores. Ainda estou com Allegra no telefone; seu pranto substituído por um silêncio mais ameaçador. Não há dúvida de que, no momento, ela é minha prioridade número 1.

– Sim, eu posso.

Vou indo até um átrio sujo e subo uma escadaria. Meus saltos batem no concreto duro. Embora eu considere tirar os sapatos para acelerar a subida, a ideia de vidro quebrado me faz repensar. Em vez disso, coloco o peso nas pontas dos pés, evitando pisar sobre os saltos. Puxo a bainha do vestido para baixo, a fim de parecer um pouco decente.

Está bastante silencioso quando chego ao quarto andar. Sigo caminhando até o apartamento de Daisy, sem nunca parar de falar baixinho ao telefone.

– Estou quase aí, querida. Só mais um minuto, está bem? Continue respirando. – A essa altura, Allegra não consegue mais falar. Os únicos sons que ouço são soluços suaves e um suspiro ocasional. Quero abraçá-la e dizer que está tudo bem. Mas não está; não está há muito tempo. Fracassamos com ela, todos nós. Fizemos essa criança de 8 anos crescer tão depressa que ela mal teve tempo de tomar fôlego.

– Estou do lado de fora, você pode abrir? – Inspiro fundo e me preparo para o que está lá dentro. Há barulho, seguido pelo rangido de uma dobradiça reclamona, e a porta se abre. Allegra se joga em mim, e sua cabeça bate no meu peito; tento não ofegar. Seu choro alto corta o silêncio, e preciso de um minuto para perceber que ela está realmente tentando dizer alguma coisa. Entoar, na verdade. Tenho de me curvar para distinguir as palavras.

– Me desculpa, me desculpa, me desculpa. – Como uma ladainha, ela repete e repete.

Acaricio o cabelo dela, murmurando palavras suaves numa tentativa de acalmá-la.

– Está tudo bem, a culpa não é sua.

– É sim, é tudo minha culpa. Eu menti, eu disse que ele não estava aqui. Eu falei pra eles que ela não estava usando drogas. Por favor, não me odeie.

– Eu não te odeio, eu te amo. – Eu a abraço apertado, tentando mostrar o quanto estou sendo sincera. Os gritos de Allegra se tornam mais altos, quase histéricos. Enterro o rosto em seu cabelo. – Preciso entrar e ver como está sua mãe. Você quer esperar aqui fora?

– Não me deixe. – Suas mãos pequenas se tornam punhos cerrados no meu peito, agarrando meu vestido como se ela estivesse tentando me segurar. Pela primeira vez hesito, dividida entre uma mulher inconsciente e sua filha abalada. Quando veja a vizinha de Daisy enfiando a cara de lua para fora da porta quase quero sorrir.

– Ei, você pode vir e ajudar? – Olho diretamente para ela.

Um lampejo de reconhecimento perpassa seu rosto. Ela deve se lembrar da nossa conversa há alguns meses. Da última vez que encontrei Daisy inconsciente no apartamento.

– O que foi? – Ela se apoia no batente da porta e cruza os braços, olhando para Allegra. – Aquele imbecil machucou ela de novo?

– Não sei o que aconteceu. Só que a Daisy está inconsciente lá dentro. Você pode cuidar da Allegra enquanto eu entro? – Quando digo o nome dela, Allegra se agarra em mim com mais força. Tenho que soltar suas mãos dedo por dedo. Afasto-me e ela começa a tremer, todo o seu corpo sacode com estremecimentos que cortam meu coração.

– Não deixe ela sozinha. Eu entro e olho. Se esse idiota estiver lá dentro vou enfiar a faca nele, porra.

Não sei qual é a dessa mulher, mas acho que eu poderia amá-la. Ela é feroz, mas se resolve te dar cobertura, ela vale ouro. Ela não espera uma resposta, apenas passa por nós e entra no apartamento de Daisy. A porta bate atrás dela e Allegra me agarra de novo, enterrando o rosto no meu ombro, como se estivesse evitando olhar para dentro.

Ficamos na varanda, agarradas uma à outra, e ouço o lamento fraco de sirenes à distância. Estão se aproximando cada vez mais do condomínio. Nos momentos seguintes, luzes azuis brilhantes piscam e uma ambulância vem se aproximando depressa do edifício, ladeada por dois carros da polícia. Não estou surpresa ao ver a polícia aqui; este lugar é muito perigoso para os paramédicos virem sem reforços. Só os tolos como eu fariam esse tipo de erro de julgamento.

A polícia chega ao quarto andar. Noto que estão armados, vestindo grossos coletes à prova de balas que me lembram de um traje de músculos. A essa altura, Allegra já desabou em mim. Percebo o quanto ela é pesada quando tento apoiar todo o seu peso. O choque tem efeitos estranhos sobre as pessoas e, em Allegra, foi fazê-la dormir. Como se fosse o único caminho para que ela pudesse manter algo semelhante à sanidade. Consigo me identificar com isso.

– A senhora pode me dizer o que aconteceu? – Um policial aparece na minha frente. Ele é um homem mais velho, talvez com quarenta e poucos anos, com um daqueles rostos que fazem a gente querer revelar todos os segredos. Aberto e honesto.

Abraço Allegra um pouco mais firme.

– Ela encontrou a mãe inconsciente no chão. Quando tentou acordá-la não teve resposta. Foi aí que ela me ligou.

– Ela estava sozinha? – Seu rosto diz tudo. A situação é terrível.

– Estava. São apenas elas duas. Faz pouco tempo que a menina voltou. Antes estava aos cuidados da assistência social.

– Então só está a mãe lá dentro?

– Não. Uma das vizinhas entrou para ver como ela estava. Ela é do 410. – Aponto para a porta aberta e ele balança a cabeça. É interessante a forma como ele absorve todas as informações. Tenho a impressão de que ele está percebendo muito mais do que deixa transparecer. Talvez esteja ponderando os riscos, avaliando quais devem ser os próximos passos. Eu só gostaria que ele se apressasse e conseguisse alguma ajuda para Daisy.

– Qualquer outra coisa que eu deva saber?

– Ela tem um namorado. Ele é traficante. – Não consigo me fazer dizer o nome dele. – Ele foi afastado por um tempo, mas ouvi que ele voltou. – Allegra enterra o rosto no meu peito. – Não sei se ele está envolvido, mas ele não está aqui no momento.

Nem preciso baixar a voz. Tentar proteger Allegra da crueldade da vida é inútil. Ela já viu de tudo, já ouviu de tudo. Foi derrubada pela realidade antes que aprendesse a ficar em pé.

Quando os paramédicos recebem o ok, entram no apartamento de Daisy, carregando malas e equipamentos. Conversam com os policiais que os acompanham ao interior. Fico imediatamente impressionada com a falta de ação. Não há gritos, não há ninguém entrando e saindo. Tanta diferença de quando encontrei Daisy espancada em sua cama. Daquela vez havia muito barulho. Tentativas barulhentas de estabilizar sua condição antes de passarem correndo com ela para a ambulância e seguirem para o hospital.

Dessa vez, porém, o silêncio parece um mau presságio. Quase insuportável. Meu coração despenca quando a vizinha de Daisy finalmente sai do apartamento. Seus lábios estão curvados para baixo e seus olhos quase não encontram os meus. Quando ela finalmente me olha, balança a cabeça lentamente e tenho certeza do que eu suspeitava o tempo todo.

Daisy se foi.

É por isso que eles não estão correndo ou gritando. É por isso que não há nenhuma volta frenética para a ambulância como um paramédico cobrindo a boca dela com uma máscara de oxigênio. Não há necessidade de pressa quando ela já nos deixou. O tempo pode correr um pouco mais devagar para os mortos.

Instintivamente, puxo Allegra para mais perto. Em seguida, sai o policial de rosto gentil, seu quepe entre as mãos enluvadas. Há um tom pálido de seu rosto quando ele para diante de nós.

– Posso dar uma palavrinha?

Faço um gesto impotente para Allegra e a expressão dele suaviza. Parece ser o tipo de cara que tem os próprios filhos. Que sabe exatamente por que estou hesitante.

– Talvez Dee possa cuidar da pequena?

Devo parecer confusa, porque ele aponta para a vizinha de Daisy. Levo um momento para perceber que ela deve ter um nome. *Dee*. Tão comum e normal para alguém numa confusão tão grande. A banalidade de seu nome de alguma forma faz com que tudo pareça pior, como se o mundo estivesse fora de prumo. Tento afastar a sensação quando passo Allegra para ela. A menina agora mal tem noção do que está acontecendo, sua consciência desligou como um computador superaquecido.

O policial espera pacientemente. Quando fico livre, ele coloca a mão no meu ombro, me levando para fora do alcance da voz de Allegra. Um impulso inesperado toma conta de mim, a necessidade de me lançar nos braços dele, de deixar que ele me conforte do jeito que cuidei de Allegra. Pode ser a aura paternal que emana dele, ou posso estar ficando louca. No momento, é meio a meio.

– Você é parente?

– Da Daisy? Não, somos amigas. Ou, pelo menos éramos. – Enrugo a testa, lembrando das últimas semanas. – Trabalho na clínica de dependentes químicos onde ela está fazendo tratamento.

Nada mais, diz a pequena voz na minha cabeça. Sinto-me sufocar.

– Você sabe de algum parente? Qualquer um que viva nas proximidades? – Ele ainda fala manso. Não julga.

– Ela não fala com a mãe. Não a vê há anos... – Paro, tentando pensar. – Não me lembro dela mencionar nenhum outro parente. – Não estou incluindo Darren. Ele não é parente, é um parasita.

– Nesse caso, vou precisar da sua ajuda. – Ele olha para Allegra. Dee a está levando para o apartamento ao lado. Seu braço está envolto em Allegra de forma protetora. – Sinto muito ter que dizer que a RCP não funcionou. Tentaram reanimar sua amiga durante os últimos dez minutos, mas não há nenhum sinal de vida.

– Você quer dizer que ela está morta? – Mesmo que eu esteja esperando por isso, ainda fico surpresa. Só resta o pensamento de alguém maior que a vida simplesmente desaparecendo. Ela parecia invencível. Toda vez que a vida dava uma rasteira, ela conseguia se levantar melhor do que nunca, como uma fênix toda errada. – Tem certeza?

– Ela está assistólica. – Ele diz como se devesse significar alguma coisa, e significa. Memórias de nove anos atrás me assaltam. Outra noite, outra morte. – Os paramédicos a declararam morta há alguns minutos. – Ele esfrega meu braço e a sensação é vagamente reconfortante.

– Como... como ela...? – Minha voz some. Não consigo nem dizer a palavra. É como se o fato de eu dizer tornasse tudo real.

Como diabos é que Allegra vai superar isso?

– Existem todos os sintomas de uma overdose de heroína. Não podemos confirmar até a autópsia, mas não parece ter havido violência.

Heroína? Que maneira horrível de se morrer. Horror e nojo se despejam sobre mim, tingidos com um toque de raiva. Porque mesmo que Darren não a tenha machucado, e mesmo que não tenha sido ele quem aplicou a injeção, ainda é o homem responsável pela morte dela. Não sou uma pessoa vingativa, mas há uma grande parte de mim que pagaria um bom dinheiro para vê-lo ser enforcado pelo que fez.

Não que Daisy também não tenha culpa. Mas com seu corpo deitado no chão de um prédio de apartamentos, mal consigo me fazer pensar nisso. Eles são todas as vítimas aqui. A filha dela acima de tudo.

– Darren Tebbit – digo o nome em voz baixa. – O namorado dela se chama Darren Tebbit. Ele ronda o parquinho aqui perto, passando droga para crianças e adolescentes à tarde. Fique à vontade para cortar o pau dele fora. – Vou embora com a fúria fervendo nas minhas veias, porque tenho que ir partir o coração de uma menina.

É quase mais do que posso suportar.

28

Quando vejo o nome de Niall aparecer na tela do meu telefone, tenho que morder os lábios para não chorar. Três palavras simples me cortam até os ossos, arrancando a pele e virando do avesso.

Como está indo?

Ele está perguntando sobre meu jantar com Simon.

Minha resposta é breve. Até mesmo brutal. Mas não tenho energia para amaciá-las. *Daisy está morta.*

Allegra se mexe nos meus braços, murmurando palavras ininteligíveis antes de recuperar a consciência aos poucos. Sua cabeça repousa no meu peito, todo manchado de lágrimas e vermelho. Mesmo em seu sono ela choraminga – mínimos suspiros a cada três respirações – e acaricio seu cabelo, esperando que, de alguma forma, ela saiba que estou aqui.

Estamos sentadas em um sofá bege de couro falso no pequeno apartamento de Dee. É muito limpo e arrumado aqui. Até mesmo o gato parece bem treinado e sob controle. Quando ela me dá uma caneca de chá quente e doce e acaricia minha testa com a mão roliça, tento recompensá-la com um sorriso. Sai todo torto, mas ela não parece se importar. Pode ser taciturna, mas é incrível. Não sei o que teria feito sem ela.

Meu telefone vibra e sei que é ele. O pensamento de alguma forma me ancora no chão.

– Oi – falo baixinho no bocal, tentando não perturbar Allegra.

Porém Niall não parece ter captado a mensagem. Sua voz é alta e carregada de sotaque irlandês. Isso me faz estremecer.

– O que diabos aconteceu? Você está bem, você se machucou? Jesus, querida, estou ficando louco aqui.

– Calma, Allegra está dormindo. – Há algum tipo de ironia acontecendo aqui. Entre nós dois, eu sou a mais calma. – Daisy teve uma overdose e Allegra a encontrou. Ela me ligou no restaurante e vim direto. A polícia está aqui agora e nós estamos esperando a assistência social. – Consigo dizer tudo isso sem ficar emotiva, porque são apenas fatos. Se ele me perguntar como estou, sei que vou acabar chorando como um bebê.

– Simon está com você?

– Não. Eu disse a ele para ir para casa. Não tem nada que ele possa fazer aqui e ele parecia realmente desconfortável. – Não digo que Simon parecia um velho, tremendo de leve, enquanto olhava para a pobreza em torno dele. Ele ficou chocado, isso eu percebi. Como se não pudesse acreditar que um mundo como este pudesse existir em Londres.

– Você ainda está em Whitegate Estate? – Ele não espera por uma resposta. – Estou indo aí.

– Está tudo bem. Não precisa vir. Estamos só esperando a assistente social chegar. – Não digo que não existe possibilidade de eu deixar que levem Allegra de volta para o sistema de lares adotivos. Vou lutar com unhas e dentes se for preciso.

– Não pedi sua permissão. Vejo você em meia hora. – Ele parece aborrecido, mas me aquece por dentro. Gosto desse toque nele. O lado protetor que não aceitaria "não" como resposta. É a razão pela qual ele esperou por horas na chuva enquanto eu estava sentada em uma delegacia de polícia. Ele quer cuidar de mim. Posso viver com isso.

Contanto que ele também me deixe cuidar dele. Direitos iguais.

Allegra e eu ainda estamos sentadas na mesma posição quando Niall chega, cerca de trinta minutos mais tarde. Dee ligou a TV e algum programa policial oco de tarde da noite está passando na tela. Allegra ainda está apagada, e seu cabelo escuro está emaranhado sobre o rosto. Se não fosse pelo fato de haver toda uma falange de polícia do lado de fora, eu iria levá-la daqui antes que a assistente social chegasse. Quero enfiá-la na cama e ficar abraçada com ela até de manhã.

Ouço a voz dele antes de vê-lo. É distinta – grave e um pouquinho áspera, seu sotaque adiciona uma cadência que a gente não ouve num londrino nativo. Tê-lo por perto é como se alguém tivesse colocado um cobertor quentinho sobre meus ombros. Ele está aqui, parado na porta. Cabelo desarrumado e molhado como se tivesse acabado de sair do chuveiro.

– Como ela está? – Quando Niall chega mais perto, sinto o cheiro limpo de sabonete e o perfume suave do shampoo. Ele estende a mão para o cabelo bagunçado de Allegra, sua expressão cheia de compaixão. – Coitada dessa criança.

– Ela apagou faz algum tempo. Foi demais. O choque, a mãe...

Ele se senta ao nosso lado, levantando as pernas de Allegra sobre o colo. O gesto me faz querer chorar. Em vez disso, olho para ele e ele olha de volta e parece que consegue ver através da minha alma.

– Quero levar vocês duas para casa e pregar a porta com tábuas. Não deixar ninguém entrar. – Quando ele acaricia meu rosto, tenho que fechar os olhos por medo de perder o controle.

– Acho que a gente poderia gostar disso. Pelo menos por um tempo.

Ele estende a mão e aperta a minha. Uma única lágrima escapa do canto do meu olho e escorre pelo meu rosto. Limpo a lágrima quase com raiva. Quero ser forte. Por Allegra. Por mim. Mas Niall não quer aceitar nada disso.

– Está tudo bem. – Ele acaricia minha bochecha. – Você pode chorar, ela não vai notar. Mesmo se acordar, não importa. Você deve chorar, é algo pelo qual vale a pena chorar.

A necessidade de derramar lágrimas embarga minha voz.

– Se eu começar, acho que não vou conseguir parar. – Não posso ser quem se deixa abater. Quando Digby morreu, eu mal existi durante meses. Dessa vez, porém, Allegra precisa de mim. Desesperadamente. Não há possibilidade de eu chafurdar em autopiedade inútil.

– Você sabe, minha mãe tem um monte de dizeres idiotas e agora não consigo pensar em nenhum. Mas sei que chorar não é fraqueza. Existe força em mostrar suas emoções. Tomar o controle e colocá-las para fora. Então não se contenha por minha causa.

Meu lábio inferior começa a tremer. Tento pará-lo com os dentes, mas tudo o que consigo é fazer meus olhos se encherem ainda mais de água. Enxugo-os com a mão, mas Niall me segura, não me deixa evitar. Quando as lágrimas começam a cair, ele se aproxima mais. O corpo de Allegra fica apoiado em nós dois, e ele envolve o braço ao meu redor. Minha cabeça repousa sobre o ombro dele. Niall acaricia meu cabelo quando começo a soluçar. Choro por Daisy, pela dor inútil de sua morte. E choro por Allegra, uma criança sem mãe para abraçá-la à noite. Niall fica comigo até minhas lágrimas secarem.

Mesmo assim, meus ombros estremecem com soluços secos.

Ainda estamos abraçados quando chega a assistente social em serviço. Esta eu não reconheço e, de sua relativa juventude e máxima inquietação, tenho a sensação de que é recém-formada. Neste caso, é algo ruim, porque ela vai tentar se manter firme demais às regras.

– Preciso levá-la ao abrigo e poderemos avaliar o caso pela manhã – diz ela, quando pergunto se posso levar Allegra para casa comigo. – Não posso permitir que você a leve para uma casa desconhecida. É contra nossas diretrizes.

– Você diria o mesmo se Beth fosse a tia dela? – Niall pergunta. – Essa menina acaba de ver a mãe morrer na frente de seus olhos e você quer levá-la para longe da única pessoa que ela conhece? Que merda de diretrizes são essas, hein? – Ele pode ser assustador quando fica irritado. A assistente social se afasta, intimidada. Estendo a mão para acalmá-lo.

– Não tenho antecedentes e sou conhecida do serviço social. Conheço até mesmo a equipe do abrigo. Você não pode me deixar levá-la para casa por esta noite?

Ela sacode a cabeça e ouço Niall murmurar "só estou cumprindo ordens". Em mais um minuto, acho que ele pode realmente explodir. Estou muito mais calma do que ele, até mesmo gélida, porque estou absolutamente certa de que não vou deixá-los separar Allegra de mim. Mesmo se eu tivesse que algemar nós duas juntas, a única pessoa que ela vai ver quando acordar será eu.

– Eu vou com ela para o abrigo. – Não digo como uma pergunta. – Se vai te ajudar a dormir à noite, vou ficar lá e de manhã nós podemos falar sobre a guarda. Mas não vou deixá-la sozinha esta noite.

A assistente social reclama um pouco, mas depois confirma com a cabeça como se estivesse aliviada por não ter que brigar mais. Niall está irritado ao meu lado, olhando para ela com uma expressão solene. Quero ficar aqui, em nossa pequena bolha de três, porque não importa o quanto o sono de Allegra seja torturado e doloroso, não é nada em comparação ao inferno que ela vai enfrentar quando acordar.

Quando se lembrar de que a mãe está morta.

Meu estômago se agita quando penso nas barreiras que ela terá de enfrentar, a dor que vai ter de superar nos próximos meses. Ela é muito pequena para enfrentar tudo isso sozinha. Não deveria ter que passar por isso.

Ninguém deveria.

No final chegamos ao abrigo pouco depois das três da manhã. A funcionária da noite mexe na porta da frente, abrindo-a para revelar seu macacão do Ursinho Pooh justo no corpo. Bocejando, ela nos leva para um quarto vazio. Niall anda atrás de nós, levando Allegra nos braços. Meu coração dói um pouco quando vejo a expressão de ternura no rosto dele. Niall a coloca sobre a cama de solteiro arrumada e me puxa para um abraço.

– Me liga de manhã, tá? Me conte como ela está. – No caminho para cá, fizemos planos sussurrados no banco de trás. Concordamos que eu iria assumir a liderança. Tentar nos apresentar como uma espécie de casal viável quando apenas acabamos de nos reconectar seria uma loucura.

Para não mencionar o fato de eu ainda estar casada.

– Eu ligo. – Minha voz oscila. Não importa o quanto eu seja determinada, o futuro parece assustador. Ele segura meu rosto nas mãos quentes. Estou quase sem respirar quando passa os lábios nos meus. Me agarro às costas de sua camisa por um instante longo demais, porque tenho muito medo de esta ser a última vez que estamos juntos.

– Se você precisar de mim eu vou estar aqui. Se lembre disso. – Outro beijinho e ele se afasta.

Quando Niall atravessa a porta, a única coisa que me impede de sair correndo atrás dele é Allegra. Seu corpo minúsculo está encolhido em cima da cama; sua camiseta do One Direction, torcida em volta da cintura. Seu sono é irregular, seu corpo estremece de vez em quando, por causa de algum monstro invisível assombrando seus sonhos. Vou até a poltrona dilapidada no canto do quarto e a puxo até a cama, como se eu estivesse fazendo visita no hospital. Apesar de ser tarde da noite, não há possibilidade alguma de eu adormecer. Existem coisas demais em que pensar.

Esta manhã, eu era uma mulher a caminho do divórcio, tentando conciliar uma relação florescente com outra moribunda. Vivendo em um único quarto numa parte insalubre da cidade. Mas agora… agora tudo muda. É como se o mundo estivesse girando no eixo, pendendo para a esquerda até que a última coisa que me restasse fosse me agarrar com unhas frágeis, com as pernas agitadas embaixo de mim enquanto tento encontrar um equilíbrio.

Quanto a Niall, nem sei onde ele se encaixa nisso tudo. É complicado o suficiente como está, com nossa história comum e nosso começo instável. Entretanto, não é nada em comparação a esta nova adição. Nem sei o que ele pensa sobre filhos, e muito menos se gostaria de estar envolvido na vida de Allegra. Não é o tipo de conversa que considerei ter com ele em meios a beijos e quase sexo.

Como Alex diria, "Merda, isso acabou de ficar sério".

Mas há outro problema. Mesmo se eu pudesse decifrar como Niall e Allegra se encaixam na minha vida, existe o pequeno detalhe de um lugar para morar. Não existe possibilidade de eu receber a custódia se estiver morando numa casa compartilhada. Nem sequer tenho um quarto para colocá-la. Com meu salário limitado não posso nem me dar ao luxo de viver em uma quitinete, muito menos um apartamento de dois quartos.

O que me leva a Simon. Sei que ele é a solução óbvia quanto a essa questão. Ele se ofereceu para me comprar um apartamento e recusei. Não quero o dinheiro dele, quero ser capaz de seguir em frente sem ele, mas isso não ajuda a situação de moradia atual.

Argh. Está tudo errado.

Esfrego o rosto com a palma das mãos, como se as respostas para todos os meus problemas estivessem em algum lugar. Pressiono-as nos meus olhos com tanta força, que vejo estrelas minúsculas rondando na escuridão, mas nenhuma solução milagrosa aparece. Apenas uma náusea irritante perturbando a base do meu estômago.

O amanhecer se esgueira por entre as cortinas como uma criança travessa, se estendendo sorrateiramente sobre o tapete verde-claro, até que o sol beije o rosto de Allegra. Ela mexe a boca e geme um pouco, rolando para escapar do brilho. Mas seu corpo reagiu um instante tarde demais, porque a manhã já afugentou o conforto do sono, fazendo-a piscar. Ela se senta, confusa. Franze a testa quando me vê sentada ao lado dela.

Seu lábio treme e a respiração fica irregular assim que ela toma consciência. Memórias retornam como um punhal cruel, e se eu viver até os cem anos, nunca mais quero ver tanta dor em seu rosto. Atinge-me no peito, forte o bastante para roubar meu ar, e logo que ela começa a chorar, sinto minhas próprias lágrimas encherem os olhos.

– Minha mãe...

Balanço a cabeça.

– Eu sinto muito. – Quando vou até ela, Allegra afasta o braço com um tranco, e fecha os dedos em punhos. Ela parece ter raiva, como se eu fosse a responsável.

– Não! Ela não morreu. Ela só está mal, como da última vez. Ela me disse que você ia me tirar dela. Disse que eu tinha de ficar longe de você.

Não posso mentir, a rejeição dói. Mas é natural e não posso culpá-la. Em vez disso, deixo a mão sobre o lado da cama, pronta se ela precisar.

– Ela não sobreviveu – sussurro. Minha voz soa rouca de emoção. – Eles tentaram salvá-la, realmente tentaram, mas já era tarde demais. Ela já tinha partido.

Allegra abre a boca como se fosse falar, mas as palavras não saem. Então percebo que ela não está falando. Está gritando em silêncio. Faço um grande esforço para não me juntar a ela. Quero muito segurá-la, confortá-la, sentir seu corpo macio no meu. Mas não posso, não até que ela esteja pronta. A espera me mata. Ela começa a balançar para trás e para frente, envolvendo os braços na cintura, sua respiração ainda forçada e dura.

E parada eu espero, porque essa é a única coisa que posso fazer.

Leva cinco minutos para ela se acalmar e conseguir falar, embora pareça muito mais tempo. Meu coração se parte de novo quando ela se vira para mim com os olhos arregalados e pergunta:

– Para onde eu vou?

Como é terrível não saber onde é nosso lugar. Entendo o sentimento bem demais. Tentei fugir quando me casei, mas mesmo assim a sensação me assombra.

– Pode vir comigo, se você me quiser. Pode demorar alguns dias, e você vai ter que ficar aqui e ser muito corajosa, mas prometo que vou resolver as coisas o mais rápido que eu puder.

Ela se aproxima um pouquinho mais de mim. Seu movimento é quase imperceptível, mas existe.

– Tenho de encontrar um lugar para a gente morar, e preciso falar com sua assistente social sobre umas coisas de gente grande. – Inclino-me mais perto, esperando que ela possa sentir o quanto estou falando sério. – Mas vou resolver as coisas o mais rápido que eu puder, porque quero você comigo.

Seu lábio inferior treme.

– Mas minha mãe disse que eu não deveria falar com você.

Ai, Deus, como discutir isso sem sombra da memória que ela tem de Daisy?

– Eu acho… acho que ela gostaria que você ficasse comigo. Sei que ela estava com raiva de mim, mas nós teríamos feito as pazes. Como quando você briga com os amigos. Depois de um tempo, a briga passa, não passa?

Allegra confirma com a cabeça lentamente.

– Bem, foi um pouco assim. Discutimos sobre algo bobo, mas eu ainda a amava. E amava você. Tivemos apenas uma diferença de opinião.

– Sobre o que vocês discutiram? – Sua voz é calma. Quase contemplativa.

– Sobre Darren. – Tento deixar as coisas tão simples quanto possível. – Não gosto muito dele, mas deixei sua mãe chateada quando falei isso para ela.

Allegra fica em silêncio. Observo-a puxar as bolinhas do cobertor, tirando as fibras e as deixando cair suavemente sobre o lençol. Quando ela olha para mim, há algo que se assemelha à compreensão em seus olhos.

– Eu também não gosto muito dele – sussurra, como se ele estivesse perto o suficiente para ouvir. Há coisas demais com que lidar; não apenas a morte da mãe, mas a forma como Darren a tratou. Vai demorar mais do que algumas semanas para reparar seu coração partido.

29

Quando Niall chega, mais no final da tarde, praticamente me jogo nos braços dele, precisando de seu conforto mais do que qualquer outra coisa. Diferente de mim, ele tomou banho e se arrumou, e está vestindo uma camisa social e calça azul-marinho. É gentil o bastante para ignorar meu estado desgrenhado. Me abraça com força e beija meu rosto com lábios macios. Eu meio que me derreto nele, tentando absorvê-lo por osmose. Quero sua força, sua determinação. Em troca, ofereço meu medo paralisante.

– Eles não vão me deixar levá-la. – Três horas de reuniões e cerca de uma centena de formulários mais tarde, eles me disseram que pode demorar semanas para qualquer autorização sair. – Até eu ter um lar estável, eles vão mantê-la aqui.

Ele inclina a cabeça. Embora sua expressão seja de empatia, não é de choque. Acho que tive esperanças muito altas e pensei que estar dentro do sistema fosse me ajudar. Tudo o que fiz foi ganhar a xícara quente da decepção.

– Nós temos que arranjar um advogado – diz ele. Minhas sobrancelhas se levantam quando o ouço falar em "nós". – Você conhece algum bom?

Pela primeira vez em dias eu me sinto à vontade para rir. Porque os advogados que conheço dão para encher um fórum, não que isso sirva para alguma coisa agora.

– Além de Simon?

Niall olha para mim por um minuto. Sua frase seguinte é completamente inesperada:

– Você deveria ligar para ele.

Em um minuto ele está me beijando, no seguinte está me dizendo para ligar para meu marido. Não sei o que fazer com isso.

– Sério?

– O quê? Você acha que vou virar macho alfa e te proibir de vê-lo? – Seus lábios se contorcem como se ele estivesse tentando suprimir uma risada. – Não sou assim, você sabe disso.

Percorrendo os dedos pelo meu cabelo bagunçado, ele afasta os fios do meu rosto. Não consigo parar de olhá-lo. Ele sabe o quanto me faz sentir que as coisas estão certas? Como se eu não fosse aquela garota boba que se acabou depois da morte de Digby. Ele olha para mim como se eu fosse forte. Capaz de tudo.

– Eu te amo – digo isso porque não consigo pensar em nenhuma outra coisa. Porque parece que meu peito está prestes a explodir se eu guardar isso por mais tempo.

Dessa vez, ele tem a benevolência de parecer surpreso.

– Porque eu te disse para ligar pro seu ex?

– Porque você é você. Eu queria te dizer isso antes, quando estávamos no seu ateliê, mas...

Ele começa a rir.

– Você ficou de boca cheia o tempo todo?

Bato no braço dele, mas o sorriso não escapa de seus lábios. Então, me inclino e o beijo para tirá-lo de seu rosto, roçando a boca na dele. Ele me beija também e sinto a curva de seus lábios enquanto seu sorriso se alarga.

– Eu também te amo. Pra caralho. E é por isso que vamos resolver essa situação. Você, eu e todo um exército de ex-maridos. O que for preciso.

Quando ligo para Simon, a primeira coisa que ele faz é me oferecer sua casa. É claro que recuso, dizendo-lhe que eu não poderia cuidar das coisas. A verdade é que não posso nem nos imaginar lá. É a casa de Simon e sempre vai ser.

Ele parece aliviado quando recuso, depois começa a me contar sobre o amigo de um amigo que tem uma casinha de campo para alugar em Brighton. Por um minuto, acho que ele está de papo-furado, e começo a ficar inquieta. Só então percebo que ele a está oferecendo para mim.

– Brighton? – Meu tom é cético. – Você acha que eu deveria me mudar para lá?

Niall olha de seu celular, com uma expressão ilegível. Seus olhos permanecem em mim enquanto ouço Simon.

– É apenas uma opção – Simon continua. – O custo de vida é mais barato do que em Londres e as crianças adoram o mar.

Por um minuto, consigo imaginar Allegra na praia de cascalho, vento levantando seu cabelo e tornando suas bochechas coradas. Na minha imaginação, ela parece feliz e isso me faz começar a cogitar a ideia.

– Brighton... – digo novamente. Niall sorri e olha de novo para seu celular. – Qual é a faixa de preço do aluguel?

Conversamos por mais algum tempo. Simon promete enviar um e-mail com mais alguns detalhes da casa de campo, e depois me diz que ele vai falar com o departamento de direito da família para descobrir o que posso fazer. Ele não menciona a noite passada, ou seus apelos para eu voltar.

Talvez realmente tenha aceitado dessa vez.

Quando nos despedimos, me sinto quase esperançosa, o suficiente para sorrir para Niall quando ele se levanta e caminha em minha direção.

– O que é isso?

– O quê?

– Esse sorriso?

– Você quer dizer esse aqui? – Arreganho os dentes pra ele, rindo como uma lunática. – Estou sorrindo porque você é lindo. E não tem nada de macho alfa.

Ele parece ofendido, embora eu ache que é um ardil.

– Eu sou macho. – Quando ele me puxa para seus braços e me levanta do chão, eu começo a rir. – E mais tarde, quando você estiver pronta, vou te mostrar o quanto eu posso ser macho.

Mais tarde naquela noite, estou em pé no chuveiro de Niall, deixando o poderoso spray de água lavar o estresse do dia. Foi necessário um pouco de persuasão para me tirar da casa, mas os funcionários de apoio prometeram que eu poderia voltar depois do jantar e passar a noite com Allegra novamente.

Depois que enxaguo o condicionador do cabelo, saio e enrolo uma toalha em volta do corpo, tremendo ligeiramente, apesar do calor do verão. Não é a primeira vez que estive no quarto de Niall, mas é a primeira vez que estive aqui sozinha. Não consigo deixar de me sentir um pouco intrometida, andando pelo espaço dele.

Dou uma olhada no guarda-roupa e vejo que Niall é tão bagunçado em casa quanto no carro. O chão está coberto com uma miríade de diferentes tênis e sapatos. Algumas camisetas estão jogadas por cima, tendo caído dos cabides. No entanto, a desordem não é limitada à roupa. O resto de seu quarto está cheio de telas e tintas, apoiadas contra as paredes e empilhadas nos cantos. Tenho que admitir: ele conseguiu usar todo o espaço disponível.

Na cômoda ao lado de seu guarda-roupa está uma fotografia da família. Seu braço está sobre os ombros da mãe. Próximo a ele estão dois homens que parecem tão iguais que devem ser seus irmãos. Com o mesmo cabelo muito preto e os olhos azuis penetrantes. Eu me lembro da nossa primeira vez juntos que eles eram mais novos do que Niall, mas não consigo me lembrar de seus nomes por nada.

Ainda há muito para aprender.

Sento-me na borda do colchão e uso uma segunda toalha para secar meu cabelo. Em algum momento, ele tirou o relógio e o colocou no criado-mudo, e eu inclino para ver que horas são.

É quando me sinto à vontade para olhar em suas gavetas. Não tenho certeza sobre o que espero ver, exceto um monte de cuecas e meias, mas preciso de todas as minhas forças para não abrir a gaveta, embora meus dedos estejam se demorando no puxador.

– O que você está fazendo? – Niall entra, segurando uma espátula na mão. Ele parece achar graça em vez de estar ofendido, sorrindo enquanto olha para minha expressão de culpa.

– Nada. – Rapidamente, puxo a mão de volta. – Só secando meu cabelo.

– Você precisa das minhas cuecas para te ajudar com isso?

– Eu não estava olhando lá dentro – digo. – Eu estava só… descansando um pouco. – Que explicação mais tonta. Mas é verdade, ainda não olhei as cuecas.

Ainda.

– O que você espera ver? – Sua voz suaviza quando ele vem em minha direção e coloca a espátula ao lado da foto de família, na cômoda.

Meus olhos se arregalam.

– Não sei. Cuecas, meias… camisinhas. – Começo a tagarelar, tentando pensar em que diabos os homens realmente guardam nas gavetas do criado-mudo. As minhas sempre estão cheias de livros e chocolate, mas Niall não precisa saber disso.

– Camisinhas? – Sua voz mostra tanto divertimento quanto sua expressão. Minha garganta fica seca quando ele vem e para na minha frente. Sua altura faz eu me sentir minúscula em comparação, e estremeço de novo, mas dessa vez não por causa do frio.

– E cuecas – digo.

– Você tem uma estranha obsessão com as minhas cuecas e minhas camisinhas. – Ele se ajoelha diante de mim, afastando meu cabelo molhado do rosto. – Quer investigar isso mais a fundo?

Engulo, mas minha garganta continua ressecada. Quando ele fica assim tão perto, acho difícil pensar. A sensação de sua mão áspera na minha bochecha me faz suspirar.

Minha pele ainda está úmida do banho quando ele corre um dedo pelo meu pescoço, descendo até o peito. Ele desenrola minha toalha com um movimento, e ela cai aberta, amontoada em cima da cama.

Seus olhos estão escuros e estreitos quando ele olha para mim. Estendo a mão para ele, correndo os dedos pelos seus cabelos. Então seus lábios estão nos meus, duros e frenéticos, movendo-se desesperadamente em nosso beijo.

– Algum problema com isso? – Ele me empurra de volta na cama, e meus cabelos molhados se espalham atrás de mim.

– Não.

Ele arrasta os lábios sobre minha garganta.

– Sei que você teve um dia difícil.

– Sim. – Ainda estou respondendo por monossílabos. É difícil pensar em qualquer coisa, exceto na sensação do corpo dele, o quanto ele cheira bem. Em seguida, suas mãos estão cobrindo meus seios, e os dedos estão roçando os bicos, de forma que qualquer pensamento consciente é afugentado.

Seus lábios capturam um dos meus mamilos, seus dentes puxam suavemente a pele excitada. Preciso de todas as forças para não me esfregar nele.

Para conseguir respirar.

– A gente pode tornar isso um pouco mais difícil – ele murmura no meu peito. Então me mostra o que quer dizer, pressionando a ereção na minha coxa, e também empurro o quadril, desesperada para senti-lo, sentindo vontade de retribuir na mesma moeda.

Somos uma confusão de toalhas molhadas e roupas secas. Meus dedos tremem enquanto desabotoo sua camisa e abro o zíper de sua calça jeans. Um minuto depois, nós dois estamos nus e necessitados; nossa pele quente, nossa respiração rápida. Fico maravilhada como estar com Niall é tão bom quanto me lembro.

Musculoso e suave. Todos os músculos rígidos e a pele macia. Posso sentir seu peito quando ele o pressiona contra o meu. O abdome duro quando desço a mão. Curvo os dedos ao redor dele, e é sua vez de suspirar. Ele fecha os olhos e abre a boca quando começo a mover a mão para cima e para baixo. Seus quadris se movimentam no ritmo que criei, ondulando suavemente enquanto percorro seu comprimento com a palma da mão.

Estou tão consumida, que a sensação de seu dedo em mim é um choque. Abro os olhos e o vejo olhando diretamente para mim, fazendo um movimento circular, suave. O suficiente para me fazer gemer.

– Tudo bem? – ele pergunta de novo.

– Tudo, tudo. – Mal consigo manter a respiração. Olhando para baixo, vejo sua mão me pressionando. Sua pele bronzeada é um contraste à minha cor-de-rosa. Vejo os tendões e as articulações flexionarem e se contraírem, e sinto a sensação disparar direto por mim. Meus dedos se curvam cada vez que ele toca meu clitóris.

Então ele está em cima de mim, deslizando o corpo contra o meu. Juntos, molhada e ereto, somos nada além de sensações. Minha cabeça cai para trás na cama. Balanço os quadris para cima, e ele está a um momento de distância de deslizar para dentro de mim.

É muito diferente, ainda que a sensação seja conhecida. Porque nós mudamos, Niall e eu, mas voltamos ao início, voltamos a ficar juntos. Quando ele empurra o quadril para frente, a ponta de seu pênis deslizando na minha carne dolorida, tenho que morder seu pescoço para não gritar.

– Caramba – ele suspira, fechando os olhos com força. – Ah, caramba.

– Por favor. – Nem sequer reconheço a voz como minha. É necessitada. Desesperada.

– Beth, eu só…

– O quê? – Minha respiração é rápida. Posso sentir meus músculos se contraírem, embora ele ainda não esteja dentro. Balanço novamente, e o modo como seu pênis desliza em mim, quase me faz gozar.

– Camisinha. Gaveta de cima – ele diz com dificuldade. Há um olhar de concentração em seu rosto, e todo o seu corpo fica tenso de encontro ao meu.

Embora leve um instante para localizar o preservativo e deslizar ao redor dele, ainda estou tremendo quando ele finalmente se alinha em cima de mim. Sinto sua pressão, quente e grossa. Minhas coxas se curvam em volta dos quadris dele, com medo de se afastarem.

Antes que ele sequer esteja dentro, estou no limite, com o fôlego prisioneiro da minha garganta. Niall penetra facilmente no meu corpo escorregadio e então está me preenchendo, pressionando-se em mim da maneira mais deliciosa. Começo a apertar em volta dele e todo meu corpo fica rígido, esperando… esperando por aquele momento de explosão.

Deixo escapar um gemido quando o prazer toma conta, chamas lambendo-me de dentro para fora. Estou pulsando e chorando e fincando as unhas na carne dele e então é a vez de Niall soltar um grunhido grave.

E é a vez dele de ficar imóvel. Ele se impulsiona dentro de mim uma última vez, respiração presa na garganta. Eu o embalo nos meus braços, e ele pressiona todo o seu peso no meu, me beijando com lábios macios, desesperados.

– Beth…

Enterra o rosto no meu ombro, respirando depressa. Posso sentir seu coração batendo no peito enquanto ele relaxa sobre mim.

– Era isso que você estava procurando?

Fecho os olhos e deixo o sorriso puxar meus lábios. Ele me beija mais uma vez e eu faço que sim.

– Acho que era.

30

Leva três dias para uma conferência sobre o caso ser organizada. Três dias que eu passo no abrigo, sentada com Allegra, abraçando-a enquanto ela chora, brincando quando ela está pronta para sorrir. Vou agindo conforme os sinais, observando as expressões dela com um olhar desconfiado. Esperando para ver o que ela vai fazer em seguida.

Nos encontramos em frente ao prédio de serviços sociais: Lara, eu e a advogada de família que Simon me recomendou. Rafiya, a advogada, aconselhou que seria melhor Niall não estar presente na primeira reunião. Com uma eficiência implacável, ela explica que não quer complicar as coisas com explicações sobre minha vida amorosa.

Somos chamados em uma sala de reunião logo após as onze da manhã. Sento-me em outra cadeira dura de plástico, minha mão dobrada com força na de Lara, e ouço as discussões como se não estivesse envolvida. Rafiya passa por uma lista de eventos que demonstram que sou parte da rede de apoio de Allegra – as aulas, os passeios, meu envolvimento com Daisy. Ela diz sobre nos mudarmos para Brighton, explicando por que um novo começo seria muito melhor no longo prazo. E eu fico espantada que todas essas pessoas, que não conhecem nem Allegra nem eu, vão tomar decisões sobre o resto de nossas vidas.

Esta não é a única vez em que vamos estar sujeitos a esse tipo de escrutínio. Com o tempo, pretendo adotá-la, e as investigações rigorosas que esse passo vai demandar fazem a reunião de hoje ser mamão com açúcar. Já tive de ouvir Rafiya explicando todas as armadilhas, e agora estou recebendo mais um sermão.

Isso é certo, digo a mim mesma. Afinal, estamos falando sobre o futuro de uma criança. Nenhum escrutínio poderia ser grande demais.

– É muito importante que Allegra receba acompanhamento profissional – Grace me aborda diretamente, ignorando Rafiya por completo. – Você já procurou esse tipo de serviço em Brighton?

Meus lábios se contorcem porque Grace sabe que eu procurei. Tivemos uma conversa telefônica de uma hora a respeito disso ontem à noite. Eu queria ter certeza de que tinha coberto todas as possibilidades.

– Procurei, eu falei com um terapeuta infantil esta semana. Marcamos uma consulta preliminar para vermos se vai ser possível construir um relacionamento. Também falei com a escola local e expliquei a situação. Eles confirmaram que existe vaga para Allegra.

Lara aperta minha mão e consigo respirar um pouco mais fácil. Só quero Allegra comigo.

A reunião continua a respeito da minha adequação como responsável pela criança. Rafiya apresenta um relatório do meu médico e três depoimentos de amigos meus. A sala fica em silêncio enquanto todos folheiam os documentos, e me vejo examinando a expressão dos presentes, tentando ver se tenho alguma chance aqui. Grace me olha nos olhos e mostra o menor dos sorrisos. Mesmo que tenhamos tido nossas diferenças, ambas queremos o que é melhor para Allegra. Posso me contentar com isso.

Perto do final da reunião, me perguntam se quero acrescentar alguma coisa. Limpo a garganta, mexendo nos meus papéis para encontrar a declaração que Rafiya me ajudou a preparar. Mas então eu titubeio, sabendo a imagem que eles teriam de mim com as palavras frias e clínicas de um texto lido em voz alta. Em vez disso, olho pela sala, nos olhos de todos que estão sentados na minha frente.

Quero ser ouvida.

– Sei que estamos todos aqui pela mesma razão: porque uma menina perdeu a mãe. A mãe que ela viu morrer diante de seus olhos. Entendo que os senhores têm de se certificar de que, não importa para onde ela vá, ela precisará receber cuidados. Não quero deixar nenhum dos senhores em dúvida sobre meus sentimentos por Allegra. Eu a amo. É puro e simples desse jeito. Podem querer me dizer que o amor não é suficiente, e eu não poderia concordar mais. Na clínica onde trabalho, vemos crianças que sofrem todos os dias, independente de quanto seus pais as amem. Por isso, também posso prometer que vou me dedicar a criá-la bem, a oferecer um lar estável. Um onde ela não vai ter de se perguntar se vai poder jantar à noite. Um onde ela possa se sentir segura o suficiente para se sentir triste, feliz, ou o que precisar sentir. Onde possa passar dos limites e ser trazida de volta. – Respiro fundo, tentando afrouxar o aperto no meu peito. – Quero devolver a ela o direito de ser criança.

Quando olho para Lara, ela está sorrindo para mim, mesmo que seus olhos estejam brilhando. Há um silêncio na sala, e espero por uma resposta, olhando para o discurso que não cheguei a ler. Finalmente, alguém pigarreia. Grace dá um leve sorriso e olha para o resto dos reunidos.

– Os senhores têm mais alguma pergunta?

Há murmúrios de "não", acompanhados pela negação frenética de cabeças. Dou um suspiro de alívio. Tem de ser uma boa notícia, espero, o fato de não quererem me fazer mais nenhuma pergunta.

– Muito bem, vamos acabar por aqui. Acredito que a senhora vai receber uma visita de serviço social infantil de Brighton e Hove?

– Correto. – Rafiya responde por mim. Talvez ela tenha decidido que falei demais.

– A menos que surja alguma questão decorrente dessa visita, posso confirmar que vou endossar o pedido de alojamento em lar de parentesco adotivo.

Levo um instante para compreender o que foi dito. Então percebo que todos os olhos estão em mim. Levanto a cabeça e vejo cinco rostos expectantes. Mas o alívio me deixa muda, incapaz de dizer qualquer coisa com aparência de coerente. Em vez disso, balanço a cabeça e me concentro na tentativa de não chorar.

Allegra vai voltar para casa comigo. Para *nossa casa*, onde posso cuidar dela e vê-la crescer. Um lugar onde podemos ir à praia, respirar ar fresco e fingir que podemos enxergar a França. Em algum lugar onde Darren Tebbit e caras como ele não vão poder tocá-la.

Ela vai voltar para casa.

Os minutos seguintes são um borrão. Rafiya fala em voz baixa com Grace, enquanto Lara me abraça e me diz como está orgulhosa. Concordo com a cabeça nos momentos certos, abraçando-a e tentando não ficar histérica. Quando saio da sala, Rafiya aperta minha mão, explicando que ela vai enviar algum documento antes da visita a Brighton do dia seguinte. Depois ela se vai e só sobramos Lara e eu, duas mulheres bobas de felicidade, incapazes de completar uma frase.

– Ai, meu Deus, estou tão feliz...

– Muito obrigada por estar aqui. Eu não poderia ter feito isso...

Nós duas rimos e tentamos nos acalmar. Lara respira fundo e começa novamente:

– Não posso acreditar que nós duas vamos ser mães. – Olho para baixo e há uma pequena protuberância em sua barriga. – E não posso acreditar que você vai me deixar. Brighton é muito longe.

– É uma hora de trem – digo. – Você pode ir me visitar o quanto quiser. – Tento não demonstrar, mas esse pensamento me deixa triste. Estou muito acostumada a ver Lara todos os dias na clínica, mesmo que seja apenas alguns minutos, e agora nossa interação vai ser por telefone e e-mail. – Prometo que vou estar lá para o nascimento.

– É melhor estar. Alex tem medo de ver sangue. Meio que estou esperando que ele saia correndo e gritando quando a primeira contração começar.

Rio com a imagem que isso evoca. Alex sempre parece muito arrogante e no controle das situações. Talvez o bebê vá amolecê-lo um pouco.

– Vou estar lá.

Saímos do prédio e uma névoa fina de chuva cobre nosso cabelo, deixando gotas presas às mechas como orvalho sobre teia de aranha. Lara me abraça pela última vez e se dirige para o metrô, enquanto encosto na parede e pego o celular. Preciso ligar para Niall, contar para ele como foi, antes de voltar para o abrigo e ficar com Allegra.

Um movimento à minha esquerda me chama a atenção e me faz olhar para cima. É quando o vejo. O cabelo escuro ficou preto por causa da chuva, colado à testa. Gotas escorrem por seu rosto e caem sobre os ombros. Embora ele esteja ensopado, corro para seus braços, deixando que ele me abrace enquanto conto tudo o que aconteceu. As mãos de Niall apertam em torno da minha cintura e conto que Allegra deve ir para casa comigo em alguns dias.

Ele aperta o rosto no meu cabelo e respira.

– Você ainda tem cheiro de chuva.

Sorrio com as memórias que suas palavras evocam. Nosso primeiro beijo na chuva. Alimentado por drogas, doce e cheio de necessidade. Embora estejamos mais velhos agora – e sóbrios –, essa necessidade ainda finca as garras em mim, exigindo ser alimentada. Então eu lentamente levanto o rosto até que meus lábios estejam a milímetros dos dele.

– Também tenho gosto de chuva?

Seu sorriso é devastador. Faz minhas pernas amolecerem e meu coração disparar até eu ser pouco mais do que uma boneca de pano em seus braços. Logo, ele abaixa a cabeça o suficiente para pressionar os lábios nos meus, e a sensação é do sol que explode as nuvens. Porque é isso o que ele faz por mim. Beijo-o, e minha língua desliza de leve na boca dele. Meus punhos seguram a parte de trás de sua jaqueta como se ele fosse uma espécie de bote salva-vidas.

Um dia, quando éramos tão autodestrutivos, levei anos para superar os resultados catastróficos. Ainda assim, aqui estamos nós, nos abraçando como se fôssemos um casal normal, numa relação funcional. Independente da minha separação, da carreira imprevisível de Niall e do fato de que estou prestes a adotar uma criança, de alguma forma. Pela primeira vez, eu realmente me sinto com os pés no chão.

Ele se afasta, o rosto corado e reluzente com a chuva. Quando tira o cabelo molhado da minha testa, seus dedos são delicados. Pouco mais de uma carícia. Ele recua, passando as mãos pelo próprio cabelo encharcado e diz:

– Vamos ver a nossa menina.

Nove meses depois

A maré está subindo aos poucos; a água está avançando cada vez mais sobre a praia a cada onda. É cauteloso no início, fluindo suavemente como se estivesse experimentando o novo trecho de areia antes de correr de volta para se juntar ao resto do mar. Allegra salta a onda quando quebra, deixando-a persegui-la até a praia. Seu cabelo esvoaça atrás da cabeça quando ela corre. Qualquer som que faça é roubado pela brisa da primavera, mas noto pelos formatos de sua boca que ela está rindo. Me aquece o coração vê-la tão despreocupada.

Pegando meu copo térmico, engulo o resto do café, antes de voltar minha atenção para os papéis sobre o joelho. Vou fazer a primeira bateria de provas na semana que vem. Estou com tanto medo de não ser aprovada que uso todas as chances que tenho para revisar. Embora a graduação seja apenas em meio período, em período integral é o trabalho de tentar encaixar os estudos com meu emprego no centro de apoio local e com cuidar de Allegra. Neste ritmo vou levar seis anos para conseguir o diploma. Não me importo. Estou apenas curtindo o aprendizado.

– Podemos ter um cachorro? – Ela está sem fôlego quando desaba ao meu lado na manta. – Um bem grande, com muito pelo.

– Não. – Estendo a mão e bagunço os cabelos dela. Estou ficando melhor em dizer a palavra com "n". No início, após a morte de Daisy, eu não conseguia me fazer negar nada à Allegra. Levamos nove meses para chegar aqui; ao tipo de relacionamento em que posso dizer não e ela não chorar. Ainda estamos trabalhando nas coisas.

– Um gato? – Ela não desiste.

– Talvez um coelho ou um porquinho-da-índia – concedo. – Algo que não dê muito trabalho.

– Um hamster! – Seus olhos se iluminam. – A Rebecca Grant tem um e é tão lindinho! Se bem que deixa ela acordada a noite toda.

Sorrio e ofereço uma garrafa de água. Vamos pensar a respeito. Talvez fazer um passeio à loja de animais de estimação e ver como eles são. Um passo de cada vez, eu me lembro. Um ano atrás eu estava num casamento sem filhos. Agora sou mãe de uma menina de 9 anos. Não sou perfeita, mas estou tentando dar o meu melhor. Nós duas estamos.

– A Rebecca pode vir brincar comigo depois da aula, na semana que vem?

– Claro, vou ligar para mãe dela. – Olho mentalmente na minha agenda, outra coisa que aprendi a fazer desde que levei Allegra para morar comigo. Temos que planejar nossos horários com precisão militar. Entre aulas de dança e dias de brincar na casa de amigas, além de escola, faculdade e trabalho, temos uma vida bem agitada. Estou prestes a perguntar que dia ela quer que seja quando meu celular toca.

– É a Lara – digo, olhando para a tela. Quando atendo, Allegra sai correndo e vai buscar mais conchas para sua pilha em casa. Ela sabe que Lara e eu conversamos por séculos no telefone. Agora que nós duas somos mães, por assim dizer, é bom ter essa rede de apoio.

– Oi – digo no telefone. – Max está dormindo?

– Acabei de fazê-lo dormir. Acho que temos meia hora antes de ele começar a chiar. – Lara soa exausta, assim como qualquer mãe ou pai de um bebê de três meses. – Como estão as coisas em Brighton ensolarada?

– Nada ensolaradas. – Olho para cima. – O céu está cheio de nuvens cinzentas.

– Aqui está lindo. O sol está aparecendo, o céu está azul e todo mundo está andando de biquíni. Você deveria voltar para Londres, sem dúvida.

Rio da mentira deslavada. Toda vez que conversamos ela tenta me convencer. Ou são os museus gratuitos ou os excelentes restaurantes ou o tempo bonito; ela usa qualquer desculpa para nos encorajar a voltar. Há uma parte de mim que sente falta da agitação da cidade, da emoção que parece presente no ar. Mas a mudança tem sido a melhor coisa para Allegra. Melhores escolas, espaços abertos e ainda a apenas quarenta minutos de trem da cidade grande.

– Ou você poderia se mudar para cá – retruco.

Ela ri.

– Imagine o rosto do Alex, ele iria surtar.

– Como o Alex está? – Não o vejo desde que ele veio passar o dia aqui com Lara e Max, há alguns meses. Engulo um sorriso quando me lembro dele me dizendo que seu sofá era grande o suficiente para mim e Allegra. Se algum dia nós quiséssemos nos mudar para a casa deles.

– Ocupado. Tem alguns empresários sondando a banda. Ele anda pensando que é a droga do Mick Jagger. – Não gosto da maneira como a voz dela falha. Tenho a impressão de que há mais do que isso, mas não sei o que fazer. Talvez esteja na hora de uma viagem a Londres.

– Ele sempre foi um exibido.

– Você não está errada nesse aspecto. – A risada dela é curta, e logo ela muda de assunto. – Você tem notícias do Niall?

– Praticamente todos os dias. – Faz três meses que ele está nos Estados Unidos dando uma exposição. Não são apenas suas mensagens constantes que me fazem sorrir, embora façam, mas o fato de que ele envia cartões postais à Allegra a cada poucos dias. Sem nada escrito, apenas imagens engraçadas que ele desenha na frente. Ela pendurou todas na parede, como um santuário a Niall Joseph que me faz sorrir cada vez que entro no quarto dela. – Ele vem para casa na próxima quinta-feira.

Não preciso dizer a ela que mal posso esperar. Estamos levando as coisas devagar, Niall e eu. Ele ainda tem o apartamento em Londres, mas passa os fins de semana com a gente em Brighton, conhecendo Allegra. Pode não ter sido a maneira ideal de começar um relacionamento, mas vamos levando da melhor maneira possível.

E quando eu o observo pintar com ela, vendo a paciência gentil com que ele fala suavemente e a faz rir, não posso deixar de me apaixonar por ele novamente.

– Alguma notícia da adoção?

– As rodas estão girando devagar. – Fico momentaneamente distraída, observando Allegra correr muito perto do mar. Ela grita e corre novamente. As barras de sua saia jeans estão manchadas de azul-escuro por causa da água. Ela acena para mim e aceno de volta, meu sorriso correspondente ao dela. – Rafiya diz que em mais alguns meses vamos conseguir. Mal posso esperar. – Quero esse pedaço de papel, o que diz que Allegra é minha. Até lá, ainda vou ficar um pouco nervosa.

– Isso é ótimo. Vamos ter que começar a planejar essa parte. Qualquer desculpa para uma festa. – Posso ouvir o sorriso em sua voz. – O que vocês vão fazer neste fim de semana?

– Vamos para Essex amanhã para almoçar na casa dos meus pais. – Outro efeito colateral da minha guarda de Allegra, uma certa aproximação com meus pais. Eles se apaixonaram por ela, aproveitaram a oportunidade para serem avós como se fosse a única chance. – Agora estamos na praia. Allegra está pulando ondas.

– Parece perfeito.

– Esqueci de te dizer, vi Simon na semana passada. Ele veio para Brighton passar o dia – sorrio quando me lembro da visita.

Tínhamos algumas últimas coisas para resolver, mas decidimos levar a papelada para a praia. Ele bebeu chá de uma garrafa térmica e nós comemos sanduíches embrulhados em papel alumínio. Ele parecia um pouco fora de lugar, mas acho que gostou.

– Sério? Como ele está? – Embora Lara nunca tenha sido muito próxima de Simon, ela sabe que ele sempre foi gentil comigo.

– Ele parece muito bem. Comprou uma casa de fim de semana na Escócia, algum tipo cabana de caça ou algo assim. Ah, e ele tem uma namorada. – Dizer a palavra me faz sorrir. Simon parece um pouco sério demais para ter uma namorada, mas foi assim que ele chamou. Aparentemente, ela gerencia a agência imobiliária que cuidou da compra. O que explica por que ele passa quase todo fim de semana na Escócia. Ele parece feliz, contente, e há uma luz em seus olhos que não vejo há algum tempo. Esse fato por si só me faz gostar muito desse novo desdobramento.

– Uma namorada? Uau. Eu não esperava isso. – Ouço-a mexer em alguma coisa, como se ela estivesse entrando em outro cômodo. – É melhor eu ir. Max está acordando. Eu te ligo de novo à noite.

– Tá, a gente se fala. – Desligo e ponho o telefone de lado. A maioria das nossas ligações acabam assim: ou Max acorda ou Allegra precisa de ajuda com alguma coisa. Dificilmente nos despedimos.

Uma hora mais tarde, a praia está ficando mais cheia de casais que saem para fazer a caminhada da tarde, com cães saltando entre os seixos, perseguindo ondas e gravetos. Um grupo de adolescentes abre latas de bebida e ouve música no celular.

É uma boa hora de ir para casa. Levanto-me e vou até Allegra, mas em vez de conseguir mexer as pernas, de repente elas começam a tremer debaixo de mim.

Ele está aqui.

Ele caminha até a praia, óculos de sol cobrindo os belos olhos azuis brilhantes. A brisa à beira-mar sopra em seu cabelo, afastando-o do rosto. Quero correr mais e arrancar os óculos dele, olhar profundamente dentro de seus olhos e ver o que ele está sentindo. Mas fico plantada no lugar.

Niall sorri ao se aproximar e faz meu coração doer. Não sei se seu olhar está em mim ou não, mas o meu não vacila.

– Oi. – Ele para a poucos passos de distância, e enfia as mãos nos bolsos, balançando desajeitadamente para frente e para trás. – Espero que você não se importe, achei que poderia te encontrar aqui.

Me importar? Ele está louco? Um enorme sorriso divide minha boca e me lanço sobre ele, me envolvendo em seus braços. Ele me pega, rindo, e no momento seguinte seus lábios estão nos meus. Não me importo de estarmos na praia, ou que todo mundo possa nos ver; só quero beijá-lo sem parar.

Quando finalmente nos afastamos, nós dois sem fôlego, ainda há um sorriso em seu rosto.

– Como foi que você voltou tão cedo?

– Terminamos ontem. Então mudei minha passagem. Eles me colocaram na lista de espera. Eu não te disse para o caso de não dar certo. – Ele afasta o cabelo dos olhos e percebo como ficou comprido. Seu rosto está escuro com a barba por fazer, como se ele não a raspasse há algum um tempo. Está se parecendo com o artista que é.

– Então, tenho uma notícia – digo.

Ele inclina a cabeça para o lado, me examinando com os olhos apertados.

– Que tipo de notícia?

– Meu divórcio saiu.

No final, concordamos que Simon iria apresentar uma declaração do meu adultério. Era isso ou esperar por dois anos, algo que nenhum de nós queria fazer. A ruptura era melhor para todos, e menos confuso para Allegra. Agora Simon encontrou outra pessoa, espero que também seja boa para ele.

– Sério? – Niall me puxa em seu abraço novamente e nós dois começamos a rir. – Não posso acreditar, achei que fosse demorar mais tempo. – Seu entusiasmo é contagioso e me aquece por dentro. – Temos de fazer alguma coisa para comemorar. Champanhe ou algo assim.

Olho para Allegra, que está olhando para o mar. Ela ainda não o notou. Se tivesse, Niall saberia.

– Allegra quer comprar um hamster.

– O modo perfeito para comemorar – diz ele. – Champanhe, balões e um hamster. Todas as estrelas de Hollywood fazem isso.

Sorrimos um para o outro por um momento. As linhas de expressão de riso ao redor de seus olhos parecem profundas e bem usadas. Gosto muito disso.

Ele pega meu rosto nas mãos, e suas palmas são quentes nas minhas bochechas. É como se ele fosse me beijar; sinto a respiração falhar. Em vez disso, ele se inclina para frente, toca a testa na minha, e estou olhando para os olhos azuis da cor do oceano.

É mais íntimo do que um beijo. Me deixa mais exposta. Porque ele me olha como se estivesse procurando alguma coisa, e estou desesperada para que encontre.

– Significa que podemos falar sobre nós? Sobre o nosso futuro?

Jogo os braços em volta do pescoço dele e o puxo para perto. Temos evitado quaisquer grandes discussões, pelo menos enquanto Allegra estava se adaptando a todas as mudanças. Mas agora que já não sou mais casada com Simon, sei que é hora de falar sobre nós.

Pelo canto do olho, vejo Allegra observando nós dois, de costas para o mar e as mãos nos quadris. Então ela começa a correr, cabelos ao vento, saia girando em torno dos joelhos. Quando ela cruza o cascalho, já está sem fôlego, bochechas rosadas por causa do vento e do esforço. Como eu, ela corre para Niall, e ele fica de braços abertos, pronto para recebê-la.

Queimo por dentro quando o vejo agarrá-la, enterrando o rosto em seu cabelo quando ela se apega a ele.

– Você voltou, você voltou! – Ela começa a tagarelar. – Você disse que não ia voltar até a semana que vem. Tenho tanta coisa pra te contar. Tenho uma nova melhor amiga, vou participar de um recital de dança e vou ganhar um coelho.

– Um hamster – corrijo, voz inexpressiva.

– Vamos comer peixe com batata-frita hoje à noite, no sofá, assistindo *Britain's Got Talent*. Beth diz que podemos dividir uma porção entre nós e ainda não vamos aguentar comer tudo. – Ela se afasta dele e franze a testa. – Acho que agora a gente vai ter que comprar duas.

– Não tem problema, eu compro. – Ele soa muito sério, e eu adoro. – Quer que eu também compre bolos ou é demais?

Ela olha para cima de novo e dou de ombros. Outra coisa que o terapeuta disse. Deixá-la tomar algumas decisões. Dar a ela uma sensação de segurança, fazer com que se sinta no comando da própria vida.

Com razão. Sempre com razão.

– Hum, tá. Acho que bolos vão ser legais.

– Ótimo. Vou sair às seis para comprar bolos e batatas-fritas e vou me preparar para meus ouvidos explodirem. – Ele ergue os olhos e sorri para mim. – Está tudo bem com você?

– Parece perfeito – respondo.

– Espere um minuto – diz Allegra. – Como você sabia que a gente estava na praia? Como você conseguiu encontrar a gente?

Ele chega para frente e afasta o cabelo dela dos olhos com cuidado. Ela não vacila. Na verdade, o toque a faz sorrir.

– Sempre vou encontrar vocês, linda. Se eu tiver que bater em todas as portas da cidade, prometo que vou encontrar. Enquanto vocês quiserem ser encontradas.

Lágrimas fazem meus olhos arderem. Suas palavras são melhores do que mil eu-te-amos, tão doces quanto uma centena de beijos. Allegra rouba as palavras da minha boca quando sussurra a resposta:

– Quero ser encontrada com certeza.

Allegra vai para a cama depois de uma noite de cantores terríveis e imitações ainda piores, e me certifico de que ela escovou bem os dentes para compensar os donuts açucarados que todos nós devoramos. Ela pede para Niall ler uma história e fico na porta, ouvindo a voz macia e melodiosa, enquanto ele interpreta todos os personagens.

Quando ele termina, Allegra conta sobre as aulas de dança e pergunta se ele vai poder ir ao recital. Ele beija o topo da cabeça dela e promete que vai. Meu coração parece prestes a explodir.

Não sei se já vi alguma coisa mais bonita do que as duas pessoas que eu mais amo se apaixonarem uma pela outra. Sou tão ferozmente protetora de Allegra que demorei muito para deixá-lo entrar, mas estou muito contente por ter permitido. Porque aqui, observando os dois, não consigo pensar em mais nada além de sermos uma família.

Mais tarde, depois de levarmos a louça para a cozinha e de Niall verificar todas as trancas possíveis na casa, subimos as escadas estreitas e íngremes para meu quarto minúsculo, nos apertando para passar por uma cômoda e pelo guarda-roupa para chegarmos à cama. Uma timidez súbita toma conta de mim, como se os meses em que ele passou longe tivessem tornado tudo estranho e novo. Sento-me no colchão, dedos agarrando à colcha.

Tudo levou até este ponto. Me esforcei tanto para fazer Allegra se adaptar, e depois tivemos meu divórcio e a exposição de Niall. Nunca conversamos realmente sobre o que aconteceria depois, para onde iríamos a partir daqui. Nunca nos demos ao luxo de pensar em "nós".

Neste momento, é só em que consigo pensar. Enquanto ele está na janela, olhando para a noite negra, me percebo preocupada se ele sabe onde está se metendo. Se ele percebe o quanto pode ser difícil, especialmente quando algo lembra Allegra de Daisy e ela se recolhe em uma casca de teimosia e raiva.

– O que você está vendo? – pergunto-lhe. Os músculos debaixo de sua camiseta se mexem quando ele se vira para me olhar.

– A lua. Está linda. Grande e redonda, como um prato de jantar. Só precisa de uma vaca pulando em cima. – Ele estende a mão. – Vem ver.

Ando até a janela e ele está atrás de mim, braços em volta da minha cintura, corpo pressionado às minhas costas. Me sinto quente e segura. Encapsulada. Um pequeno suspiro escapa dos meus lábios enquanto olho para a noite.

Ele está certo, é linda. A lua está baixa no céu preto-azulado, um disco amarelo-pálido cercado por um salpicado de estrelas. É tão bonito que quase poderia ser uma pintura. Viro a cabeça e olho para Niall, prestes a dizer o quanto é perfeito, mas então vejo a expressão em seu rosto. Intensa e quente, e me rouba o fôlego.

Seus lábios pressionam os meus, sua língua desliza para dentro. Curvo o corpo contra o dele, com a necessidade de chegar mais perto. Enfio os dedos em seu cabelo escuro, e puxo delicadamente, fazendo-o prender a respiração. Ele faz um caminho de beijos pela minha mandíbula, pelo meu pescoço, mordiscando a pele levemente ao prosseguir. Quando fecho os olhos, consigo sentir a pontada de necessidade na minha barriga, enquanto sua mão acaricia meus seios. Minha cabeça tomba para trás, encostando na vidraça fria. Ele pressiona as mãos nos meus quadris, e me levanta até que as minhas pernas estejam enlaçadas em sua cintura. Tenho que segurar seus bíceps rígidos, me equilibrando enquanto ele continua a passar os dentes na minha pele.

É devastadora essa necessidade de estar com ele, de ter essa conexão. Ele me leva para a cama – não mais do que alguns passos – e me deita suavemente antes de subir em cima de mim. É quando o desespero toma as rédeas: dedos urgentes mexendo com botões, mãos desajeitadas puxando camisas.

Estamos pele contra pele, meus seios pressionados no peito dele, e levo um momento maravilhada com o quanto a sensação dele é incrível. É uma sensação que quero guardar para sempre, como uma foto amassada e dobrada que posso levar a todo lugar na minha carteira. Quando a boca dele mergulha para baixo, capturando um mamilo entre os lábios macios, o desejo oblitera todo o resto.

Niall entra em mim, pressionando a boca na minha para engolir meus gritos. Vamos com calma, mãos explorando músculos duros e pele macia; lábios se movendo juntos, como se não pudéssemos suportar a separação. Fecho os olhos com força quando o prazer radia de mim, meu corpo rígido em volta dele, como se eu não pudesse suportar ficar longe. Então ouço sua respiração presa na garganta. Ele para acima de mim, e abro as pálpebras para ver seu olhos apertados fortemente enquanto ele tenta não gritar.

É um momento cheio de pequenas perfeições. A curva de seu lábio, a protuberância dos músculos de seu braço que sustentam seu corpo para não desabar em mim, as ondulações de suas costas às quais me agarro, e a curva suave de seu traseiro quando deslizo as mãos para baixo.

Ele deixa cair o rosto no meu e sinto sua respiração, cálida e rápida na minha bochecha. Viro-me e estamos nos beijando de novo, desta vez mais lento. A ternura de seu toque aperta meu coração. Ele rola de lado, me puxando contra ele, e sua mão embala minha cabeça nos músculos rígidos de seu peito. E tenho certeza de que estou exatamente onde eu deveria estar.

Não é perfeito. Não somos anjos. Mas nós três temos algo que procurei minha vida inteira.

Somos uma família. E nada vai nos separar.

Este livro foi composto com a fonte Adobe Devanagari
e impresso em papel *Norbrite* 66,6g/m² na Imprensa da Fé.